明日筑梦师

洛蕾 著

当代世界出版社
THE CONTEMPORARY WORLD PRESS

图书在版编目（CIP）数据

明日筑梦师 / 洛蕾著 . -- 北京：当代世界出版社，
2022.5
ISBN 978-7-5090-1644-2

Ⅰ.①明… Ⅱ.①洛… Ⅲ.①幻想小说－中国－当代
Ⅳ.① I247.5

中国版本图书馆 CIP 数据核字 (2021) 第 233155 号

书　　名：明日筑梦师
出版发行：当代世界出版社
地　　址：北京市东城区地安门东大街 70－9 号
网　　址：http://www.worldpress.org.cn
编务电话：(010) 83907528
发行电话：(010) 83908410（传真）
　　　　　13601274970
　　　　　18611107149
　　　　　13521909533
经　　销：新华书店
印　　刷：文畅阁印刷有限公司
开　　本：880 毫米 × 1230 毫米 1/32
印　　张：11
字　　数：266 千字
版　　次：2022 年 5 月第 1 版
印　　次：2022 年 5 月第 1 次
书　　号：ISBN 978－7－5090－1644－2
定　　价：52.00 元

如发现印装质量问题，请与承印厂联系调换。

一场核灾难席卷全球，打破了世界秩序。为了隔绝外界的辐射污染，人们围绕城市筑起高墙。这些封闭而分散的人造世界被称为"集区"。

　　历经一个世纪的发展，虚拟科技令集区生活大为改观。蓬勃的娱乐产业使人们足不出户就能阅尽一生悲欢，艺术形式也发生了翻天覆地的变化——

　　电影放映设备与人脑相连，以他人记忆为素材的"忆影"艺术，可以让观众身临其境地环游世界、经历爱恨、体验生死。

　　音乐形式在虚拟世界中焕然一新。演奏"乐器"可以是一片森林、一群天鹅，抑或是一颗陨落的星星。就连亲临现场演出，听众也能够通过虚拟相连，万人脑电波相互碰撞，如同一曲交响乐。

　　而这些艺术背后，一个神秘的"核心计划"正慢慢地浮出水面，它将改变人类的未来……

目 录

Part 2 忆 影

Part 1
陌　生

观众就像你我在弹奏的一件巨大乐器。

这一次我们弹下他们身上这个键，得到了这个反应，下次我们拨动那根弦，而他们又那样作出反应。

有朝一日，我们甚至不需要再制作电影——把电极植入他们的脑袋，我们只要按下不同的按钮他们就会"喔……""啊……"地乱叫。

我们可以吓唬他们，也可以使他们发笑。[1]

——阿尔弗雷德·希区柯克

---

[1]引自《不敢问希区柯克的，就问拉康吧》，斯拉沃热·齐泽克著，穆青译，上海人民出版社 2007 年版。

R0

序章

镜子里的她与周遭的华丽装饰格格不入，好像丑小鸭误入了天鹅的领地。

穿过死气沉沉的大堂，踏上螺旋式上升的楼梯，一步步走入这座宛如樊笼的、阴暗的哥特式建筑。

在二楼走廊的尽头，一道圆拱形的、雕刻着繁复花纹的大门紧闭着，木纹清晰，雕刻精致，宛若童话里的魔法世界入口。正当她蹑手蹑脚地靠近那里时，不知从哪儿传来一阵金属质感的信号声。

"哔嘀——"

它应该不属于这个场景、这个时代，但听起来却让人感觉分外熟悉。

忽然，一阵风把白色大门吹开一道缝，让她得以窥见房间里的情形。这是曾经属于 Rebecca 的房间。正对大门处的墙上挂着一面宫廷式花纹镶边的大镜子，下面是褐色的大理石壁炉。壁炉前方的地毯上趴着一只油亮的黑色长毛犬。

这间屋子早就无人使用了，壁炉里的柴火也没有点燃，可那只狗好像主人还在身边似的，欢快地摇着尾巴。

她战战兢兢地走上前去，推了推房门。谁知，那门沉得很，也不知风是怎么把它吹开的。一用力，古老的铰链嘎吱作响，长毛犬听见声音朝她冲过来，却又像没看见她似的，一溜烟蹿出了门。

R1

蝴蝶梦

（1）

"哔嘀——"一阵信号声传来。

吴琪停下手中的工作，快速眨了眨眼睛，角膜屏幕上显示"9：00"。这时她才发现自己又不知不觉工作了一整晚，已经到了开晨会的时间。

她用手指画了一个圈，进入了虚拟会议室，接着掏出口袋里的提神药片看了看牌子，决定以后熬夜就靠它了。

"根据本季度统计，宏海集团的感官电影播放量下降了14%，其中快感类足足下降了20%。"

"上次就跟你们说别再扎堆拍感官电影了，多巴胺的刺激技术已经进入瓶颈期，现在是内啡肽的天下。"

"不，问题出在影片时长上。能火起来的片子普遍短小精悍，一分钟或几十秒，简单的画面配上直白的感官刺激，直击痛点。"

会议上的讨论声越发激烈。多巴胺、内啡肽，想想真不可思议，人心看起来那么复杂，可一部影片只要能成功激发这两种荷尔蒙，就会大受欢迎。

只可惜多巴胺和内啡肽造成的刺激，来得快，去得也快。

唯独能模仿记忆的电影——忆影，并不局限于此。

如果说感官电影给人当下的极致体验，那么忆影让人在观影过后也能长期拥有这段经历。

用感官电影来呈现一道精美的点心，它会通过色泽、香气、味道各方面给人以感官享受。而忆影则会提供一个近乎真实的故事，比如小时候奶奶给你做的南瓜饼。它的外形和气味可能模糊不清，却能在你的心里勾起层层波澜——先是纯粹的快乐，然后是对逝去童年的忧伤，再后来是对奶奶的思念。尽管你的奶奶可能从未为你做过吃的。

就这样，你不但得到了那道点心，还得到了一段从未经历过的美好回忆。这对于那些人生经历匮乏的现代人而言，真是难以抗拒的诱惑。

"忆影播放量占了整个影业的三分之一，许霖导演不愧是宏海集团的中流砥柱。"

"可是他一年才出一部影片，这速度哪里赶得上竞争对手？"

会议实在无聊，吴琪躺在床上，盯着深褐色的天花板。这是本月宿舍的主题色，要想换成更明亮的色彩就得额外花钱。她想了想，还是算了。新员工宿舍也就三平方米，虚拟装饰没什么发挥余地。

大学里市场营销课的老师说过，这类虚拟商品的逻辑就是欺骗大脑，让你吃草吃出大餐味儿、蜗居蜗出宫殿般的感觉。只要虚拟效果让你满意了，商家就能源源不断地盈利。

她懒洋洋地翻了个身，眼珠子转了几圈，眼前的场景便从会议室切换到了美丽的风景。这时，"哔嘀——"的声音再次传来。

提示音来自公司内部的一个聊天群。群系统 AI 推测当前话题她会感兴趣，于是发来了特别提醒。虽然上班后加入的群多到数不过来，但这个群令她印象深刻，因为群主是个从公司内幕到明星私生活无所不知的八卦达人。

点开玻璃盒子模样的聊天窗口，群聊记录像颜料滴在水里一样四散开来，好似一幅抽象画。很快，群系统 AI 完成信息分类，它们便凝结成了五颜六色的气泡，不同颜色代表不同的情绪和立场。信息过多时，AI 还会根据你的表情、眼球的停留时间等反馈来做筛选。

点击右上角的实时归纳功能，AI 通过词频分析总结出当前的热议主题——

新晋女导演挑战权威：许霖新作《陌影》损害青少年心智。

近日，一位神秘女性受邀担任宏海集团的忆影导演，并对业界领头人许霖发起挑战。通过各路媒体，她大肆宣扬《陌影》的危害，并称有证据表明该作品会对青少年的心理造成重创。

宏海集团忆影部制片人白龙表示，该言论的真实性还在调查之中。不过，作为全球最大的影业集团，宏海集团欢迎良性的内部竞争，并支持这位女性导演的理想——"为忆影行业带来一次彻底的革命"。

吴琪撇了撇嘴，没明白 AI 为什么要把这条新闻推给自己。若硬要说和她相关，大概是因为许霖。

她在这位大名鼎鼎的导演手下工作了半个月，本以为能探听到一些圈内八卦。没想到，许霖就是个性格古怪的工作狂，终日待在他的豪宅里，整个剧组只得时刻远程待命。

"这事我早听说了。"一个群友以视频的形式出现在大家面前，"有个小学老师在电影课上放了那部片子，在之后的美术课上，孩子们画出来的东西别提多可怕了。"视频中的他瞪大了眼睛，表情狰狞地说，"有缺胳膊断腿的动物、血肉模糊的内脏，还有长长的蛆虫！"

"哪个班？还好我儿子没遇到这事。"

"我就知道，许霖是个心理变态。"

……

群友们争相回复他。

听到这儿，吴琪不禁打了个冷战。她参与拍摄的影片叫《蝴蝶梦》，是为纪念希区柯克导演160周年诞辰而翻拍的忆影版。所有人都为这事忙得不可开交，从没听说许霖还有另一部影片准备上映。

该不会他们剧组只是个幌子，组员们都是他的实验品吧？想想半个月来昏天黑地的工作，还真有可能是洗脑阴谋的第一步。

她赶忙上宏海官网搜索了一番，发现的确能找到关于《陌影》的页面，但点进去既没有封面也没有介绍，只有一句"敬请期待"。这么神秘，可不是宏海集团一贯的风格。

"这算什么？我听到的版本更恐怖！"另一个发言者跳了出来。他使用的是语音形式，没有花里胡哨的动画效果，全靠夸张的语气，"根本没有什么美术课。有个孩子回家后，父母看到孩子行为异常，觉得事有蹊跷，在家长群里提了一句，结果越聊越觉得大事不妙！"

为了成为众人焦点，他卖了一会儿关子，等吊足了大家胃口才继续说道："家长们发现那个班的孩子不约而同地翻出了自己的玩偶，进行解剖。"

群里议论得更激烈了。AI统计的情绪色彩在恐慌和愤慨之间徘徊，花了好几分钟才慢慢归于理性状态。这时有人质疑："现在哪个孩子还会有玩偶？"

"终于有人肯动脑子了。"一个标志性的头像出现，打断了大家口中越来越玄乎的传言。这个大红色的鹦鹉头像总像救世主一样出现在窗口上方，以最传统的文字形式进行发言。

"我对比了关于这条新闻的各方报道，基本判定这位女导演在借假消息炒作。我列出几个疑点，你们自己琢磨。首先，现在悬疑片对观众年龄有限制，一般是15岁及以上；其次，别说孩子，你们给我画一团血肉模糊的内脏来看看？再次，《陌影》是许霖导演的未完之作，公司跟他软磨硬泡了好些年才刚刚拿出个几分钟的预告片。"

看完这些分析，群友们一哄而散。就像看侦探电影一样，没有什么结局能真正让观众满意，他们想要的只是一些天马行空的幻想，在聊天群里过把导演瘾。

"先别失望。今天的热点不在许霖，而在这位新晋导演的身份。"

此话一出，大家知道今天的八卦主题来了，又纷纷回到群聊里。

没有人知道鹦鹉的真实身份，以及那些内幕消息的来源。他的话似乎比媒体的更有公信力，好像他在娱乐圈的每个角落都安插了眼线。

"据可靠消息，这位女导演其实曾是这里的员工，但已经辞职整整三年了。"

"噢，她这是生完孩子来赚奶粉钱了。"

"休三年产假还能保住饭碗？宏海集团可不是慈善机构。"

鹦鹉摇了摇头，头像上的红冠也随之抖动了几下，"注意，不是休假，不是进修，而是离开宏海集区整整三年。蹊跷之处就在这里。众所周知，这个时代隔行如隔山，跳槽之后想再回来更是难于登天。为了保持员工的忠诚度，任何一个企业都不会允许此类事件发生。"

他发完言短短几秒时间内，七嘴八舌的聊天信息就挤满了窗口。

"这人原来是什么职务？"

"一上来就和许霖对着干，看来是想搞个声势浩大的复出啊。"

"我只关心她长得如何。"

……

尽管鹦鹉表示目前可信的消息就只有这些，但依然阻止不了大家在群里编造出越来越多的传言和猜想。消息像滚雪球一样从这个群传到那个群，越滚越大，最后成了人尽皆知的热点。

对于八卦这件事，吴琪有着自己的观察。她发现对这些热点感兴趣的大多是生活中的无名小卒，包括她自己。他们凭借自己的身份很难获得有效社交，所以宁愿通过屏幕了解世间百态。他们懒得踏出宿舍半步，只有在追逐热点话题的时候才觉得自己与外界没有脱节。

这一人群看似微不足道，数量却极其庞大，她的初中好友曾用一个词生动地形容这群人——"鱼人"。

她当时还傻乎乎地问道："什么？美人鱼吗？"

"我说的是鱼人。"

"鱼？你是在笑我没脑子吗？"她冲好友做了个鬼脸。

好友表情严肃，似乎不想和她开玩笑。"从前的鱼生活在江河湖海，现在只能在鱼缸里见到它们。它们很好养，只要一点空间、一点水，定期投喂些饲料就好。过去人们还会给它们摆些假山和水草，如今安置一面最廉价的电子屏就算得上是高级待遇了。你想想，这不就是我们的生活吗？"

吴琪以为她是在抱怨宿舍太小，于是安慰道："等我们工作以后奋斗几年，说不定也能住上二十平方米的豪宅。"

"不仅仅是生活空间的问题。"她回答道，"我们的人生一眼就能望到尽头，不会有惊心动魄的经历，更遇不到什么刻骨铭心的感情，'确定性'是我们拥有的一切。"

"确定性？"

"一切都是可计算、可预料的，你明白我的意思吗？"

吴琪好像听懂了，又好像没听懂，和聪明的女孩做朋友也是件挺累的事。

"我给你举个反面例子。你知道百年前电影曾以碟片的形式存在过一阵吧？那时有过很多实体影碟店，店主会根据自己的经验进货，因此这些店时常带有浓郁的个人特色。在那种实体店里，挑选影片就是件随机性很强的事。它取决于店主，也取决于你的心情，只有买回去播放了才知道是惊喜还是失望，仿佛一场小冒险。"

"可是……"吴琪想了想说，"现在的自动推荐多方便啊。"

"是啊，方便、轻松，就像鱼缸里吃着饲料的鱼。我们可以活得无忧无虑，只是永远也没有机会踏入未知领域，没有机会见到那粉色的珊瑚。"

……

想到这里，吴琪伸出食指把聊天气泡逐个戳破，好像这样就能证明自己有那么一丁点儿与众不同。平时，她是个满足于自己小生活的标准鱼人，吃是最大的乐趣，八卦是第二爱好。可是在某些夜深人静的时刻，她也会幻想老电影里的浪漫桥段能降临在自己身上——那些难舍难分的情愫、那些奋不顾身的时刻。

不知道别的女孩是否也会有同样的想法，只是，母亲知道了一定会取笑她。母亲总说，婚姻是旧时代的糟粕，只有当女人需要男人供养的时候才会存在，而在如今这个体制高度健全、科技高度发达的社会里则毫无裨益。

可吴琪觉得，自己心中向往的爱情和母亲说的根本不是一回事。电影中的爱总是纯粹的、不求回报的，却能让一个微不足道的人获得价值。

她知道，爱情就像那"粉色的珊瑚"，需要踏入未知领域去寻找。可她连这间狭小的宿舍也不愿离开。

虚拟会议室里，人们还在喋喋不休地讨论着如何赚钱。她打了个哈欠，连续几日的疲劳汇成一股浓烈的困意，绑架了她的身体。

……

睡梦中，她再度进入那栋古宅。这一次，白色大门紧紧关闭着，怎么推也推不开。

"人呢？"

她吓了一跳，回头看去，走廊里空无一人。

"去哪儿了？"

她全身僵硬，不敢发出半点声响。

"掉线了？"

那声音模模糊糊的，她听不清。

"吴琪？"

她惊得从床上蹦了起来，想起许霖导演说过："人的大脑中有一些敏感点，精准刺激就可以引发连锁反应，比如自己的名字。"

睁开眼后，吴琪慌忙地看了看会议窗口，发现大部分人都已经离线，只剩一位身材丰腴、衣着华贵的中年女性正直直地看着镜头，像是在监视她。这种事不是第一次发生了。

"我只打了一小会儿瞌睡，"吴琪连忙跪在床上求饶，"您千万别扣我分。"

"你就是《蝴蝶梦》剧组里的新人？"

吴琪点点头，解释说自己已经两天两夜没合过眼。忆影里短短几分钟的情节，许霖让她反复校对了几十遍，害得她一闭眼就见到影片里的恐怖古宅。

"我是李沐虹，是《蝴蝶梦》的监制，和许霖是老搭档了。"

吴琪愣了一下："您……不是行政主管？"

"哦，你当我是来查纪律的。"对方笑了笑。

吴琪立马舒了一口气。

"别紧张，我是来请你帮忙的。"

吴琪指了指自己的鼻子问："我？"

"哎……"监制打开了话匣子，"你也知道，许霖这人特别执拗。刚才一个电话过来，告诉我演女主角的情感演员总是用力过猛，他一气之下把她给辞了。那可是全剧组最有经验的情感演员啊！我好说歹说，可他硬要找个新人当女主角。这不是给我出难题吗？"

李沐虹面带苦笑，眼角出现了几道皱纹，看上去比宏海集团那些颐指气使的上司亲切不少。或者换个词，应该是圆滑不少。这大概也是她能和许霖合作的原因。

"下周就是纪念悬疑大师希区柯克160周年诞辰的活动时间了，我们要向全世界宣布，许霖是'这个时代的希区柯克'。忆影版《蝴蝶梦》必须在开幕式上上映，一天也拖不得。"

"那可真令人头大。"吴琪想着该怎么帮忙，她浏览了一下自己的通讯录，"情感演员专业的同学我只认识两个，没见过面，但他们都是许霖导演的忠实粉丝，我可以帮您问问。"

她想起不久前的大学时光，虽然同样是蜗居在宿舍里，同样以垃圾食品和八卦聊天为乐，但心里却藏着一片广阔天地。当时，她多么向往毕业以后的忆影剧组生活啊，就连毕业论文的主题都是"忆影对人脑的益处"。而现在，她只希望自己在剧组的活儿能快点干完。

"不，不要专业演员。许霖只有两个要求，一是和《蝴蝶梦》女主角年纪差不多，二十来岁；二是没有任何表演经验，传统演员也不行。所以，我才来问你想不想尝试。"

吴琪又指了指自己的鼻子："我？情感演员？"她一连摇了十几下头。

"确实，做许霖的演员是件苦差事，没几个人能忍受。"监制语重心长地说，"但对你这样的新人而言是个不可多得的好机会，还能得到一笔可观的收入。"

听完，吴琪挠了挠脑袋说："不好意思，其实我没什么志向，只想通过年终考核。要是接了这差事又干不好，先不说许导会怎么骂我，行政主管一定会大做文章。"

"这没事，我去帮你沟通。"

吴琪难为情地摇了摇头："以前我父亲常说，每个人都有自己的位置，不要去做能力范围以外的事。所以……"

监制不再坚持："你父亲是个明白人。"

她收起了脸上的笑容，看上去反而比刚才真诚。"如果你改变主意，尽早联系我。"挂断之前，她又补了一句，"许霖其实并没有看上去那么可怕，他只是不懂得表达。"

不懂得表达……吴琪一愣神，这不和自己那可怜的父亲一样吗？

工作中，她也不止一次发现许霖和父亲的相似之处，虽然隔着一块屏幕，那醉心工作的侧影还是让她倍感熟悉。

父亲以前喜欢闷声写程序，在自己房间里一待就是好几天，严肃的表情令儿时的她不敢接近。但是，只要任务完成，他就会突然放松下来，把她扛在肩上愉快地玩耍，直到下一个任务又把他夺走。

回忆消去了睡意，深褐色的小房间突然令吴琪觉得喘不过气来。终于，她给衣服换了个明快的颜色，推开房门走了出去。

（2）

宏海集团的宿舍区像个巨大的圆柱形蜂巢，地球上三分之一的影视工作者都会集于此。密密麻麻的房间从大到小，以最节省空间的方式排布。抬头望去，高层房间里住的不是营销人员就是技术人员，传统电影领域里的演员、摄影师、剪辑师仅能分到低层的小房间，而吴琪这样的编剧新人就只能住在最底层。

这样的安排无可厚非，毕竟大部分感官电影都不需要剧本。毫不夸张地说，编剧已经不是电影制作的对口专业了，她的同学很多都去了宏海集团旗下的社交媒体部工作，帮明星或者平台上的虚拟网红编写人生故事。她本可以借此得到更丰厚的工资与更宽敞的住处，但却不想放弃自己的电影梦。

圆柱形宿舍的中心是休闲区，各种先进的娱乐设备应有尽有，这也是大公司最吸引人的福利之一。当然，它们不是完全免费的，只是根据员工每月为公司做的"贡献"设定了不同程度的折扣。在这封闭的集区里，折扣往往比收入来得更直接，反正所有的钱最后都会流回公司的口袋。

休闲区里最火爆的无疑是感官电影室，从外形上看，它像一个个黑色的小帐篷连绵而成。帐篷内部放置着各种感官放映机，式样和噱头千变万化，但原理都差不多——配合电影情节，有节奏地给大脑注入多巴胺。

近几年，感官电影出现了一种更可怕的趋势，就是会议上提到的短视频化。它们把传统电影的精彩镜头做成集锦，删去影片的人物性格、时代背景，只留下足够吸引眼球的开场和结尾。当经典影片被精简成一个简单粗暴的故事时，多巴胺就成了唯一的遮羞布。然而，忙碌的现代人对此并不介意，谁都希望投入最少的时间，获得最大的快感。

这类影片的制作商基本都是私营的小公司，发展势头却势如破竹，短短几年间就把宏海这样的大公司逼到了不得不反击的地步。人员冗杂的宏海很难赶上这迅猛的潮流，于是公司上下出现了两派意见，一派求新求变，另一派则寄希望于许霖的忆影能屹立不倒，因为只有这种类型的电影还能走高成本、高回报的老路。

在吴琪看来，那些黑色帐篷代表着人性中最原始、最隐秘的部分。她低下头，快步从中穿过，一眼都不想瞧见从中走出来的观众。他们从醉生梦死中回到现实，一个个都有如行尸走肉，那会让她想起如今的父亲。

休闲区的底层是员工餐厅，这片开阔的区域曾经为宏海集区里的几十万人提供了社交机会，但如今这里的人已寥寥无几，一大半空间被挪作他用。感官电影里模拟出的千百种调味，使得真实的美味越来越没有市场。除了还在工作的老年人以外，只有和她一样执着于烹调食物的人才会来这儿用餐。

心情不好就饱餐一顿，是吴琪的人生哲学。她看了看今天的菜单，煮虾仁、煮带鱼、蒸猪肉……餐厅显然不愿继续在烹饪上投入精力，更别说精心调制酱料了。然而，即便是一口淡而无味的米饭，那扑鼻的稻米香气也能给吴琪一种踏实的感觉。

她端着餐盘，随便找个位子坐下，耳边再次响起了"哔嘀——"的提示音。看来，那个八卦群又开始了如火如荼的讨论。

她点开群聊的"玻璃盒"，根据 AI 的整理，鹦鹉马上就会在群里公布女导演的真实身份。在这之前，他如往常一样先抛出一点线索，看有多少人能猜到。

"首先，导演是个冷艳的大美人。"鹦鹉拍了拍翅膀说，"她丈夫也在宏海。当年两人可谓郎才女貌，羡煞旁人……"

他停顿了一会儿，乌黑的眼睛扑闪扑闪，等待群友们的反应。只见各种颜色的气泡瞬间飘满了屏幕，人们争先恐后地说出自己的猜测和各路小道消息。AI 实时计算出收到最多回复的那位，为其头像戴上一顶醒目的皇冠。

"三年前，她还是一名情感演员，事业如日中天。"

鹦鹉不紧不慢地说道。再猛的料，要是被轻易抖出也会失去价值。

"下面是最后一条线索，再猜不出就不适合待在这个群里了。"

吴琪吞下一口猪肉，味同嚼蜡。今天厨师的心情似乎特别差。她忍不住瞥了一眼餐桌上的友情提示：食堂配有餐饮专用感官放映机，在用餐时佩戴，即可挑选你喜欢的口味，让每一餐都丰富多彩。

她咂了咂嘴，不想用机器亵渎食物。

"这位回归宏海的女导演，三年前人间蒸发，她丈夫动用了全区的警力也没能找到她。"鹦鹉说完，群里顿时炸开了锅。

"我猜对了！就是她，林亦溟。当年那件事可是非常轰动的。"

"这么一来，早上针对许霖的新闻就说得通了。"

"据说他俩之间有财产纠纷。"

"我怎么听说的是出轨了？"

吴琪歪着脑袋，看得云里雾里，好像这里面除了她以外，每个人都是当事人。三年前正是她学习最辛苦的时候，为了集中精力，她屏蔽了所有和学习无关的群组，不过省下来的时间大部分都在发呆和焦虑间切换。

这时，有人传上来一个大气泡，群友们兴奋地嚷嚷着："来了来了！发布会开始了！"

只见气泡里出现一位气质超群的女性，她身着黑色长裙，材质和剪裁都很讲究，翠绿色的丝巾从肩上垂下来，看上去和《蝴蝶梦》里那个年代的穿着打扮差不多。那时的服装很挑人，优雅又不失英气、内敛又不失自信的人才能穿得好看，现代人很难驾驭。

"诚然，忆影是电影技术的一大飞跃。"那位女性开口道，"但若是任由它发展，人类将被推入危险的境地。"

吴琪细细观察她的长相。她高挑的眉骨之下有一双深邃的眼睛，纤长的睫毛为其更添了几分神秘感。乌黑的卷发、猩红的双唇带着一种攻击性的魅力，配上她的端庄仪态，令人移不开眼睛。

"从 VR 电影到感官电影，再到忆影，我们在影片中不断寻求真实，不断仿造真实。我们把观众当成了行将就木的老人，擅自宣判他们已经失去了咀嚼能力，擅自认定他们不再需要品尝美食，于是将人造的葡萄糖源源不断地注入他们的血管，让他们离真实越来越远。"

这段耸人听闻的开场白立刻引起了群里的热烈讨论，各色头像和气泡在屏幕上飘浮、翻滚，好似群魔乱舞。多数人对她的言论表示不屑，还有一些人只顾着惊叹她的美，说要是在传统电影当红的时代，她凭这长相一定能成为国际巨星。

"别把重点放在外貌上。"这时，鹦鹉站了出来，"女性的美会削弱其言论的可信度，就像花瓶总是易碎。"

群里顿时响起一片嘘声，嘲笑鹦鹉翻脸比翻书还快，前面还说新导演散布假消息，现在这么快就倒向她那边了。

"客观中立是我一向的准则。"八卦之王波澜不惊，"假消息的判断我依旧坚持，但这不妨碍我接受她的观点。你们细想一下，过去的一整年里有什么事留下了深刻印象？"

聊天群安静了片刻。接着，大家分享起各自的回忆——爬过世界最高的雪山、谈过恋爱、经历过一场死里逃生——AI统计出，这三件事的出现频率最高，而它们恰恰和去年的三部忆影大片相吻合。

一个人感叹道："所有人的经历都有所重叠，想想真挺可怕的。"这句话随即收获了许多点赞，舆论渐渐转向了另一边。

这种事在聊天群里经常发生，看似公认的观点其实不堪一击，只要有一个听起来不错的反面意见，大家就会迫不及待地证明自己思想开明，一边倒地支持那个新观点。

平时，吴琪也很容易被各种观点带偏，但这一次她很清楚自己的想法。忆影是伟大的发明，要是能早一点普及，父亲也许就不会变成现在这样。

吴琪放下手中的食物，一字一句地组织起语言：

"观众有能力分辨哪些是自己的记忆、哪些是电影制造出来的，就好像人们清楚地知道角膜屏幕、耳内音箱这些视听设备所呈现的，与现实场景的区别。许导的忆影可以丰富我们的人生，让我们平凡人也拥有精彩的回忆，为什么要把它妖魔化呢？"

发布会进入问答环节，那位高雅的女性正对着镜头，那双美丽的眼睛仿佛在注视吴琪，吴琪不由得有些心跳加速，像个小影迷。在这一点上，许霖导演可就逊色不少，虽然他也爱穿复古的服装，但每次出现在屏幕上他都显得无精打采，一点明星的气场都没有。

"很多人认为大脑的结构是固定不变的，这种认知是错误的。就拿神经元上的树突举例，它们既能生长又能回撤，既能聚集又能分开，好似一个动态的建筑群，始终处于形成与重塑的过程中。"

林亦溟的鼻梁细长而挺直，好像上天在捏造的时候也对其格外用心，但与之相比，她的嘴唇显得太薄，看上去没有什么人情味。

　　"每次观看忆影，都可能导致记忆的扭曲。因为每当你回忆一次，就把记忆从'柜子'里取出一次，让它接触你当下的环境、心境，这个过程中，记忆会与新的信息糅合在一起，就像从密封袋里取出的食物发生了氧化反应一样。再次储存时，它已经不是最初那段记忆了。"

　　林亦溟的话招致不少批评和质疑，有人觉得她在卖弄学识，有人觉得她根本不懂忆影，但这些丝毫没有影响她。

　　她在保持庄重的同时，犀利地说道："许霖的作品追求极致的逼真效果，《陌影》中的情感、画面、气味等记忆线索已经真假难辨。问题在于，我们的大脑不是为了虚拟而生的。"

　　看来，许导碰上了一位强劲的对手。

　　吴琪想起之前李监制忙乱的样子，忽然觉得或许自己不该立刻拒绝她。吴琪起初也算有志向，十八岁时不顾母亲的反对、哥哥的蔑视，背井离乡来到宏海。只是，那种热忱在激烈的竞争和杂乱的工作中渐渐被消磨。

　　能孤零零地撑到现在，不就是想在电影界发光发热吗？想到这里，吴琪忽然有了斗志，她吞下一大口猪肉，感觉味道就像小时候从哥哥盘子里抢来的那么好。

　　她给监制留下的联系方式发去回复，心想，今天会是自己踏出"鱼缸"的纪念日。要是父亲还清醒，也一定会支持她。

　　接着，她伸出食指把聊天气泡一个个戳破。

　　"怎么对感情的事闭口不提？这女人真绝情。"——戳破。

　　"是啊，听说她失踪以后许霖整个人都崩溃了。"——戳破。

　　关闭窗口的方式有很多，她却喜欢这种最费力的操作，只要连续戳完十个气泡，系统就会自动关闭。

"很明显，公司是想借他俩的绯闻大赚一笔。"

原来，这位女导演就是许霖的妻子。

不知戳到第几个气泡时，吴琪停了手，又忍不住栽进了八卦堆里。

"这年头，会不会拍电影不重要，流量第一！你们看看，她在我们这一个群里就能产生那么大的流量，这个话题的总热度该有多高？"

"道理我都懂，可他们夫妻俩以前号称忆影的共同创始人，她现在回来倒打一耙，实在看不出有什么好处。"

吴琪本以为那位沉默寡言的大导演和她一样没谈过恋爱，没想到他的人生比电影情节还要夸张。

"最后，我要说的是……"林亦溟的总结陈词将大家的注意力又吸引了回去，她的影像气泡占据了聊天窗口的中心位置，随着关注的人越来越多而变大。

"传统电影与观众之间隔着一块荧幕，那是最完美的距离。"她眼里透出冷冽的光，"保持这段距离，我们能得到艺术，破坏它，就只剩狂妄。"

（3）

《蝴蝶梦》第3场第2条——

"她到大海里去了，是吗？她永远不会回来了。"

忆影放映机对人脑的刺激是循序渐进的，第一步"引导处理"，会在两分钟内让观众进入昏昏沉沉、半梦半醒的状态，这能帮助他们快速产生"熟悉感"，代入忆影情节。

自从忆影一炮而红，效仿许霖的人络绎不绝，但光是激发"熟悉感"这一步就难倒了不少人。拍摄忆影看上去是科学家的工作，其实只有艺术家才能胜任，前者想方设法地模拟人脑的运作模式，后者则擅长欺骗人脑。

选用古老的黑白电影作为影像基础，是许霖的妙方之一。人的记忆本就是模糊而抽象的，没有了色彩等细节，观众就能把注意力集中在故事本身，强大的人脑会自然而然地为它着上喜欢的颜色，配上熟悉的气味。

女主角是个刚嫁入豪门的平民女孩，曼德利庄园女主人的身份令她难以适应。富有的丈夫忧郁而寡言，还藏着一个他人无法触及的秘密——他的前妻Rebecca。

吴琪觉得这情节很老套。但是进入忆影三分钟后，大脑里的自我认知区域与片中主角进行了微妙的融合，她无法再以旁观者的角度去看待剧情了。女主角要是哭了，她心里也会立刻感到酸楚。

第五分钟，大脑腹内侧前额叶皮质区的刺激开始生效，电影里的一切场景都变得熟悉。黑白电影被染上了颜色，女主角的服装转换成了现代服饰的模样，发型变成了和吴琪一样的棕色短发。

前妻虽已葬身大海，却如同幽灵一般仍旧影响着庄园里的一切。

每每提及与Rebecca有关之事，丈夫总会莫名地紧张、面色苍白，还不分青红皂白地发脾气。

他平静下来后，又会愧疚地拥她入怀，抚摸着她的头发说:"请你原谅我。有时候我无缘无故地发火,一点也不能克制自己。"

影片的男主角是好莱坞黄金年代的男演员,那双忧郁的眼睛好像会说话。可惜,观众在观看忆影的时候根本来不及多看他几眼,就会让自己现实中心仪的对象将其取而代之。

此刻,吴琪眼中男主角的脸像黏土动画一样渐渐发生变化,典型的西方面孔变成更精致的东方模样,黝黑的皮肤也变得细腻白皙。

她期待着大学时暗恋的学长再度出现。忆影的最大魅力就是让观众成为真正的主角,将自己与身边的人、事、物 DIY 到电影之中。只是,这种 DIY 不受主观控制,取决于潜意识的第一反应。

新婚夫妇漫步在古宅的林荫大道上,丈夫温柔地说道:"我们回家去喝下午茶,把这一切都忘了吧!"

女主角破涕为笑,抬起头来含情脉脉地看着丈夫。

忆影里,男主角已经变成皮肤苍白、五官精致的样子,虽和原版一样斯文儒雅、深沉忧郁,但更显颓废,好像被困在了什么里面。至于他的打扮,像是现代人在模仿古人穿着,带有几分文艺气息,但更多的是与社会的格格不入之感。

糟了!这个人是……

吴琪惊得大叫一声,摄制进程被打断。她掀开眼罩朝许霖的方向看去,心想,自己一定是看了太多这位导演的八卦,才会把他的脸代入了男主角。

前几天她给李沐虹回信的时候,压根儿没想到情感演员得到许霖家里工作。这个足不出户的导演把最高级的摄制器材都放在了自己家，于是情感演员就成了全剧组最惨的人。

她害怕地压低了脑袋，等待大导演的责骂。被骂兴许还是一种殊荣，许霖每次说的话都像教科书一样难懂，惹恼他的人一般还没弄清是怎么回事就被辞退了。

"调整情绪，一分钟后重新开始。"他声音沙哑地命令道。

现实中的许霖穿着老式的白色衬衫、深咖色马甲与西裤，配上棕色牛津鞋。虽然衣着整齐，头发却乱糟糟的。他面容清秀，显得比实际年龄小很多，但是浑身散发出的那股阴郁气质又让他好像饱经沧桑的老人。总之，这人身上处处透着矛盾古怪。

他面前的电脑与摄忆机相连，这让演员的脑部活动变得一览无余。导演可以在此基础上调整参数、构建立体情感，最后制作出层次丰富的神经刺激模块。如此一来，任何观众都能跟着他的作品体验汹涌澎湃的情感。

这台电脑理应有最先进的配置，但看上去却古旧得很。它外层裹着古铜色的金属壳，上面有锈迹斑斑的做旧处理，一些部分还覆盖了一层哑光的皮革。

屋子里到处都透露出他这种奇怪的审美：书桌上雕有精致的花纹，桌旁是一盏绿色丝绒罩子的落地灯，灯后方的墙壁上贴着带褐色暗纹的墙纸，边缘有些泛黄，好似老电影的拍摄场景。而这还只是他豪宅中一个小小的工作间。

"《蝴蝶梦》第3场第2条——开始。"

没有温度的声音将吴琪的思绪拉了回来，她赶紧摆弄好头上的眼罩头套。这套名为"摄忆机"的设备，外观同样"许霖味儿"浓厚，如同20世纪初空军使用的防风镜与皮革制头套，或许这就是由他亲手制作的。

"防风镜"的眼罩部分播放电影画面，同时将音频信号无线传输至耳内音箱。头套中心则固定着一根金色细丝，上面汇聚着脑科学界最先进的科研成果，能够通过后脑勺的微创接口进入脑内，并分化出更多细丝，进行微电流刺激与脑部信息摄取工作。

吴琪逐渐回到昏昏沉沉的状态，许霖的声音变得模糊："熟悉度稳定，直接进入第二阶段。"

第二阶段指的是情感摄取阶段。她做了一个"OK"的手势作为回应。

情感是记忆的主角。恋爱过的人可能记不清初恋的长相，但却很难忘记当时的甜蜜与酸涩。情感演员要为观众呈现的，就是这种抽象而强烈的情感。

那么，像吴琪这样没有亲身经历的人要怎么演出情感呢？

连续几天的魔鬼式训练给了她答案。摄忆机有放映与摄取两项功能，情感演员在观看电影时会产生情绪反应，比如激动、担忧、幸福、恐惧等，摄忆机找到这些脑部的活跃区域后会反向刺激它们，从而提升情感强度。

目前的摄忆机还不够强大。它无法完全复制出演员大脑中产生的刺激，就像最初的电影摄像机无法捕捉声音和色彩，只能拍出黑白默片一样。

为了达到最佳效果，演员大脑产生的情感刺激需要远远大于现实情况。比如观众在电影里经历失恋的痛苦，演员在拍摄时就要经历恋人死去般沉重的悲伤，这样才算是优质的情感素材。

　　"请你原谅我。有时候我无缘无故地发火，一点也
　　不能克制自己。"

此时，剧情回到了男主角拥女主角入怀、向她道歉的部分。

同样的场景与台词，这次吴琪更切身地感受到了海边的寒风，男主角也愈加温暖、轻柔地抚弄着她的头发。当他拥她入怀时，

虽然看不到他的面容，但那冷冷的声音、纤弱的体格，甚至身上那股类似苦艾酒的味道都和许霖一模一样。

吴琪很抗拒，努力回想学长的样子：他要比许霖魁梧一些，性格开朗，常常对她笑……可越是抗拒，那个消瘦的形象就越是清晰。

她也不知道自己怎么了。要是因为加班加点的相处而对他产生了好感，那绝对是工伤！

　　他们漫步在林荫大道上，往爬满青藤的宅邸走去。女主角破涕为笑，从口袋里掏出蕾丝手帕擦拭眼泪。微风轻抚，悸动的心情变得平和。在阳光的照耀下，一切都显得分外美好。

　　可就在这时，她不经意间低头，发现自己的手帕上绣着一个"R"——这是 Rebecca 的印记。

　　背景乐声急转直下，海浪呼啸着冲击岩石，她的脸上再度阴云密布。

"Cut."

吴琪掀起眼罩，忆影带来的影响挥之不去。趁许霖紧盯屏幕的当口，她忍不住偷瞄了他几眼。很难想象，如此沉闷的人却有一颗通晓人类感情的心，哪怕是语言表达不清的情感，他都可以通过冷冰冰的机器模拟出来。

昨晚她躲在被窝里看了一篇访谈，说许霖以前是神经生物学专业的高才生，本应成为前途无量的科学家。据同学回忆，他孤僻的外表下其实有一颗非常和善的心，做实验的时候连动物都不愿意伤害，宁愿自己承担痛感调试的工作。没人能想到，他不等毕业就转行，投入了彼时奄奄一息的电影行业。

过了两年，第一代感官电影风靡全球，资本家们开始疯狂投资感官刺激技术，只有他一个人苦心研究负面情感。他把人的情感谱系比作颜料盘，快感刺激就像红黄色系，明艳美丽，但是要完成一幅画还必须有青蓝紫以及黑白灰等冷色调。忧郁、恐惧、哀愁、孤独，加入这些千变万化的负面情感，才能呈现人的常态。

当公司就要失去耐心时，他宣布情感谱系已经扩充完整，可以开始"作画"了。时至今日也没有第二个导演能像他那样精准地创造各种情感。然而，第一部忆影能获得投资，靠的却是当时一位新秀女星的鼎力支持。

那个人就是林亦溟。

"后半段不对劲。"

他一开口，吴琪就双颊发热，生怕这台神奇的摄忆机能读出自己的心声。

"我……你……您指的是哪种不对？"

"'R'出现的时候，你最兴奋的区域是杏仁核。"

"杏仁核？"

"就是大脑中掌管恐惧和焦虑的区域。"

伴着他低沉的嗓音，她又一次回到故事里的曼德利庄园。看到掏出的手帕，听见海浪像幽魂一般拍打岩石的声音，然后受到"R"的惊吓……在这个场景反复摄取了十几次，可是许霖仍旧不满意。

她哆哆嗦嗦地说："Rebecca就像个幽灵，我除了恐惧还能有什么反应？"

许霖不屑于开口回答这样的问题，他挥了挥手，将屏幕上的界面投射到她眼前，上面出现一个正在转动的立体大脑。几百种颜色标注大脑的不同区域，随着影片的播放，颜色发生深浅变化以表示各区域的活跃情况。

他用光标指了指脑图上的两个小点，旁边出现了"自卑"和"嫉妒"的标签。吴琪想起许霖对影片每一帧的情感都有要求，他曾说过，至少要有三个维度交织在一起情感才足够立体。不过，她的注意力放在了更重要的事上。

"我听说这机器能把人脑中的画面也拍摄下来？"她旁敲侧击地问。

"不能。"

"所以，它只知道我是什么感觉，但不知道我看到了什么？"她只关心屏幕上那个大脑有没有出卖她。

他没有回答，应该是默认了。

"哈，原来摄忆机摄取的只是情感。"吴琪大大地松了一口气，瘫坐在椅子上。

许霖的表情有了一丝波动。"你头上的机器并非真正的摄忆机。"

"可是教科书上说……"

这时，房间里的落地钟敲响了。下午两点是许霖固定的午休时间，无论工作进展到什么地步，他都会在这时暂停，慢悠悠地走出房间去泡一杯红茶。这让成天陪着他熬夜的组员们纳闷不已。

更古怪的是，每次午休一开始他会自言自语，像布道一样诵读一段文字。此前，吴琪在屏幕那一头，因为距离总是听不清全段，趁今天这机会她立马竖起了耳朵。

"这些旋转不已、模糊一片的回忆，向来都转瞬即逝。"许霖从工作椅上起身，紧张的表情渐渐松弛下来，"不知身在何处的短促的回忆，掠过种种不同的假设，而往往又分辨不清假设与假设之间的界限，正等于……"他好像忘记了吴琪的存在，旁若无人地往外走去，"正等于我们在电影镜头中看到一匹奔驰的马，却无法把奔马的连续动作一个个单独分开。①"

他到底在说什么？

吴琪抬头看着白色的天花板，这是房间里唯一的亮色。由于是临时替补，这几天就她和许霖两人待在这间大屋子里，每次走进来都有一种阴森森的感觉。

尤其二楼的那间书房，同事说里面好像藏着什么惊天秘密。许霖不允许任何人进入，而他自己有时工作到一半就会突然钻进那儿，不知道在干些什么，也不开灯，把同事晾在外边老半天。

离《蝴蝶梦》的完成期限只剩三天了，不论许霖是否满意，三天之后吴琪就能解脱。她随手拿起桌上的论文集无聊地翻看起来，虽然是个学渣，好歹她的毕业论文是这个方向。

人的记忆是一张复杂的网，由海马体进行存储，最终分布在大脑的不同区域，其内容包括情感、声音、颜色等感官信息。旧版摄忆机从演员脑中摄取情感，后期再将其与另外拍摄的视听影像合为一体，让观众有一种陷入回忆的错觉。这也是目前忆影的主流制作方式。

《陌影》采用了新版摄忆机，将成为世界上第一部真实忆影。它能真正摄取人的记忆，除了情感以外，还包括人脑中的视听画面、心理活动。它能原汁原味地重现记忆，带来最强烈的情感、最刺骨的恐惧。

真实忆影将再一次改写电影史，它像一支强心剂，让麻木的现代人重燃热情。

---

①引自《追忆似水年华》，[法]马塞尔·普鲁斯特著，许渊冲、周克希、徐和谨、李恒基等译，译林出版社 2012 年版。

吴琪看着"麻木"二字，脑海中又浮现出父亲的面庞。

林亦溟的发布会后，公司赶紧利用这对离婚夫妻的热度，为《陌影》发起了一波猛烈的宣传攻势。很快，人们忘记了它最初惹人注目的原因，只知道这是今年的必看大片。

"你在做什么？"许霖无声地回到工作间。

吴琪一紧张，手上的论文集掉到了地上。她慌忙蹲下身子去捡，突然觉得这个场景似曾相识——这不就是《蝴蝶梦》里女主角刚进豪宅时的狼狈模样吗？

说起来，许霖的这栋宅子和电影里的曼德利庄园还真像。在土地紧缺的今天，居然还存在这样一栋豪宅，前面是茂密的森林，后方有蔚蓝的大海。来这儿之前，她都不知道富人的生活可以如此任性。

屋子里摆满了没有实用价值的古董，那些花瓶、钟表、壁炉都符合电影里的年代特征，就连他身上的服装也是，给人一种强烈的不真实感。

"我……我只是好奇《陌影》什么时候会上映。"她结结巴巴地说。

"你想打听《陌影》的事？"许霖的双眼透过反光的镜片，警惕地注视着她。且不说这部电影对现代人会不会是强心剂，至少对这位古怪的导演来说，绝对是。

"嗯……就……听说这部忆影早就完成了。没有推出的原因有人说是宏海的饥饿营销，有人说涉及真实记忆的版权问题，还有人说这和您的妻……"

看着许霖迅速变青的脸，她知道自己说错了话，赶紧闭上嘴。

没人知道他对这位失踪三年的妻子究竟抱有何种情感。尽管她回归影坛的事情被炒得沸沸扬扬，她还在诸多场合公开抨击他的作品，他就是对此只字不提，好像她是个根本不存在的幻影。

"走吧。"

"啊？"

"从我面前消失。"他沙哑的声音令屋子蒙上一层阴影。

传说中的阴晴不定，吴琪算是见识到了。

许霖的态度决绝，她只能乖乖离开。关门时，她偷偷回头瞧了一眼，屏幕的蓝光反射到许霖的老式眼镜上，仿佛他也成了这台机器的一部分，冰冷、古板，像个谜。

（4）

"欢迎光临传统电影博物馆，我是这里的引导师。"电梯门打开，一个年轻的女孩站在入口处的灯光下，别的地方一片漆黑，只有女孩脚下、灯光直射处能看到铺着的红色地毯，颇有点传统电影院的氛围。

宏海集区由上百座纵横交错的电梯连接，公司为了提高工作效率，不断优化员工的行动路线，那些最不重要的区域就被移到了集区的最外围。

传统电影博物馆建成之初位于集区中心，重金收来的电影文物与先进的展览技术令游客络绎不绝。而如今它的位置已经改为23区边缘，74号楼第345—395层，好像古代城郊的一处废弃仓库。无论传统电影，还是博物馆，都成了时代的弃儿。

引导师介绍道："世界上现存的电影放映厅有三间，设施最全的一间就在这里，相信你和大部分参观者一样，也是冲着这个来的。"

引导师热情地微笑着，身上的黑色长裙应该也是为了迎合"过去"的氛围而穿的，这一身打扮看上去与她稚气的脸蛋不太相符。

"我们收藏着从 1895 年至今的所有著名影片，放映厅会根据你选择的影片时期来切换放映模式，从激光 IMAX 到胶卷放映，给你最经典的观影体验。不过，要是你以为这就是我们这儿的招牌，那就大错特错了。"

隐藏在她背后的自动门在黑暗中打开，那是连通博物馆楼层的内部电梯，她举手示意吴琪跟上。

"我们的旅程从 395 层开始，一路向下。"引导师说道，此时吴琪已经踏进电梯里。她心里纳闷儿，该不会是要把 51 层楼都参观一遍吧？

见引导师这么热情，她也不好意思多问，只好先跟着逛起来。其实她不是第一次来了，大一时就是在这儿上的电影史学课，不过她在昏暗的环境下特别容易犯困，因此什么印象都没留下。当时应该还没有引导师这个职业。对了，为什么这个职业叫作引导师？

来到第 395 层，首先映入眼帘的是电影最原始、最粗糙的模样。从东方的走马灯、西方的费纳奇镜到 19 世纪的第一台摄像机，人们逐渐发明出一种光影的魔法。

据介绍，这里收藏的摄影场景、道具、器材都是文物级别的，博物馆还为此配备了先进的安保系统。这一点吴琪可是完全看不出来，在她眼里，这儿只是个和时代脱节的地方，逛完一整层也没见到别的参观者，冷清的场面和引导师滔滔不绝的介绍形成鲜明对比。

"……于是，在卢米埃尔兄弟手中，电影迎来了真正的开端。"讲完这一段，女孩微笑着问道，"他们的电影你一定熟悉吧？"

作为在宏海附校读过四年书的人，吴琪不得不硬着头皮回答："当然。他们有一部、一部……"

为了面子，她怎么也得说出个片名才行。对了！林亦溟的发布会上提到过世界上的第一部电影，当时观众看见一辆火车缓缓驶来，全都吓得逃出了电影院。

"《火车进站》！"她答道。

"没错。当时的观众看着粗糙的画面也能感到真实的恐惧，而如今，我们就算看到世界末日也没有了感觉。"

她说的话和林亦溟一模一样。想起这个人，吴琪心里一阵委屈。要是昨天没有多嘴提到她，许霖就不会那么大反应，自己的年终考核也不会遇上大危机。

女孩介绍起下一个电影流派，兴致越发浓厚："1920 年的黑白电影《卡里加里博士的小屋》是表现主义的杰作。男主角讲述了一个恐怖的故事，观众却发现他生活在精神病院，一切都是他的臆想。"

吴琪想着怎么才能支开她，自己一个人逛。可是女孩津津有味地说着，不让吴琪有插嘴的机会。"导演想让观众从精神病人的视角来体验世界，于是将影片的布景设计得古怪扭曲，椅子比人还高，屋顶尖得没法住人，每一处平面都是倾斜的。"

吴琪试图打断道："其实我今天来是想……"

"同时期的另一部代表作是《诺斯费拉图》，讲述的是关于吸血鬼德古拉的故事。这种电影风格影响了后世的很多知名导演，其中包括大名鼎鼎的阿尔弗雷德·希区柯克。当然，许霖也在其列。"

机会来了！吴琪连忙表示自己对希区柯克很感兴趣，迫不及待地想去参观他的展厅。

女孩不太情愿地说道："虽然好莱坞引领了电影界一百多年，但影史上的重要变革都来自外界力量。"她一边念叨着，一边带吴琪来到了展示好莱坞黄金时代的楼层。

《惊魂记》《爱德华大夫》《后窗》……女孩开始不厌其烦

地介绍起希区柯克的著名影片，尤其在一部名为《迷魂记》的影片前驻足了许久："男人寻找梦中情人，导演寻找心目中的女主角，两者都是对女性的物化。"

趁她不注意，吴琪偷偷溜到展厅另一侧，找到了《蝴蝶梦》的展示区。这是希区柯克到好莱坞以后的第一部作品，常被诟病缺乏个人特色，所以没能和上述几部杰作排在一块儿。

终于摆脱了引导师，她觉得放松多了。

不得不承认，这座博物馆的确有它的惊人之处。一百多年的影史，几乎每一部名作都有一小片展示区，展柜里放着当时的手稿与重要道具，一些展区还通过全息影像的方式重现了电影里的经典场景。

博物馆的占地面积广大，即便在集区边缘也是一种奢侈。由此看来，宏海仍将辉煌的过往视为骄傲，毕竟它是少数几个从传统电影转型存活下来的企业之一。

过去四十年间，宏海从一家普通电影公司逐步攀升为集制作、发行、放映设备生产为一体的国际性垄断企业。对于这样的影业巨头来说，赚钱是唯一的原动力，流水线式的大规模生产不可避免。然而，短电影的崛起却令这种模式受到重大冲击。从兴盛到衰落，它的轨迹与好莱坞有许多不谋而合之处。

这时，一道光从头顶照射下来，影片中 Rebecca 的房间就此显现。白色大门、宫廷镜子、大理石壁炉，还有那只黑色的长毛犬。全息影像将她带回了梦中的场景。

长毛犬听到动静，一下子蹿出门外，与她身体重合的时候好像变成了绿色的幽灵。现在，房间里安静得只剩下呼吸声和窗外的海浪声。

精致的雕花衣柜、美丽的刺绣窗幔，还有豪华的蕾丝床品，Rebecca 的每一件遗物都亮丽如新，仿佛刚刚还有人打理过。最为诡异的要数梳妆台上那捧新鲜花束。是谁放在那儿的？

突如其来的一阵异响吓了她一跳。回头一看，窗户竟然自动打开了。直觉告诉她，这个房间有些不对劲。她走上前去关窗，没想到一阵狂风将两扇窗户吹得大幅摇晃，她一不小心打碎了窗台上的陶瓷花瓶。

远处传来长毛犬的哀号，像是在说："你毁了她最心爱的东西！"

惊魂未定，她想要捡起地上的花瓶碎片，却发现背后赫然站着一个又高又瘦的人，长长的黑色连衣裙从脖子一直覆盖到脚踝，阴郁的眼神里带着轻蔑。

这不就是那个疯狂迷恋 Rebecca 的女管家吗？恐惧使她不自觉地往后退，差点儿就从窗户摔出去了。

回过神来，吴琪还站在全息影像投射出的房间中央。刚才那些是做情感演员的时候反复经历的情节，平时不怎么记起，却在这相似的场景里一触即发。说明这儿她是来对了。

"自卑和嫉妒。"她喃喃道。如果可以演出这两种情感，许霖或许会不计前嫌，让她回去工作。

走到梳妆台前，全息影像中的镜子没有映照出她的面容，却浮现出了林亦溟的模样。林亦溟在最新的访谈中穿了成套的深咖色西服，与许霖身上的如出一辙，听说这种古老的面料只在很小的圈子里流通，两人之间似乎有一种时间和距离都剪不断的默契。

吴琪低头看了看自己——一件可以改变颜色和温度、带有自洁功能的衣服，只要不变胖就能穿十几年。这样的衣服当然谈不上式样和剪裁，美观程度还及不上鱼的鳞片。

为什么要拿自己和她比较？

回想过去，她羡慕过的人不少，比如那些出生在电影世家的同学，还有才华横溢的艺术家。但他们是他们，自己是自己，她从没想过要成为别人。

这时，一个黑色的身影突然蹿了出来，吓得她往后跟跄了几步，这一次她是真的挪了位置。窗外响起震耳欲聋的雷声，接着是花瓶破碎的声音，一系列的惊吓令她尖叫出来，随之而来的是一阵毫不留情的笑声。

刚才的引导师迈着轻盈的步伐转了个圈，来到吴琪面前，解释说打雷和花瓶打碎的情景每十分钟就会播放一次，但从没见有人被吓成这样。

"因为根本没几个人来。"吴琪受够了，面露愠色地说，"请告诉我放映厅在几楼。"

"不行！还有很多精彩的地方没带你参观呢。泡沫塑料做的末世街景、树脂做的大怪兽和人皮面具、巨大的绿幕，还有各种各样的摇臂摄像机。你知道吗？在电影特效普及之前人们还发明了'下雨机'和'闪电机'。"

吴琪没有接话，径直走向电梯，跟在身后的引导师继续念叨着："到了近代，导演的个人风格更加鲜明，斯坦利·库布里克、昆汀·塔伦蒂诺、克里斯托弗·诺兰……"

吴琪愤愤地敲击电梯按钮，按钮却显示需要输入工作人员的指纹才能启动。她很困惑，这间博物馆在以前生意兴隆的时候需要多少个引导师。

"你叫吴琪，对吗？"

吴琪有些惊讶："你怎么知道？"

"你说得对，这儿好几天都不会有一个人来参观，对黑白电影感兴趣的就更是少见。所以刚才我查了一下你的身份。"

引导师的眼神很古怪，吴琪说不出里面藏着什么，只觉得有些熟悉。

"你就是《蝴蝶梦》的新女主角？"

吴琪不知该怎么解释自己目前被半辞退的状态，只好敷衍地点点头。

"许霖的作品古典气质浓郁，可以说是这个时代最接近电影艺术的作品。但他本人只能说是个勤奋的导演，并非世人所称的天才。"

这个观点，吴琪倒是第一次听说。

"这个时代真正的天才其实是……"

引导师的偏执令她不安。吴琪主动打断话题，表示现在就想去放映厅感受一下 1940 年版的《蝴蝶梦》原片。

"临时抱佛脚也没用。"

女孩看穿了她的意图："你不可能通过看一部片子就理解了过去的电影艺术。你得沉浸其中，知道它的过去，知道它是如何影响后世的。你得听我继续说下去，电影是如何经历了'理性蒙太奇''新浪潮'，之后又如何催生出'实验主义'的。千禧年过后有一部伟大的电影横空出世——《穆赫兰道》。它的价值近几年才真正显现出来，那是最接近梦境的电影，梦里出现的每一件事物都与现实……"

"抱歉，请你尊重我的意愿。"吴琪坚定地说。

引导师尴尬地笑了一下，以一种很不自然的姿势按下了楼层按钮。电梯里的灯光格外明亮，吴琪清楚地看见她嘴角上扬，但除此之外脸上任何一个部位都不带笑意，让人不寒而栗。

终于来到了放映厅。这儿的布局和课本上写的一样，数百个暗红色的座椅排列成二十几排，一块宽十米左右的荧幕撑满整面墙，老式放映机装上胶片，从后方顶上的小窗里投射出变幻的光影。

引导师没有留下来和她一起看，真是谢天谢地。就算不是那个古怪的女孩，换成别人坐在身边也一样很不自然。吴琪并不讨厌和人接触，应该说比这个时代大部分人更爱和人面对面相处，但观影是件很私密的事。难以想象过去几百号人坐在一起，吃着爆米花喝着可乐，还要忍受孩子的哭声和手机造成的光污染。

屏幕上投射出曾经的影业巨头米高梅的经典标志。随着一声狮吼，吴琪开始期待一场震撼灵魂的视听盛宴。

然而，影片播至三分之一时，男女主角才刚刚完成相识相恋的全过程。这种桥段在近代电影中的时长不会超过两分钟，在短电影里就更别提了，她甚至怀疑是不是引导师放错了影片。

看到中间部分，的确能感觉到一些诡异的气氛。女主角不停地意识到 Rebecca 的存在——她住在仆人们的心里，魂魄却仿佛萦绕在自己的卧房，枕头、记事本上也处处可见她名字的首字母"R"，当然还有那条吴琪最熟悉的手帕……

之后，女主角错信了女管家的话，穿上了 Rebecca 曾经穿过的礼服，这彻底惹恼了丈夫。在迷失自我的痛苦中，女管家诱导她跳窗自尽。那个镜头雾蒙蒙的，看上去非常文艺，刚才的引导师估计能就此写出一篇电影论文，但吴琪的反应只是一个哈欠。

整整两个小时，没有感官刺激，没有熟悉的人物代入，没有互动，还是黑白片，她实在没法骗自己看出了什么名堂。这可能就是林亦淏在发布会上提到的"传统电影与观众之间的距离"。

影片末尾，女管家在疯狂中点燃了曼德利庄园，自己也葬身火海。看完以后，吴琪很是失望，不是对影片，而是对她自己。

"怎么样？"

听到声音，她紧张地回过头去，黑暗中只看到放映机投射下来的那束光。

"有什么感想？"

转向另一边，发现引导师竟然已经坐在了旁边的位子上。她是什么时候出现的，我怎么一点都没察觉？吴琪觉得放映厅的温度陡然降低，顿时起了一身的鸡皮疙瘩。

"我，其实……嗯，感想……"犹豫了一会儿，她决定说实话，"我其实没有感想。"

"没有感想？！"

"我不知道，可能有点失望，灵魂人物 Rebecca 到最后都没有露脸。全片都在谈论这个人，却没有任何闪回画面。"

"这就是《蝴蝶梦》的精髓！"引导师的音调比刚才高出了八度，"你只能从人们的描述中听说她的美、她的神秘不羁，还有丈夫对她的爱。这种手法就是典型的麦高芬。"

"麦高芬？"吴琪觉得哪里听过这个词。

"希区柯克的惯用手法，你连这也不知道？"引导师得意地解释道，"麦高芬就是剧情中的一个幌子，看似重要，实则子虚乌有。"

影片在一片火光中结束了。

"谢谢你的讲解。"吴琪从座椅上起身，"说实话，还是忆影适合我。"

"我就知道，我就知道……"引导师发出呜咽的声音。白色的字幕在黑色的荧幕上滚动，投来忽明忽暗的冷光。她克制着激动的心情，小声说："你不配，你不配。没有人能取代她。"

吴琪不明白为什么这个素未谋面的女孩会对自己抱有敌意，她只想快点离开这儿，但电梯还需要有人来启动。

"失踪之前，许霖的每一部忆影都由她担任主角。从三岁婴儿到垂死老者，从风华绝代的佳丽到身残志坚的士兵，演尽了人世百态。这份工作对常人而言是情感压榨，她却乐此不疲。"

"你说的'她'指的是林亦溟？"吴琪后退了一步，下意识地与女孩保持距离。

"没错，她才是真正的天才，是我挤破脑袋来到宏海的理由！我一直梦想着有一天她会回到许霖的忆影中。当我听到她回宏海的消息时，终于觉得人生又有了盼头。"她的表情变得狰狞，"可是你……许霖竟然想让你这个无名小卒取代她！"

"不、不是这样的，我只是个恰好合适的替补。"吴琪又后退了两步，她觉得自己的表情应该和影片里的女主角一样僵硬，"你看，原版里为了剧情需要，希区柯克也放弃了美艳动人的费雯·丽，选择了初出茅庐的琼·芳登。"

随着一声"哔嘀——"的提示音，字幕放映结束，整个电影院变得漆黑一片。

"你不该出现在这里。"声音在黑暗中变得更加恐怖。

吴琪扶着前排的靠背往外走，成排的影院座椅仿佛没有尽头。当脚尖碰到走道楼梯的那一刻，她抬起腿来奔跑，可是厚厚的地毯令她难以保持平衡，一不小心就被绊倒在地。

这时，地面终于亮起了微弱的灯光，但它们唯一的作用就是让她看到了突然出现在自己面前的引导师。

看着她倒吸一口冷气，引导师用食指抵住嘴唇说："嘘，别太大声了，会影响其他观众。"

话音刚落，空荡荡的放映厅里就传来窸窸窣窣的声音，好像有无数啮齿动物在洞穴爬行，到处回响着"你不配，你不配，你不配，你不配……"的声音。

吴琪再也抑制不住恐惧，尖叫着往反方向跑去。

"不是叫你别影响其他观众吗？"背后的声音穷追不舍，那长长的黑影倒映在荧幕上，如同表现主义电影善用的恐怖光影。

荧幕的一侧藏着一条安全通道，吴琪冲向门外，来到裸露着混凝土的楼梯间。整整四百层的大楼，没有人会使用楼梯。

"你不该在这里，不应该……不可以！"

她没时间多想，数着楼层一个劲儿地往下跑，389……377……365……高度紧绷的神经令她恍惚，看见窗户的那一刻竟产生了跳下去的冲动。

"休想取代她的位置。"楼上的脚步声越来越近，"你在这里没有容身之地。"

窗外，高楼与高楼之间仿佛隔着深不见底的悬崖。吴琪看得腿都软了，跌跌撞撞地继续往下跑。357……349……345！

她终于逃出了博物馆的楼层范围，来到了灯光明亮的商场里，这里的一切都和往常一样。可是，她却改变了。

她觉得自己一无是处。有生以来她第一次强烈地渴望变成另一个人。

（5）

"我不配……我在这里没有容身之地。"

还是那片大海，还是习习微风。吴琪从口袋里掏出蕾丝手帕，将滴下的眼泪拭去，手帕上出现一个"R"。几秒钟以后，她眼中的"R"渐渐融化，变成了"L"，变成了林亦溟名字的首字母。

在吴琪的恳求下，许霖准许她重回《蝴蝶梦》剧组担任情感演员。她这么卑微，不是为了年终考核，而是为了拍完电影，为了在影片最后战胜 Rebecca。

Rebecca 从未露过面。这部一百多年前的影片早已抓住了忆影的精髓——"绑架"人的想象力。将一个故事里最美、最可怕的部分留白，观众就会挖空心思想象出一个完美的形象。

背景乐声急转直下，海浪呼啸着冲击岩石，将世界染成了忧郁的绀蓝色。

女主角的眼泪好像钻进了吴琪的眼眶，那种心情既不是自卑也不是嫉妒，而是一种酸涩，一种只有鱼人才明白的、无望的酸楚。

不知过了多久，吴琪从忆影中醒来，看着聚精会神工作的许霖，觉得他十分遥远。

在博物馆的经历像一场噩梦。白天的时候不怎么觉得，但是一到了晚上，或者戴上摄忆机眼前一片漆黑的时候，她就神经紧绷，精神状态和影片中女主角的如出一辙。

"我们的大脑里有 860 亿个神经元，在不可思议的网络结构里复杂地运行着。每一种情感都是几百亿年来宇宙演化的产物，于我而言，是世上最美的东西。"

当许霖对自己说话的时候，吴琪还以为房间里有另一个人，以为自己是一只谁也看不见的小虫子。她战战兢兢地问："所以，刚才那条还是不行吗？"

"你很有天赋。"他摘下眼镜揉了揉眼睛，然后看着她说，"那天的事我很抱歉。"

吴琪受宠若惊地摇了摇头，好像做错事的是自己。

她以为这种卑微的感觉在拍完整部忆影后就会消失，但事实并非如此。当《蝴蝶梦》终于杀青时，她变得比任何时候都更渴望得到许霖的认可，她好像难以自制地爱上了他。

"我见过无数幅情感画像，刚才那幅令人印象深刻。"许霖打开脑图界面，将进度条拖到色彩最丰富的那一段，"感情充沛、结构精炼、立体度又恰到好处，简直是绝美的艺术品。"

看着屏幕上那变幻莫测的色彩区块，他两眼放光："这种程度的情感，我只在刚坠入爱河的年轻女性脑中见过。"

这话让吴琪恨不得钻进地洞里，她感到全身的血液都在向着面颊进发。她喜欢暗恋的感觉，因为它很安全，就像躲在鱼缸里自导自演一部电影，把有关对方的细枝末节记录下来，然后封存起来。

但是，这台机器会破坏这种安全的距离。不能再让他知道更多了！她慌慌张张地解开脑袋上的设备，却一不小心把昂贵的摄忆机摔在了地上。她惊叫一声，颤抖着双手把机器捧起来，检查了好几遍才递给他。

没走两步，她又被刚才解下来的线绊了个正着。为了保护好手上的摄忆机，她整个身子都扑倒在地，最后只能狼狈地爬起来，再露出一个尴尬的微笑。这下，就算眼前不是一流的脑科学家，也能看出她在想些什么了。

气氛尴尬得无以复加，每一秒钟都是煎熬，仿佛她赖以生存的鱼缸上出现了一道裂痕。这时，一阵门铃声挽救了她。

"我去开门！"她捂着自己滚烫的脸颊，飞快地跑出了房间。

二楼走廊的尽头处有一扇巨大的落地窗，透过它可以看见壮丽的悬崖与海岸线。环境污染已经吞噬了世界上的大部分美景，能看到大海的地方大多在集区以外。

这一扇窗就能说明许霖的地位是多么的高不可攀。

吴琪有些不舍。等明天醒来，她就得回到狭窄的宿舍，再也听不到这儿的海浪声，也闻不到许霖身上那淡淡的带有苦味的香气了。她想起他念诵过的话语："这些旋转不已、模糊一片的回忆，向来都转瞬即逝……"

路过神秘的书房，她发现门半掩着。好奇心驱使她往门缝里偷看了一眼，漆黑的房间里，好像有个人倒在地上。

她在惊吓中捂住嘴，深呼吸了一口气再往里看。这一次，瞳孔适应了黑暗的环境，才发现倒在地上的是个老式书架，房间里还到处散落着纸质书本。

奇怪，如果许霖经常去这个房间，为什么里头还会像这样一片狼藉？

听见楼下大门打开的声音，吴琪才想起来自己刚才要做的事。

大门应该是自动的，哪需要有人去开？大概是老电影看多了，思维回到了上个世纪。

她在楼梯边上等了一会儿，可是下面却没有了动静。于是她加快步伐，两级两级地跳下楼梯，就像电影里的那只长毛犬。

楼梯的木质扶手和她平时摸惯了的金属材质非常不同，有一种温润的触感。铺满整座楼梯的暗红色地毯显得雍容华贵，脚踩上去的感觉如同在云端漫步。

刚下了几级台阶，她就看见一个黑色的身影走了进来。难道是那个神经质的引导师找到了这里？她吓得后退了两级。

楼梯的侧栏挡住了来客的面容，她的身影比印象中更为修长，肩上披着黑色长卷发。缓缓地，那个身影往楼梯这边走来，端庄的仪态在每两根侧栏之间的空隙中留下剪影，就像电影镜头中的连续动作被一个个单独分开。

女人转过身，正对着楼梯上的吴琪，脚步轻柔得没有声音。不知哪儿吹来的风拂动她的发丝、她的裙摆，女人好像下一秒就会化作幽灵。

"我……我去叫许导过来。"

"不用。"她的笑容深不见底。

吴琪不知所措地停在楼梯中间，仿佛误入了一部不属于自己的电影。她知道自己应该尽快离开，可是双脚就像粘了胶水一样无法挪动。

"地毯不该出现在这里。"真正的女主角开口道，"你也一样。"

R2

眩晕

（1）

难以置信，世界上竟会有如此相像的人。

许霖从壁炉上方的镜子里看见自己苍白的脸，嘴唇微微颤抖。自那件事以来，他还是第一次近距离观察她的面容。

"这儿真是大变样了。你花了不少精力改造吧？"

不仅仅是熟悉的五官，甚至妻子自认为的那些瑕疵——面颊上的痣、眼角隐隐约约的细纹，还有薄薄的嘴唇，都在她的脸上悉数重现。他们一定认为这样就能够将他蒙骗。

她接着问："是为了忘记当年发生的事？"

心像是被针刺了一下，但他的表情没有丝毫变化。不能因为明显的挑衅而自乱了阵脚。

"哎，还是这么冷漠，只有忆影能让你开口。"她表现得镇定自若，反而显得刻意，"OK，那我就直说了。我今天来，是代表脑学社和你谈谈。"她停顿了一会儿，等待他的反应。

她回来的事，他比身边的人都更晚知道。当消息传来时，事态已经发展到不可挽回的境地。

这个女人利用媒体欺骗了所有人，说自己隐退是为了研读脑科学，还得体地回避了两人之间的私人问题。没人知道事情的真相。许霖感到四面受敌，彻夜难眠，但时间紧迫，他无暇参与那些关于忆影的口舌之争，只一心投入工作。

没想到此刻，她竟大摇大摆地出现在他面前。他应当立刻拆穿她，警告她永远不要再来。然而，这张许久未见的面容让他产生了犹疑。

"多项研究结果表明，真实忆影会在观众的潜意识中留下痕迹，可能是某个想法、某种认知，甚至是虚构的记忆。这种高度逼真的忆影跳过了情感演员这一中介，直接扫描当事人的大脑，将强烈的情感呈现给观众。这有多么危险，我想我最有发言权。"

她的面容、她的声音、她的着装风格都毫无偏差。

"毕竟，我是世界上第一个情感演员，十年前就用上了你的摄忆机。"

她坐在靠近壁炉那一侧的沙发座椅上，和以前的习惯一样，身子只接触到椅面上的一小部分，姿势优雅挺拔。

许霖不禁自问，是否有这种可能：眼前这个正是他如假包换的妻子，只不过脑学社偷换了她的记忆、操纵了她的想法？

理智告诉他这种可能性极低，记忆替换的技术还不成熟，无法将一个人的想法彻底改变。但他不愿放弃这最后一丝希望。

"既然有正式的研究结果，你们散布假消息的目的是什么？"他尽力保持冷静，手指关节却因为紧紧抓住椅子上的扶手而发白，"我很清楚真实忆影的情感强度需要控制，之前放出的预告片强度仅为三级，不可能造成你所说的伤害。"

他仔细地观察着眼前这个女人的一举一动。如果只是替换了记忆，人格不会改变，他对她了解至深，一定能够察觉到蛛丝马迹。

"哦，你说那件事。我承认，媒体报道总会夸大一些。"她高傲地挑着眉，毫无歉疚之意，"不过这事我们也没瞎编，的确有个孩子看了以后精神失常、胡言乱语，还画了一些古怪的东西。"

"特例不能说明问题。"他说，"人脑有能力分辨现实与虚幻。"

"但人心却渴望被欺骗。"她身子往后倾斜，下颚微微抬高，看他的眼神有一种居高临下的感觉，"乐观的人喜欢看积极阳光的影片，对现实的阴暗面视而不见；悲观的人执着于哀愁阴郁的影片，告诉自己人生没有希望；偏执的人放不下自己的执念；多疑的人可以凭空捏造一套阴谋论。所有人都在以自己的方式逃避现实，而你给了他们一块完美又无形的布来蒙住双眼。"

"任何媒介都是如此，不论小说、电视还是电影。其中，只有忆影可以控制情感强度。"许霖推了推鼻梁上的眼镜，"如果你们真的只是在意这一点，那么不用担心，下一版放映机我会加入更安全的强度控制功能。"

"这只是你一厢情愿的想法。"女人似是而非地点点头，好像早料到了他会这么说，"在这个逐利的社会，你的发明一旦投入商用，掌控权便已拱手让人。人都是贪婪且缺乏自制力的，公司更是如此，观众也一样。"

他未作回答，因为眼前女人的一个细节激起了他心中的希望——她将了将耳后的秀发。那略微低头、稍稍侧身的姿势，那食指弯曲、停留在发丝上的时间，还有那短暂放空的眼神，停滞片刻的长而浓密的睫毛。这些也可以模仿吗？

他不能轻易下定论。大脑对事物的判断并不像普通人以为的那样富有逻辑，常常会因为情感的影响出错。尤其是自己的大脑，在多年高强度的情感刺激下已经说不清是太敏感还是太麻木，总之比一般人的更不可信。

"你说过，记忆的可塑性很强，它不是单纯的记录，而是一种构建。"女人继续说道，"一旦掌握了构建的方法，操纵人心就会变得易如反掌。"

"操纵人心，这就是脑学社的目的。"许霖双肘支撑在大理石台上，感到一丝凉意顺着手臂钻进心里。

她张了张口，似乎想要否认，却在发出声音之前收了回去，只留下一抹阴森的冷笑。

他觉得周围的一切都变得陌生起来。短暂的寂静让窗外滂沱雨声显得突兀，就连持之以恒的海浪声也被吞没了。他注视着面前的女子，希望上天能够切断他的理性。

那样，他就能相信是深爱的妻子回来了，他就能将她拥入怀中，倾诉长久的思念。

可是，他爱上的从来都不是林亦溟的外貌，而是那颗独一无二的大脑。妻子以前不喜欢这种表述，说他只懂大脑、不懂浪漫。

"回去告诉你的同伴，我只是个导演，对控制人脑没有兴趣。"

"哦，是吗？"

这怪声怪气的回答令他不安，于是他站起身来避开她的眼神："研究忆影的人越来越多，你们为何针对我一个？"

几秒后，她说："你知道答案。"

答案？什么答案？三年来他有过无数种猜测，但从未得到过答案。这捉摸不透的话语令人毛骨悚然。

他对脑学社的了解还停留在学生时代。那时同学之间常常谈论脑科学界的黑幕，说那些违反伦理的研究课题背后有各种政治团体与财阀的支持，脑学社就是这样一个受到支持的神秘组织。

他不想成为那些人的工具，所以才早早地离开了脑科学界，来到影视行业这片"净土"。没想到，他们还是在不知不觉中盯上了自己。

"我……给你们泡了咖啡。"吴琪突然来到客厅，意外地打破了僵局，"我第一次见到这种老式的咖啡机，还以为很简单，就学着电影里见过的那样冲泡。没想到……"她抱歉地笑了笑，举起手中的两个玻璃杯，里面盛着带有咖啡粉残渣的浅棕色液体。

"你怎么还在？"

女人凶狠的语气引起了他的警觉。自己所了解的妻子不会这般失礼。

"我……"吴琪看了看女人，又看了看许霖，两人之间的气氛令她不安。她放下杯子，低着头准备离开。

"是我让她留下的。"他说。

吴琪露出惊讶的表情。

看样子，她多半以为自己陷入了爱情片的三角恋，但他无法说出真相，为此他感到很愧疚。

人们喜欢把生活当作戏剧，因为戏剧是完整的，有起承转合，有因果报应，而生活却并不如此。于是，每个人都在心中建了一座剧场，企图将生活戏剧化。然而，这些独角戏通常无法互通，于是同一件事在不同人的剧场中就会变成截然不同的剧目。

"许霖，我们需要单独谈谈。"女人显得有些焦虑，顺手又撩了撩头发，"只有我和你，两个人。"她强调道。

这反应十分可疑，吴琪只是个人畜无害的女孩，她为什么要介意？这次的小动作，许霖没有放过任何一个细节——她低头的角度、食指弯曲的弧度、甚至头发卷曲的形状……他开始发现细小的差别，无法用语言描述，但就是能察觉出不同。

"没必要。"他招了招手，示意吴琪坐在壁炉对面的长沙发上。

那女人冷冷地看着女孩，将一位妻子的嫉妒之情表演得惟妙惟肖。可惜的是，她不了解林亦溟，因此功亏一篑。

林亦溟是个非常特别的女人。她的身上没有任何庸俗之处，更不可能对他身边的女孩抱有敌意。恰恰相反，她常说他性格太闷了，眼里只有她一个，令她喘不过气来。她希望丈夫能接触各种各样的人，和她一样永远尝试新鲜事物，不被任何事物牵绊。

在厄运降临之前，他们经常为这些小事争吵，现在想来追悔莫及。

"我们稍后还有别的安排。"他冷静下来，坐到吴琪身边，"你还有什么要说的？"

或许是情况脱离了预设的剧本，女人不再拐弯抹角："一句话，我们希望你能停止忆影研究，包括对《陌影》的修复。"

果然，他们的真正目标是这个。许霖确认了自己的猜测。

考虑到许霖的性格，宏海破例允许他将忆影设备放在家里。但是，一旦停止研究，公司就会收回一切。到时候，这位新晋忆影导演就可以顺理成章地接手他多年积累的资料库，包括《陌影》里那段极为特殊的情感。

"如果我同意了，你就会让我的生活回到过去？"

她一眼就看出了他的试探："只要你信守承诺，我们就不会来打扰你，或是……你身边的人。"说完，她瞥了吴琪一眼，使其瑟瑟发抖。

不出所料，这个伪装成自己妻子的女人是脑学社派来的眼线。纵然她们有千百处相似，但那凛冽的目光也已经出卖了她。

她应该很清楚这样的谈判起不到什么作用，却还是亲自上门，目的无非两个——如果能骗过他，就作为妻子与他共同生活，监视他；如果骗局失败，就作为一种威慑，让他知道真正的林亦溟还在他们手中。

妻子一定还活着。或许被囚禁在某处，或许一切安好，只是被删除了记忆。他必须这么相信，要不然就无法坚持下去。

"放弃吧，你们威胁不了我。"他轻描淡写地说。只要脑学社认定妻子是他的软肋，他俩就都不可能获得自由，所以必须打破这种预期。"忆影是我的一切，是我存在的意义。"他眼神坚定，表示没有谈下去的必要。

"许霖，"不知为何，她郑重其事地喊出他的名字，"你还相信你的作品能拯救人类，能改变这社会吗？"并凝视着他，冷笑道，"你连真正的感情都不懂，却妄图唤醒全人类的感情，真是讽刺。"

不要模仿妻子的语气！他想要这么说，但必须忍耐。

没有人能看出他内心的挣扎。妻子以前也常说，他的表情总是木木的，不知道他是高兴还是悲伤，但当她握住他的手时就会感觉到温暖。

这时，吴琪轻轻拍了拍他的手背，像个天真的孩子在安慰大人那样。

"我不想拯救谁，"他的语气变得出奇的平缓，"我只想建造一个伊甸园。"

突然，那个女人坐不住了。她身体微微前倾、眉头紧皱，没有了刚开始的沉着："你还是这么固执，许霖！你小看了这个社会的法则，更小看了人性的弱点。技术从来都是被利用、被裹挟的那一方，从来都是！"

他不再应答。女人又说了一通，见毫无作用才停了下来。离开前，她取下自己的珍珠耳环，放在茶几上。

"这是你第一次送我的礼物，我一直戴着，但从来都不适合。"

两颗珍珠在烛光的照射下显得温婉恬静，他一眼就认出这是自己为妻子精心挑选的那一对。温润的光泽让他想起了真正的、完美无瑕的林亦溟，这触动了他内心深处的机关。

一时之间，愤怒、恐惧与悲伤糅杂在一块儿，随着肾上腺素涌向全身，几乎要将他的理智吞没。许霖走向那个女人，紧握住的拳头不住地颤抖，那是压抑至极的怒火。

见此情形，她非但没有退却，反而更加盛气凌人，微笑中带着轻蔑。正在这剑拔弩张的时刻，吴琪怯生生地走上前来。

这个毫不知情的女孩想要缓和气氛，硬着头皮说了一些劝慰的话。至于她说了什么，许霖一句也没听清，只觉得自己像醉酒一般，所有声音、画面，当下、过往，都离他远去。

终于，那个女人也离他远去。

看着她的背影，许霖紧绷的神经终于放松，接着他感到一阵剧烈的心痛。这些年，妻子每一晚都出现在他的梦里，又在清晨烟消云散。他不知道自己还能坚持多久。

看来，只有那个办法了。

"你还好吗？"身后传来吴琪关切的声音。

他回过头来，第一次认真端详她的模样。棕色短发，眉毛有些稀疏，鼻子小小的，脸形偏圆，眼睛也圆滚滚的，眼神里流露出的纯粹让他暂时忘却了痛苦。

他知道这女孩对自己产生了情感，但那只是虚假的情感，只要不再见面很快就会消散。真的要把她牵扯进来吗？许霖心中万分犹豫。

"回去吧，抱歉留你到这么晚。"说完，他挥了挥手，踩着暗红色的地毯上了楼。

独自来到二楼的落地窗前，用手指画一个圈唤出控制界面。落地窗自动打开，海风吹来恰到好处的温度与湿度，他的头脑终于恢复了清醒。

（2）

第一次见妻子是十年前，在传统电影博物馆的 137 层，希区柯克导演的展厅里。那时，古老的放映机正在播放他的代表作《眩晕》，亦称《迷魂记》。

影片中有一位相貌与气质近乎完美的金发女性。

镜头运用得精妙无比。她初次登场时，穿着优雅的绿色晚礼服，走过镜头里的黄金分割点，悠扬的背景音乐适时地奏起，门框将她包围其间，宛若一幅古典油画。

男主角警探被她深深吸引。然而，她却从高塔上纵身一跃，结束了自己的生命。

警探悲痛万分，不断幻想着她能够死而复生。终于有一天，他真的遇见了一位与她极其相似的棕发女人。

可是她化着艳俗的妆，谈吐举止也与金发女人有天壤之别。

他用爱情拴住棕发女人，并试图改造她：把头发染成金色，穿上高雅的套装，妆容也完全改变，如同他脑中的形象。终于，在蒙蒙绿雾中，梦中情人似乎回到了他身边……

许霖以它为蓝本拍摄了第一部忆影，只因他和林亦溟的第一次对话曾谈及此——

"《迷魂记》的精髓在于女主角的精湛演技。"她评论道，"仅仅更换了造型，她就演绎出两个反差强烈的灵魂。金发冰冷神秘，棕发热情乖张，今天没有一个演员能够成功仿效。"

她当时已经是宏海力捧的新人演员，年龄比吴琪还小一些，稚气未脱，眼里闪烁着独特的光芒。

年轻时的许霖非常羞涩，只是委婉地表达了她或许能胜任这个角色的想法。然而她自己并不这么认为，相反，她说道："人类的进化是大脑的进化，除此以外的所有部分都在退化。我们的表情、我们的肢体语言，甚至我们的眼神，都不再像过去的人那么善于表达。"

她看着他的眼睛，严肃地说："我觉得传统演员这条路已经走到了尽头。"

两年后，世界首部忆影横空出世，片中所有角色都由林亦溟担任情感演员。她内心丰富而敏感，能够快速融入任何角色，好像她的大脑里藏着一千种人格，等待着不同电影将它激发。她说，那是传统电影绝对无法带来的体验。

一个是才华横溢的新晋导演，一个是天赋异禀的情感演员，他们成了彼此心目中最完美的男女主角。之后的每一部忆影，他们都将对方的身影代入其中，共同经历了各色人生。她是美丽的、无瑕的、缥缈的，就像梦境花丛中那只独一无二的蝴蝶。

许霖走进转角处的书房，那是整栋屋子里最安静的房间。只有这份安静能让他听见自己内心的声音，感受那些细微的情感拨动，想象神经元制造的神经递质如何像信使一样，在复杂的神经系统中游走。

他不愿开灯，因为房间依旧保持着三年前那杂乱无章的状态。到处都是散落下来的古书，它们就和摄忆机中存放的记忆薄膜一样，在那一晚支离破碎。

脑学社到底是什么时候乘虚而入，将她带走的？为什么他从未察觉？

他打开摄忆机里的储藏盒。记忆薄膜由娇嫩的材料制成，被一张张夹在透明薄片里，记录大脑中所有与记忆有关的区域，每一张的大小就和一个苹果的横切面差不多。它们以最传统的物理方式储存着，可以抵御千年的时光，但缺点是无法抵抗最原始粗鲁的暴力破坏。

他只能用笨拙的办法将这些记忆薄膜一小片一小片地拼合，如同在拼合自己被撕得粉碎的人生。一些被损毁部分无法复原，只能通过收集类似的情感信息去加以修补，但修补过程很不顺利。

这些年来，他费尽心血收集了许多素材，可就像给人体移植器官会引起排异反应一样，给自己的作品移植上不够完美的情感，在他心中也会引起难以忍受的排异反应。

许霖举起两根食指，像交响乐团的指挥一样在空中比画了几下，房间里的仪器便亮起了幽暗的指示灯。他感到方才的孤独感得到了些许缓解，于是绕开废墟一般的书架，在铺着毛毯的长沙发上躺下。

为了他们共同的理想，他必须忘记妻子。

等许霖回到客厅时，吴琪已经在沙发上睡着了。看着她甜甜的睡脸，许霖心中涌起一种久违的安宁，之前的疲惫一扫而空。他从卧室里拿来一条毯子想为女孩盖上，却一不小心弄醒了她。

"哎呀！我不知道这沙发那么舒服，一躺下就……"吴琪慌张地解释，"我刚才看你脸色不好，有点担心，可是你进了书房，我也不敢打扰。"

古旧的摆设、昏暗的灯光，客厅还是刚才的客厅，但又似乎完全不同了。他突然觉得，这才是家的感觉。

"我刚才在书房里修复《陌影》，用的就是从你那儿摄取到的情感。"他对女孩有了耐心，解释道，"那儿放了些器材，遇上好的情感素材，我就想赶紧试试。"

"原来如此。"吴琪小声道。

"怎么了？"

她支支吾吾地说："其实之前有同事传言说你在里面做什么……"

"秘密研究？"

"原来你知道！"

"我知道大家都觉得我古怪。"

"我没有！"她脱口而出，又有点心虚，"嗯……说实话确实有点怪。"

许霖露出欣慰的笑容。他们才认识几天，此刻心里却有一种相伴已久的踏实感觉。

从小人们就称他"天才"，好像那是一类特殊人种。他可以借此轻松获得成就，进入最好的学校，得到同学们梦寐以求的工作，但与此同时，失败也变得不可原谅。

当他决定进军电影界的时候，昔日的朋友表面上对他报以鼓励，背地里却嘲讽不断，都期待着他的神话被打破。其实，他自己也期待着能摘掉"天才"的称号。

可是，忆影的成功让他重回神坛，他的心再次悬在了半空中。只有他自己知道，有人陪伴的踏实感多么宝贵。

吴琪发现自己手里握着什么东西，摊开掌心："这……这珍珠耳环……"

接着，她意识到另一只耳环还戴在自己的耳朵上，想要赶紧摘下来。

"我不是故意要戴的，我只是觉得它们特别美……呃，这可不是理由，对不起……"她一边自言自语，一边手忙脚乱，耳环却怎么也摘不下来。

许霖轻握住她颤抖的手，另一只手接过她掌心里的耳环。圆润的珍珠折射着柔光，有关它们的回忆在他脑中模糊，瓦解。

　　他为她戴上耳环，新的记忆在蒙蒙绿雾中展开。

R3

逆浪潮

（1）

画面竟然动了起来，这出乎林亦溟的意料。

一条林中小径，被茂密的大树遮挡了阳光，只洒落下点点星斑。蜿蜒道路的尽头，深灰色的哥特式古宅渐渐显现。

这个角度看不到海，却能够听见阵阵海浪声。那声音的节拍有些反常，急促又杂乱，好像在竭力地掩盖着什么。

镜头在古宅门口停留了一会儿，深棕色的木门上出现一对眼睛似的光点，它们互相旋绕着辨别来访者的脸部，一点细微差异也不放过。门没有自动打开，这说明许霖仍未信任那个女孩。

过了一会儿，门打开了，走廊里的猩红色窗帘进入画面，两侧墙壁装着带有玻璃罩的花形煤油灯，让人感觉置身一座深夜剧院。刚一入内，门又自动关上，锁扣扣起的声音格外响亮。看来，许霖对脑学社的恐惧比想象中的还要强烈。

他从前就是个疑神疑鬼的人，古宅的门禁系统只认他们夫妻俩的面容，就算宏海集团的高层到访也会被关在门外。不仅如此，这人每晚还要确认各个房间没有异样后才能安心睡去。后来，两人开始为了各种各样的生活琐事争吵，这种改变令他难以接受，于是他从细枝末节中寻找原因，疑心病也越来越重。

或许是因为当时太年轻，她非但没有妥协，反而变本加厉地表现出自己最真实的一面，上演了一场对过去彻头彻尾的反叛。

现在的林亦溟披散着头发，穿着舒适的棉麻布衣服，率性地点燃一支烟，酸涩的烟草味中略带一丝甜味。老式香烟在当下几近消失，她只有在心绪不宁的时候才舍得拿出来抽。

感官记录仪里传来了女孩轻柔的声音："累吗？歇会儿吧。"

她皱着眉头，用食指掸了掸烟灰。

镜头转向客厅墙幕，《蝴蝶梦》的黑白画面神秘又优雅，女主角手足无措地待在偌大的古宅里，在每个镜头下都如履薄冰，忧郁的脸庞如陶瓷般易碎。

许霖真是一点没变，喜欢在忆影上映之日重看一遍原片，进行一下自我批判。

"希区柯克擅长制造悬念。一句台词、一个表情，足矣。"

女孩试着理解老电影的经典之处，但也婉转地表示现代观众很难沉下心去看。对此，他的回答是，一成不变的生活让情感失去了用武之地，人们变得麻木。因此，过去观众能够自发产生的紧张、期待、关切等心情，如今必须由情感刺激来辅助产生。

"有件事我一直好奇。"女孩钻进他的怀里，"为什么你这么爱拍悬疑片？"

"安全感是人最基本的需求。"他轻抚着她的头发，"观众一旦失去它，神经系统就会高度敏感，观影体验也会成倍增强。"

墙幕上，《蝴蝶梦》的男主角驾着一辆老式敞篷汽车，在风景优美的公路上急驰。不谙世事的女主角笑得像个孩子，兴奋地说："我希望能发明一种瓶子，把记忆像香水一样装在里面，让它永远不消失、永远保持新鲜。什么时候需要，我就把瓶塞打开，回到甜蜜的回忆中去。"

许霖的声音显得格外低沉："和过去的那些大师比起来，我的作品一文不值，但我希望忆影能成为这样的'香水瓶'。"

听到这儿，林亦溟用力吸了口烟，吐出漂亮的烟圈。这是十年前她对他说过的话。那时他们还不知道，他们所希望的永不消失的"香水"其实是一种慢性毒药。

为了防止全人类都受到这种毒药的侵害，她在三年后重回这个噩梦之地，做了充分的准备去和许霖见面。然而，事情并没有按照她的剧本发展下去。他显得过于冷静，仿佛两人之间的事已是上辈子的记忆。

狰狞的面目、咆哮的海浪，水滴似的圆珠从楼梯上滚落下来，伴随一阵撕心裂肺的疼痛化作红色的粉末……她不想拼凑这些记忆碎片。

"哔嘀——"提示音提醒她独处时间结束。自从回到宏海，她就忙于各种应酬，成为焦点人物、发表备受争议的观点、制造应接不暇的花边新闻，这些都是快速获得公众关注的捷径。

林亦溟瞥了一眼来电信息，皱着眉按下了接听键。

"终于想起我了？"伴随着这开场白，一个男人的全息影像投射在了房间中心。

"别搞错，是你打给我的。"

"哈哈哈——"男人发出夸张的笑声，"你真是一点都不配合。"

他高高瘦瘦，穿着花哨的条纹西装，上衣口袋里还塞着一条暗红色的礼巾。他给自己起的绰号同样浮夸——"白龙"。林亦溟和他认识整整十年，从没听说过他的真实姓名。

"那天我可是按照你的吩咐，乖乖等着看好戏，见你走进那栋宅子的时候我可兴奋了。结果呢？咳！"他做出一个夸张的失望表情，"你带去许霖家的那玩意儿叫什么来着？哦，感官记录仪。"他对着镜头挤眉弄眼地说，"说明书上说这玩意儿连最细微的感觉都能捕捉到。我还以为你们夫妻重聚……是要给我展现多精彩的场面呢。"

"感官记录仪只是在普通摄像头上加了一些感应器，再以算法模拟出人的感官体验。"她冷冷地回道。

"原理不重要。刚才我说到哪儿了？哦对，精彩的场面！"他用舌头舔了舔下唇，"你却给我看了一场无聊至极的对话。不不，错当然不在你，在许霖。"又摊了摊手说，"和两个女人共处一室还臭着脸，我平生最讨厌这种故作矜持的家伙。"

想起那天的情况，林亦溟不禁自责，那个女孩的出现让她乱了分寸。她没有想到会牵涉无辜的第三人，几次劝退无果后只能草草放弃。说到底，还是自己觉悟得不够彻底。

她不耐烦地回答："我事先跟你说过，那天会发生什么我也没有把握。"

"但你也说过如果计划顺利，那种体验会让我终生难忘。"他用手搓了搓自己的下巴，露出期待的表情。

看着像有多动症似的白龙，林亦溟觉得找他帮忙实属无奈。

他是个名副其实的富二代，头脑灵活却终日游手好闲。其父是宏海集团的董事之一，为了给他找点事干，只能把最不需要操心的剧组交给他管理。于是，白龙就成了她和许霖的顶头上司，也是她在宏海最有资源的朋友。

"人生要留点悬念才有意思，所以我不会问你的计划是什么。"他跷起二郎腿，把锃亮的皮鞋在镜头前晃来晃去，似乎是想向她证明自己对古老的东西也很有研究。

"不必问，反正都已经失败了。"她说话的同时，一个念头从脑中一闪而过。

"可你已经有了新计划，不是吗？"白龙改变了语气，略带严肃地说，"看得出来，你在犹豫。但只要是你想做的，你一定会付诸行动。"说完，他咧开了嘴。

林亦溟挥手关闭了视频影像，只剩下声音，她一直觉得古人的电话是一种精简优雅的发明。

"嗯？这么大反应，是被我说中了？哈哈哈——"他又发出标志性的笑声，"我就说嘛，亦溟，你就像一部有趣的电影，比许霖的那些矫揉造作的东西好看多了。"

没有了画面的干扰，林亦溟脑中顿时浮现出白龙二十出头时的模样。如果不用搞怪表情折腾自己的脸，他的五官其实比许霖更英俊一些。

"三年过去了，我以为你会稍有些改变。"

"怎么变？变成秃头吗？要是穷一点倒真有可能。去年我的发型师就火急火燎地给我安排上了毛囊焕活手术，说是要保住我的发际线。"

"我指的是你的事业。"

"事业？哈哈哈——真像是你会说出的话。那个老头子永远不会把公司的实权给我，更何况，他的人生我已经看到头了，那不是我要的。"

"你想要的是什么？"

电话那头安静了片刻，似乎对方在认真思考。他很少讲出自己的真实想法，但记忆中有那么几次他表现出了惊人的洞察力，好像那些玩世不恭和油嘴滑舌都只是伪装。

"你想知道的话，可以带着感官记录仪来见我。"他不知做了什么样的鬼脸，接着发出一阵奸笑，"我会让你记录下人生中最——美妙的时刻。"

林亦溟挂断了电话。

第二天，她身着轻便的现代服饰，出现在废弃的摄影棚，没有厚重的妆容，头发随意扎于脑后。摄影棚里堆满了具有年代感的电影道具和她之前夸张的复古造型更般配。不过，那些衣装只是对自己过去的模仿，既然计划失败，也就不必再继续了。

时间差不多了，她扫视了一下摄影棚，一共来了五个人。一个精壮的中年男人坐在敞篷老爷车里，双腿跷在方向盘上，眼神迷离地看着周围。一对双胞胎姐妹兴奋地站在弹球游戏机前，这是摄影棚里唯一一件能够使用的道具——玩游戏机的前提是她们要有一元的旧硬币。

旁边一位帅气的男生在帮她们研究怎么启动游戏机，不过研究了半天，还是采用蛮力。他使出浑身解数拍打游戏机的外壳，这气力他在健身房里怕是从没使出过。

剩下还有一个又矮又胖的男人，驼着背坐在吧台场景前，盯着整排整排的道具酒瓶发呆。他嘴唇很厚，眼睛小小的，可能是因为脸上的脂肪比较多，看不出实际年龄，只有下撇的嘴角显得严肃又老成。

在这些废弃道具的中间摆放着一些传统电影的摄影器材，例如停在轨道上的摄影机、各种大小的打光灯，最扎眼的是一幅绿幕背景。

"回想起来真是讽刺，"中年人脸颊发红，醉醺醺地说，"绿幕和特效曾经把实景道具打入冷宫，但你们大概不知道，那场核灾难过后，人们就极其厌恶特效电影，于是实景拍摄复兴过一阵。"接着掐了掐手指，"那也是二十多年前的事了。"

"怪不得会有这么个鬼地方。"男生说。

"人啊，就是喜欢瞎预测。当时说电影最终会回归真实，最极端的时候……嗝——"

"道具里的酒，你也喝？"

中年人清了清嗓子，举起酒瓶子又喝了一口。"那不过是传统电影的回光返照，没过多久它们就和绿幕一块儿被扔在了这里。"他晃了晃脑袋，总结道，"时间不会放过任何事物……嗝——"

"也不会放过我们。"林亦溟不紧不慢地走到他们面前，宽松的裤腿垂坠在脚踝上方，显得干练利落。她微微昂首，用稳重有力的口吻说道，"欢迎加入逆浪潮忆影剧组。"

"来得倒挺准时。"双胞胎姐妹长得很像，只能通过发色来辨别，染着紫发的这个应该是姐姐，"硬是约到这种鬼地方来开会，我还以为宏海看我们不顺眼，要杀人灭口了。"

"没想到比这更惨，是被分配到了顶级流量王的手下。"粉色头发的妹妹和姐姐一唱一和地说。

"一个过气演员，一回来就想拍什么划时代的新忆影。"

"呵呵，我们真是中了头彩啊。"

"没办法，谁让 KPI 和作品流量直接挂钩？人家看不懂我们两姐妹的作品，我们只能被贬到这种剧组。"

"我们很快也能称王了，烂片之王。"两人对视了一下，没心没肺地笑了起来。

她们俩是传统电影的新锐，一个擅长特效制作，另一个则在美术指导中展现出了极高的素养。两人个性鲜明、创意无限，放在过去一定能成为行业的中流砥柱。

可是，在感官电影和忆影的双重冲击下，过去的特效大片现已非常小众。或许是觉得自己生错了时代，他们总喜欢嘲笑一切，好像那样就能忘却现实的无奈。

"没错，宏海拨经费建立这个剧组完全是看中我的热度。"林亦溟显得很淡然，"等这一阵过去了，自然会将我踢到一边。"

见这态度，两个女孩一时之间不知该怎么嘲讽，暂且安静了下来。

"既然如此，我们就更加应该抓紧时间，利用它去干点正事。"林亦淼接着说道。

"所谓的正事就是开面对面会议？太老土了。"男生不耐烦地在胸前交叉起双臂。

"我知道，现在大部分剧组都只开远程会议，团队成员似乎只是彼此的人形工具。"她走到男生面前，直视着他说，"但只有面对面的时候，我们才会意识到对方是有血有肉的人，这是灵感碰撞的前提。"

"都说她是旧时代的代言人，真是百闻不如一见。"双胞胎姐姐同时打了个哈欠，另一边中年人已经在老爷车里睡着了。

"回溯过去是为了更好地直面未来。"林亦淼优雅地走到摄影棚中央，"相信大家都已经听说了我要革新忆影的计划，我想先听听你们对此的看法。"

打光板制造的舞台感让她想起自己刚毕业时的心境，这是选择来这儿开会的原因。她将经典老片的片段投射到破旧的绿幕上，气氛显得颇为怀旧。

她问："你们觉得如今电影作品的最大问题在哪儿？"

姐妹俩不以为然："说了就能改变吗？"几个男人则保持沉默。

如林亦淼所料，没人愿意正面回答这个问题。然而，当一个问题没有被回答时，它就会默默地在人们的大脑里生根发芽。

"别扯那些有的没的。"姐姐催促道，"直接说我们要干些什么吧，反正我们也就是拿钱办事。"

"我可不是。"男生说，"我搞不懂为什么我会被分配进来，我在上一部电影里的表现相当出色。"

"但你得罪了上司。"吧台前的胖子低声说。

"别在我面前提起他!"男生狠狠踹了一脚弹球游戏机,把一旁的姐妹俩吓了一跳,"那老头儿思维狭隘,总让我按照他的模板做音乐,那我和 AI 有什么区别?"

机器发出一阵咣当咣当的响声,姐姐平复了一下,说道:"同意。不过你得有觉悟。"

妹妹接着道:"近几年都不会有好项目给你了。"

"所以我就活该沦落到这个什么逆浪潮?"

"讲真,这名字倒是起得挺文艺的。"

"嗯,我觉得没毛病。"

她们的嘲笑对象发生了微妙的转移。

林亦溟让他们吵闹了一会儿,接着拉回了话题:"我换一种问法,你们觉得宏海最大的问题是什么?"

"这还用说吗?"男生气愤地回答,"思维僵化,阶级固化,创造力成了最没用的东西。"

林亦溟左手托着下巴,点了点头:"一百年前的好莱坞也是如此,这是大型企业垄断市场的必然后果。然而,当时有一群年轻人用他们特立独行的作品打破了这种局面。"

说着,绿幕上投射出一些黑白老照片。里面的年轻人穿着宽松的黑色外套,撑着黑伞,大多数时候都戴着墨镜。偶尔露出双眼直视镜头,显得格外纯粹。

"他们用廉价的摄像机、粗糙的镜头、散漫的故事情节来反击主流的电影模式,主张鲜明的个人风格、主观性,以及不按部就班的即兴创作。"

"噢,又开始说那些老掉牙的东西了。"男生看了看双胞胎姐妹,希望她们能做出回应。

姐姐瞟了他一眼后说:"我知道,他们提倡的风格名为'新浪潮'。"

"这是课本上我唯一感兴趣的一节，"妹妹接口道，"但老师不这么认为。"

"你们有没有想过：当历史进入又一个轮回时，我们也许可以成为那群人？"

两个女孩若有所思，男生也不好意思再多说什么，摄影棚里终于安静下来。

"巧合的是，我们现在也有一台廉价的机器。"说着，林亦溟从口袋里掏出了一个立方体，底部是黑色塑料，上方则是完全透明的。

"这是自动化部门去年研发的电影制作 AI。只要对它讲述故事，它就会在庞大的影片库里挑选出适合的画面，剪辑制成新电影。这么一来，我们不需要聘请摄影师和演员，也不用花重金去购买老电影的版权，就能得到最基础的视听素材。别看它被公司淘汰了，只要再更新几代，这种 AI 就会成为未来量产电影的制胜法宝。"说着，她将立方体举起来让大家看，"我们的第一项任务，是每人用它制作一部简短的传统电影。在此基础上再进行后期制作和情感摄取。"

男生一听，立马怒了："你要我们用这拍片？"

"AI 和机械一样，只是一种工具。"她回答，"重要的是你如何利用它。"

"没门儿，绝对没门儿！"

她知道该怎么对付暴躁的年轻人："人们对 AI 的否定往往来自恐惧，害怕它们有一天会超过自己。"

"谁说我怕了？！"

林亦溟用激将法和男生战了两三个回合后，男生第一个接过立方体，对着它前后左右打量了一番。

"影片的主题是'陌生感'。"林亦溟说，"其他一律没有限制。"

对于这个抽象的主题，大家表示不解。于是她补充道，忆影从发明之初强调的就是沉浸体验，其中最关键的步骤是建立"熟悉感"。既然要反其道而行，他们团队就应该追求彻底的"陌生感"。

"回想一下，你们平时在梦醒的时候、醉酒的时候，或是忆影结束的那一刻，是否会有这种感觉？"她循循善诱，"感觉灵魂出窍，像旁观者一样问自己：我是谁？我在哪里？这是我的人生吗？"

听到"醉酒"两字，那位中年人动了一下脑袋，醒了。他迷茫地环顾四周，好像忘记了自己身在何处。

"会，会有一种和这个世界很不熟的感觉。"男生迫不及待地回答，"为什么会和这个人在一起？为什么会做着这份工作？为什么突然对喜欢的游戏提不起兴趣了，听到喜欢的歌也不感动了？经常这样。"

"有时我会觉得一切都是假的。"姐姐思忖道，"应该说，是我被放到了错的世界。"

中年人听完这些，又倒头睡了过去。男生则像是来了灵感，深呼吸了一下，沉默了两分钟，然后以一种深情的口吻对那个透明的立方体说：

"我很爱她，一度以为自己找到了一生挚爱。"

AI 随着他的描述运作起来，小幅画面出现在透明的立方体内部，再投射到绿幕上。

"她是我的前前任女友，回想起来依旧唏嘘。一个月前我们第一次见面，那是在……"

摄制机的云盘中存储着宏海集团的所有影片，可以通过算法寻找和描述最匹配的片段，并将它们拼凑成新的剧情。然而，要将不同影片中的演员的相貌、声音、场景与色调统一起来，就需要复杂的算法进行优化。目前这个版本的机器只能优化几分钟的短片，再长就容易出现破绽。

"我们聊得很投机，当晚就确定了关系。本来以为这个人可以和我一起突破一个月的恋爱纪录，然而我怎么都没想到她会对我说出那句话。"

对 AI 而言，最困难的是进行人脸的优化。因为，人的大脑对脸部的识别尤为精准。在同样的误差范围内，观众可能觉得场景是同一个，角色的衣着也差不多，但面容却一直在变。

为了解决这个问题，所有角色的面容都被弄得模糊不清，只能看出基本的表情。这应该算是这台机器目前最大的不足之处，但是对于强调陌生感的逆浪潮忆影，却是恰到好处。

"她竟然问我能不能给她永恒。"男生的语气中带着些难以置信。

一个朦胧的女孩形象出现在绿幕上，口型呈现出"永恒"二字，那缓慢的镜头推进带来一股哀愁气息。不过，AI 理解的气氛似乎和男生想表达的不太相同。

"要知道，她已经二十三岁了，我们第一次见面就从人类简史谈到了艺术哲学，可到头来她还是问出了那么肤浅的问题。我突然眼前一黑，觉得自己可能从来都不了解她，不了解女人这种生物。或许永远都无法了解。"

他用拳头抵住下唇，故作深沉地咳了两声，表示自己已经完工。

"就这样？"姐姐问。

"就这样？"妹妹重复了一遍。

男生有点不自信了，忙给自己打圆场："你们忘了我的本行是什么了，还没配乐呢！"

对此，林亦淏不做评价。她希望团队中的每个人都能打造属于自己的故事，那样短片就能以量取胜，适应不同群体，潜移默化地影响大众。但在此之中有一个不可或缺的要素，那就是引人共鸣的剧本。

正在这时，一个女孩气喘吁吁地推门进来，嘴里不停地道着歉，说自己一不小心睡过了。等她抬起头来看见林亦溟，立刻吓得面容苍白："对不起，我走错了！"

珍珠耳环和女孩的穿着很不搭，显得沉重又老气，就好像一个演员接了不适合她的角色。

"没走错。"林亦溟回答道，"这里就是103号摄影棚。"

（2）

"吉他，C大调，3/4拍，走。"

男生对着AI哼出一段旋律，不一会儿，立方体就给刚才的影片配上了相应的背景乐。

他不太满意，对乐器的演奏情绪做了要求。双胞胎姐妹则在一边指指点点，说他的这种表达方式AI没法理解。

林亦溟观察着房间里的每一个人，然后来到吴琪面前。吴琪从进来开始就心神不宁，和谁也没打招呼，在角落里挑了一把小椅子独自坐着。

"你好像很怕我。"

"对不起……"她的声音轻得像蚊子的嗡嗡声。

听说这两年公司员工越来越缺乏活力，很多年轻人都孤僻又闭塞，她挑选成员的时候专门调查了每个人的背景。这个女孩的性格评价是"开朗热情、乐于交际"，奇怪的是从上次许霖家到今天，她表现出的完全是另一个样子。

林亦溟不喜欢这种给人贴标签的评价系统，但不得不承认，它的准确率比人类自己的判断要高很多。在座的其他人的表现都与评价相吻合，相互之间也如预期的那样有些小矛盾，但矛盾化解之后，大家可能会建立起相当不错的关系。只有在这个女孩身上出现了很大偏差。

"行政主管只说有新工作安排给我，没提到你也在这儿……"

"我让她别提。要不然你还会来吗？"

这时，旁边传来"当——"的一声巨响。吴琪整个人抖了一下，如同一只掉进陷阱的小白兔。

原来是男生完成了配乐，自信满满地播放了起来。刚才的影像配上躁动的摇滚与冰冷的电子乐后果然升格不少，爱情故事也多了几分未来都市的陌生气息。

这一次，双胞胎妹妹的反应好了很多，吧台边的胖男人也回头看了两眼。因为音乐太吵，醉酒的中年人被彻底吵醒，打了一个不满的哈欠。

音乐与情感的联系最为紧密，林亦溟没有挑错人。

"这东西玩过家家可以，"姐姐仍持怀疑态度，"但和许霖的忆影怎么比？就算你以前是出了名的情感演员，配上这种幼儿园水平的影像还是毫无胜算。"

"这个问题，我们的创作者应该有不同想法。"林亦溟转而看向了男生，"你觉得自己的作品有优势吗？"

"当然！"他得意洋洋地说，恨不得把音量调到最大再放个十遍，"这是我的电影！这就是最大的优势。"他笑得露出了大门牙。

姐姐给了他一个白眼，林亦溟却说这就是她找到的答案：如今电影作品的最大问题在于隐藏了"创作者"的个性，而这可能是他们力挽狂澜的关键所在。

对于这个观点，她阐述道，无论感官电影还是目前的忆影，背后都没有导演、没有想表达的主题，只是一味地追求沉浸式体验。观众误以为自己是影片的主人，仿佛拥有了千百种人生经历，实际上只是被动地接受别人调配好的情绪盛宴，每一种情感都是预设好的、成形的、封闭的。他们无须思考，也就失去了与影片对话的权利。逆浪潮要做的就是把主动权还给观众。

对此，吧台边的男人有不同意见。"没有创造力的时代，本就需要封闭式的作品。"他舔了舔嘴唇，格外认真地说，"这是社会的潮流，我们无力改变。"

"也许吧。但不试试怎么知道？"林亦溟把立方体放在聚光灯下旋转，晃动的光线向墙面投射出光斑，"忆影是栩栩如生的梦，而我们要创造一种'清醒梦'。"停止转动后，光线透过立方体拖出一条长长的尾巴。

男人说："清醒状态下人很难调动情感，至少对这个时代的年轻人来说很难。"他眼睛不离双手，和人说话就像在自言自语，"忆影的第一步'引导处理'，就是将清醒扼杀在摇篮里。"

"就是啊。"姐姐同意道，"要是观众能自己思考，哪还需要那么复杂的放映机？"

"所以，我们要激发的不是普通的清醒状态。"林亦溟回答，"而是一种过度的清醒，一种令他们自我怀疑、自我反思，最终找回自我的清醒。

"我们可以让大脑保持兴奋状态，其中的原理就和喝咖啡可以提神一样简单。我们也可以在影片中留白，或者制造噪音，用这些瑕疵提醒观众：这是别人写的故事、别人施加的情感，如果他在乎自己的感受，就该自主思考。"

男生皱了皱眉，用表情抗议这种过于复杂的描述，女孩们则质疑，在忆影的精髓之上反其道而行，这种东西还能叫忆影吗？

"要回答这个问题，我们还得追溯历史。"林亦溟动了动手指，绿幕上播放起古老的无声电影，"164年前，电影诞生。又过了32年，电影从默片时代跨入有声时代。你们可能不知道，当时包括卓别林在内的大师一致对此表达了担忧。"

接着，幕布上的电影变成了世界上第一部有声片《爵士歌王》。字幕却出现了这样的语句——"有声片是对电影艺术的破坏""这是其他艺术史上从未有过的大灾难"……

"这场争论的结果大家都知道了。"她转了转手指，画面迅速滚动起来，无数黄金年代的经典电影一晃而过，"有声电影蓬勃发展，取得了比无声电影更高的成就。"

这时，中年人摇摇晃晃地站了起来："想法不错。不过，就靠这几个人组成的杂牌军，恐怕什么也干不成。"

男生一听到他开口就暴跳如雷："大叔你是谁啊？看不起我们？"

双胞胎姐妹们倒不生气，只是习惯性地起哄，而胖男人则继续安静地坐在一边侧耳倾听。

"我承认这是一个不被重视的剧组。不但经费有限，公司供我选择的人员也都是处于无业状态的边缘人士。"

听林亦溟这么说，男生就快按捺不住了。这时她话锋一转："但是你慢慢会发现这里的每一位都是独一无二的。"

"没有谁独一无二。"中年男人轻蔑地瞥了一眼大男孩，"无论哪个时代，年轻人都喜欢标新立异，恨不得把这代人的特点放到最大。刚才那种毫无价值的短片就是典型。"

"我听出来了，你就是冲着我来的。"男生气得面红耳赤，"你刚才不是在睡觉吗？我是吵着你了还是怎样？有什么想法别憋着，直说！"

男人忽然来了精神，从老爷车里走了出来："这些年轻人活在情感疏离的时代，为了逃避其中的悲凉，就将无情和滥情视为一种时髦。"

"那你倒是演示一下，你们那一代的时髦是什么？老头儿！"

他当男孩是空气，转身对着林亦溟道："宏海给你的名单上不可能有我，你怎么说服他们的？"

她笑了笑："只是动用了一些小关系。"

"哦，你指的是白龙吧。"他悠悠地说，"那小子可把我给害惨咯。就是他亲口告诉我，十年之内别想接到任何项目。"

"这不是您自己的选择吗？"

周围的人一脸疑惑，不知他们在说些什么。

"忘了给大家介绍，这位是宏海的金牌制片人，陆勇先生。他监制的感官电影完美融入了传统电影的精髓，有不少实景拍摄的大场面，商业性上极其成功。作品多是青少年喜欢的叛逆题材，总销量一度超过许霖的忆影，其中最有名的是《自由》系列。"

"什么？！"男生大叫起来。

"我们可都是看这个系列长大的。"双胞胎姐姐说，"我记得第一季火得不行，于是宏海急功近利地拍了整整六季，我追到第四季才看不下去了。"

"我也是。"妹妹接道。

"废话！我们一起看的。"

男生的脸色唰的白了。

"后来怎么突然结束了呢？"妹妹问。

"我记得跟你说过，这片子影响力太大。很多孩子效仿里面的主角，为了追求理想，离开了父母所在的集区。"

听到这儿，躲在角落里的吴琪也抬起了头。

"其中有一群孩子是遭人拐骗的。"林亦溟接过姐姐的话头，"被媒体曝光后引起了广泛关注，宏海顶不住压力，要找个人做替罪羔羊。"她看着陆勇说，"而你，欣然接受了他们的条件。"

"你知道得还不少。"他耸耸肩，"现在说出来也无所谓，他们可是给了我这个数字。"他比画了一个"3"，双胞胎猜测着这是三百万还是三千万，他则得意地整了整领子。

"所以，你应该最清楚电影的影响力，尤其是对那些心智不够健全的青少年。一旦真实忆影问世，这种影响将如脱缰野马一般失去控制。"林亦溟看了看他，又扫了一眼吧台边的胖男人。

不知是紧张还是怕热，胖男人的额头上一直在冒汗。

"你觉得我会在乎？"陆勇露出不屑的笑容，"我确实闲得慌，所以给了你一个小时的时间，但你没能引起我的兴趣。"

"每个人都有软肋，即使像你这样看似冷酷无情的人也不例外。"她回道，"忆影总能乘虚而入，没有谁是安全的。"

"哦？那你倒来趁趁我的'虚处'。像你这样姿色不错而且自以为是的女人，我这辈子见过太多。"他做出有点挑逗的表情，但和白龙比起来显得太过僵硬。

"如果你真的无牵无挂，又何必对年轻一代品头论足？这暴露了你的忧虑。"林亦溟一边说，一边观察他的表情。

为了这次拉拢人心的会议，她做了不少准备，包括从八卦之王"鹦鹉"的历史记录里挖掘有用信息。但她不确定哪些是真，哪些是假。

"据我所知，宏海给出的条件中真正吸引你的不是钱，而是你儿子的前途。"

制片人脸上的笑容逐渐消失。

"他那时还在读中学，已经展现出过人的天资，宏海保证会给他崭露头角的舞台。但你怎么也料不到，《自由》系列导致他的好友无故失踪。作为你的儿子，他不仅自己内心备受煎熬，更被同学们冠以骂名。最终，他选择和电影中的叛逆少年一样，逃离了你的掌控。"

陆勇不安地拿起酒瓶,好像酒精可以封住双耳。

"你因此酗酒,一蹶不振,自我安慰说所有的错都在宏海。"林亦溟确信了自己收集的情报,"但这并不能唤回你唯一在乎的人。"

"不用你来教训我!"一气之下,他砸碎了酒瓶。

"我只是想告诉你,如果你想对他说些什么,逆浪潮或许是个不错方式。"

他陷入了沉思。

这时,男生像是刚醒一样突然激动地说:"您就是《自由》的制片人陆勇先生?!"双胞胎姐妹哈哈大笑,说他的反射弧比大象的还长。

"对不起,我刚才⋯⋯我刚才⋯⋯"他看到了地上的玻璃碎片,"啊!酒!我也喝了这儿的酒,所以才会如此失礼,真是非常抱歉。"他伸出手想和陆勇握一握,说话的声音像是脖子上系紧了领带,"正是看了您的片子,我才能成为如今的我,我所有的音乐灵感都来自十六岁那年受到的鼓舞。"

金牌制片人不吃这一套,稍稍避让了一下,上前两步。他眯着眼睛观察了一下立方体的内部构造,过了一会儿,一个与他的外在截然不同的温情故事被搬上了绿幕。

短片中,一位慈父与自己的孩子朝夕相处,看着孩子渐渐长大,父亲心中描绘出未来的愿景。

生活越来越富裕,前路也慢慢铺平。可等到儿子成年的那一天,他好像突然变了个人似的,说要背井离乡去自己闯下一片天地。

儿子高歌着无边的梦想,对前路的困顿一无所知,那股稚气就和自己年轻时一样。于是,父亲回想起自己在同样的年龄对自己的父亲说过的话,点滴回忆如同走马灯一般从眼前掠过。他想不起来自己是哪一天和父母分离的,也就无从追溯起孩子是哪一天开始改变的。

影片最后,AI 根据描述给出了一个还算不错的长镜头:

　　马车在林间小路上不断倒退,过了许久才回到大道上,如同回溯到别离前的时光。大道像树干一样分出无数细小的枝权,每条小路看上去没什么区别,但又似乎各不相同。
　　故事到这里戛然而止。

　　林亦溟发现刚才吵吵嚷嚷的几个年轻人,此刻都目不转睛地盯着幕布。
　　这个世界或许已经变得陌生,但人的本质并没有太大变化。当清醒地体会到他人的情感时,人们也一定会在脑中唤醒自己的记忆。这种记忆可能没那么强烈,也不那么特殊,却勾连着独一无二的亲身经历。
　　"我明白了。"双胞胎姐姐跷起二郎腿,夸张的绿色睫毛扑扇着,"陆勇擅长选题策划,这个不明姓名的小伙子擅长配乐。"
　　"我叫 Anti!"男生说。
　　"Anti?这是个名字?"姐姐问。
　　"当然!意思是反抗者。酷不酷?"Anti 说。
　　"你是看字典第一页起的吧!"妹妹百无聊赖地扭了扭脖子。
　　"我们两个是特效和美术,这些都是之前的忆影中不受重视的环节,你希望从中找到突破口。"姐姐分析道,"现在,该介绍剩下的这两位了吧?"

比起吧台边那位壮汉，大家显然对女孩更有兴趣，视线一下子都汇集到了吴琪身上。吴琪被迫来到中间，简单介绍了自己编剧专业的背景。

姐姐对她说："快来试试，看我们能拍出几种'陌生'。"

"对……对不起。"她显得很不自在，低垂着眼睑说，"我不行……"

这时，妹妹用手肘碰了碰姐姐："我突然发现'陌生'这个词有点耳熟。许霖新片叫啥来着？"

"《陌影》，意思就是陌生的忆影吧？"姐姐飞快地接过她的话茬，"原来如此，林导真是处处都在和老公较劲啊。"

"是前夫吧。"

"是吗？离婚了？"

"新闻里不是说许导已经有新女友了吗？"

……

林亦溟不觉得被冒犯，只是眼神不自觉地落到吴琪身上。吴琪痛苦地抿着嘴，脸色很难看。

细心的妹妹捕捉到了这些细节，发现新大陆似的喊道："新闻里说的人不就是她吗？那个吴琪！"

这话引起了一阵骚动，姐妹俩交头接耳，男生也参与了进来，就连中年男人也忍不住往这儿投来好奇的目光。吴琪却隐忍着，什么也没说。

难以相信许霖会喜欢上这么沉闷的女孩。

可能是不喜欢吴琪这种唯唯诺诺的性格，两姐妹对她的态度格外不友好，催促她赶紧交作业。

Anti 看着气氛不对，安慰她道："别紧张，去试试吧。你看我刚才随口一说就拍出了那么动人的故事。"

"你说哪个？前前女友那个？"

几个年轻人又斗起嘴来，哈哈大笑，吴琪夹在中间显得更加格格不入。当她再次摇头拒绝时，妹妹发出一阵不耐烦的怪声。

"你对'陌生'的理解是什么？"林亦溟引导性地问道。

"我……只是个小小的鱼人，说不出什么高深的道理。"她的站姿比说出的话还要别扭。

"现在的年轻人就喜欢用这种词为自己开脱。"陆勇叹了口气说，"什么'鱼人'啊、'鱼缸'啊，好像只要贴上了标签就不用对自己的平庸负责了。"

"说得好。"Anti用力拍手，成了个十足的小迷弟。

"薄薄一层玻璃，弄得跟铜墙铁壁似的。"陆勇弯下腰，徒手收拾起了刚才砸碎的玻璃酒瓶，"要是所谓的逆浪潮能让鱼儿们擦亮眼睛，那也算有点意思。"

"您的意思是同意留在这个剧组里了吗？"男生激动地缠着他，一个劲儿地诉说自己的愿景，相信只要跟着他就能闯出一片天。

而另一边，双胞胎姐妹则对吴琪穷追不舍。

"对不起，"她脸涨得通红，"我……"

"我懂了，她是不想和许导对着干。"

"早点说清楚不行吗？直接让许导出面，拒绝这种工作是分分钟的事。"

"咳，你不懂，那样做可就复杂啦。"姐妹俩又咯咯咯地笑了起来。

吴琪没忍住，眼泪一下子涌了出来。她把脸埋在双手里，慌张地往外跑去。当林亦溟伸手拉她时，她惊恐万分地躲开，嘴上还是不停地说着"对不起"。

"吴琪！"林亦溟追出摄影棚外，想要告诉她自己和许霖之间的真实情况，但她没有回头。

奔跑中，吴琪下意识地摸了摸耳垂上的珍珠耳环，像是宝贝，又像是沉重的负担。看着吴琪战战兢兢的背影，林亦溟顿时明白了她性情变化的原因。

自己也曾这样活在一个角色里不可自拔，那是和许霖的初次合作。

希区柯克的《迷魂记》以女主角的面部特写开始——她的嘴唇、鼻子，然后是眼睛。接着，画面被染上血红色，一只眼睛里出现旋涡。那可怕的旋涡不断旋转、放大，直至占据整个屏幕，经过层层变幻又回到了她的瞳孔里。

片中出现很多这样的特写画面。男主角追寻着令他魂牵梦绕的人，将那完美的形象强加在女主角身上。不知不觉中，林亦溟穿上剪裁考究的礼服，配上华丽耀眼的饰品，谈吐和姿态也开始效仿片中那个时代的优雅。

那之后，数不胜数的服装进入她的衣橱，数不胜数的角色烙印在她的人格中。直到有一天，他发现了真相——他心目中的完美女性根本不存在。

为了摆脱那个角色，她付出了太大的代价。

R4

鱼人

他回忆起童年。

背山望海的小镇上，低矮的楼房被漆成夕阳的颜色，乐手弹奏着悠扬的曲子。沿着任何一条坡道往下奔跑，总能来到海滩边，永远也不会迷路。赤脚踏进那白色细沙里，与自然融为一体，他觉得那种感觉就叫作"真实"。

然而，父母对这个词似乎有不同的理解："我们要去揭露这个世界的真相。"说完就将他寄养在学校里，一走就是两年。

他常被同学们嘲笑是个没人要的孩子，好在老师们总会出面替他解围，说他是个重要的、具有珍贵天赋的艺术生。

一天出门前，他和往常一样与朋友们道别。在他眼中，玩偶、小火车、花花草草、他的每一幅画作，甚至颜料盘，都有各自的面容。只要喊出名字，它们就会向他挥手。叫到"Vera"时，一个布娃娃羞答答地挥了挥手。她留着长卷发，圆乎乎的脸上长着小雀斑。

他让Vera坐在自己肩头，想象自己是飞机、蜜蜂或小鸟，轻盈地飞过上学的路。到了学校门口，他赶紧收起翅膀——所有孩子都是如此，从千变万化的形态变回人形。这可不是什么好事。因为人形状态下，大家都特别爱讲闲话。

"你说的是谁？"

"那边那个。我听说，他的爸爸妈妈……"

同学们是在说自己吗？他紧张起来，竖起耳朵也还是没有听清。空气中只剩下一阵窃笑。

他走上前去与他们对峙，换来的是一顿拳打脚踢。Vera没能坚持住，从他的肩上滑落了下来，成了同学们哄抢的对象。当她再次回到他手中时，已经失去了一只眼睛。

"救救Vera吧。"他哭着对班主任说。

这位平时和蔼可亲的老师，此时正对着一纸文件紧紧皱眉，双手不住地颤抖。透过文件背面，他看到一个大红色的印章，上面写着"驳回"。

他不明白那份文件意味着什么，只是无助地拉扯她的衣角，恳求道："救救她吧。"

班主任瞥了他一眼，说："你妈妈就快回来了，让她再给你买一个。"

"她是我最好的朋友！她现在很疼，非常疼！"

见他不依不饶，老师失去了耐心："你都十二岁了还不明白吗？布娃娃没有生命，不会觉得疼。"说完，她转身准备离开，但他接下来的话把她怔住了。

"那你不会觉得疼吗？"他死死地盯着班主任，"你那张没有表情的脸，就代表生命吗？"

她打了个冷战，神情从惊愕变成了愤怒："人人都说你有艺术天赋，却没人告诉你，你得了一种怪病。"

说着，老师撕碎了手中的文件。其中一张碎片落在他跟前，上面写着"申请书"。

此时教室里还有没有其他人，他记不清了。窗外的草木、室内的桌椅，全都消失了。记忆中，那是一个绝望的成年人与一个绝望的孩子的对峙。

"总要有人为你揭穿假象。"

班主任一把夺过 Vera，指着她失去眼睛的部分说："看着这个地方。"接着把残留的线头拔下，露出一个小破洞，"你指望在这里面找到生命？找到灵魂、艺术？"

她把剪刀插进破洞，咔嚓一刀……再一刀……他眼睁睁地看着 Vera 的面容被剪碎了。藏在那温暖笑容背后的，是一团乱糟糟的灰白混杂的棉花。

那一刻，世界变得陌生，他心中的黑匣被打开……

他开始用破坏的方式来寻找真相。

拆开八音盒，原来芭蕾舞者只是跟着磁铁旋转；掰开小火车玩具，原来里面一个乘客都没有；拆开时钟，他发现时间只是一堆人造的齿轮。

最后，他剖开了小鸟的肚子，看见了血肉模糊的模样。过了几天，尸体发出恶臭味，长出蛆虫。原来，生命的内部爬满了虫子。

这时，他听见开门的声音，是妈妈回来了！他冲过去抱紧她，终于再次感觉到了温暖。他哇哇大哭，泪水弄脏了妈妈的衣服。但妈妈没有责骂他，也没有推开他，只是轻拍着他说："傻孩子。"

那声音前所未有的温柔，完全不像他妈妈。他感到一阵战栗，抬起头，双眼直直地盯着眼前的女人。

这大概是吴琪第十遍看《陌影》预告片了。虽然对这些情节倒背如流，但每到结尾处她还是会和小男孩一起瑟瑟发抖。

看完后，她跑到书房门口张望，想看看许霖有没有动静。见门紧闭着，就只能下楼去客厅里打发时间。

客厅壁炉的右侧放着一把暗红色的沙发椅，上面铺着织有复古花纹的织毯；左侧是一个小茶几，上面摆着一座铜制的古董钟，指针走动发出清脆的响声。壁炉上方两侧挂着树枝形状的壁灯，虚拟的火光闪烁着，映照在中间的宗教画像上。

吴琪呆坐在客厅里，无所事事地端详起每一件摆设。总觉得哪里有点变化，但又说不上来。除了那个奇妙的夜晚以外，她没怎么在这个房间里待过，因为装饰实在太压抑了。

她又环视了一周，视线最终落到了古老的壁炉上。它的结构有点复杂，最外面是一层雕花的木架，中间铺着青花瓷瓷砖，最里边则是锈迹斑斑的铁艺烧炉。除了下方的火光是虚拟的，其他装饰都是罕见的真材实料。

与之相比，她对那一晚的回忆却一点真实感也没有。林亦溟突然到访，和许霖剑拔弩张。他们的分歧表面来自忆影，但实际又似乎不止于此，两人之间似乎有着旁人无法理解的深深纠葛。

然而，短短几小时后，许霖就对她这个毫无存在感的女孩做出了无声的告白。

惊喜来得太过突然，吴琪起初不敢相信，忐忑不安了好几个日夜。她想过是自己会错了意，或者这根本就是个恶作剧，直到许霖用温柔的微笑打消了她所有的疑虑。

"珍惜爱的能力，太多人没有这份幸运。"她对自己说。

于是，吴琪不可自拔地陷入其中。

要说有什么能把她暂时唤醒，那就是聊天群的"哔嘀——"声了。每次响起，就意味着她又成了网络暴力的对象。

搞笑视频、鬼畜剪辑、各种八卦猛料拼凑成的文章，绯闻曝光后短短几日，她就成了名副其实的"女主角"。而那次逆浪潮的面对面会议，更是在无数人的添油加醋下变为"一场女人间的世纪对决"。只要每个人贡献一点点想象力，任人编造的故事就会形成一百个不同的版本。

八卦历来如此，但更可怕的是 AI 高效的总结功能。它会不断挑选出最受欢迎的段子并传播到其他群组，这些段子像滚雪球一样形成最博人眼球的夸张剧本。例如许霖的新女友眼里只有钱，在前妻面前耀武扬威，还恬不知耻地说只有给了钱她才肯离开。

或者，林亦溟为了报情仇而假公济私，组建了一个莫须有的忆影剧组，为的就是把这位新女友找出来当众羞辱。结果大快人心——新女友哭哭啼啼地逃跑了。

在所有版本中，吴琪成了一个人人喊打、毫无下限的"小三"。没有人关心实情，这一点她心知肚明，因为自己也曾是看客中的一员。唯独不同的是，那一个个闪来闪去的头像、一句句七嘴八舌的谈论、一双双戴着有色眼镜的眼睛，此时都针对着她。

她只好把群系统的声音和 3D 动画效果一齐关闭，只剩下最基础的文字展示，这样世界才能恢复片刻宁静。接着，她通过新闻检索找到了消息源头，果不其然又是"鹦鹉"。可是，参加那场会议的只有几个人，是谁把消息第一时间透露给了这位八卦之王的？

不管怎样，得赶紧提出调职申请才行。

只是，理由该怎么写……

"一个人嘀咕些什么？"

吴琪一回头，发现许霖已经出现在自己身后。

"我在想……"

幸好，许霖不知道那些八卦的事。他很抵触现代通讯方式，和外界的一切联络都通过监制李沐虹，就连她被调去当林亦溟手下的事都不知道——不止吴琪不敢在他面前提那个名字，别人也不敢。

"我是在想《陌影》为什么那么难修复？"她看了看时间。他又连续工作了十多个小时，而她自己已经习惯了在漫长等待后享有一点点共处的时光。

"这个，说来话长。"他想了想，"简单来说，因为真实忆影是超越理智和逻辑的存在，所以只能通过灵感来捕获。"

他可能意识到这个回答并不"简单"，于是打起了比方。他说普通忆影里的情感刺激模块就像是以前的电影配乐一样，导演可以用旋律的起伏来改变观众的情绪，一切尽在掌握之中。

可是，真实忆影是大自然的产物，这种混沌和有序的结合是没有规律可言的。他只能从不断积累的情感库里寻找素材，平均每一千条素材中只能挑选出一条合适的用作修复，就好像雕塑家要遍览整座大山才能找到一块完美的大理石。

"就不能用摄忆机再扫描一遍你的大脑吗？"吴琪问，"我猜，《陌影》就是你的记忆吧？"

预告片里小男孩的经历太过奇特，不可能是货真价实的回忆。毕竟，海边小镇和那些玩具都是核灾难前才有的事物，所以她推测那些记忆来自某个人小时候的奇思妙想。

这样想象力丰富的孩子，她觉得非许霖莫属。

"我没有那么特别。"他立刻否认了，语气上听起来有些遗憾。但是过了一会儿，他又若有所思地说，"如果迫不得已，的确可以扫描我自己……"

吴琪纳闷了："这记忆不是你的，那是谁的？"

"一名杀人犯。"

杀……杀人犯？她想起预告片结尾处孩子看母亲的那个眼神。该不会他把自己的母亲给……

"他拥有我所见过的最丰富、最强烈的情感。"他的嘴角微微上扬，像谈及恋人那样描绘一个杀人犯的大脑，"那种情感能深深植入每个人的心。"

她不自觉地抬头看了看壁炉上的宗教画像。圣母表情平和地抱着圣子，这一幕本应让人感到祥和，那孩子的表情却有点诡异。她不禁打了个冷战。

等一下。她突然想了起来，之前壁炉上方明明是一面镜子，什么时候变成了这幅画？她本来都已经习惯这座古宅了，可此刻这里又显得阴森了。

"难以用语言形容，等《陌影》完成之后你就会明白。"说到这里，许霖皱了皱眉头，"但也可能再也完不成了，得看情况。"又叹了口气，"说实话，我很犹豫。"

"你不是说只剩最后几个片段了吗？"

"嗯，但脑学社不会放过我的。在完成之前，他们一定会不择手段地阻挠。"他推了推鼻梁上的眼镜，"如果终究斗不过他们，倒不如先一步将资料库销毁，这样他们就会对我失去兴趣。"

吴琪对他有这种窝囊的想法感到惊讶。说来奇怪，许霖这几天好像变了一个人似的，不再莫名其妙地发脾气，也不刻意掩饰自己的忧虑。他瘫坐在沙发上，在她面前表现得非常随性，就像相处了很久的家人。

"可是，真实忆影是人类的希望，不是吗？"

"也许吧。"他身体前倾，双肘撑在腿上做出沉思的姿势，"自核灾难以来，人类的发展速度不断放缓，一些科技和文化领域已经开始倒退。从脑科学的角度来看，这和我们极其匮乏的生活经历有关。"

他说得很平静，吴琪却心一沉，又想起了父亲。父亲过去就是没日没夜地和程序打交道，无数行代码把他变成了一串枯燥的字符。

"真实忆影的初衷是在人们脑中建造一个基底，注入情感丰富的回忆，这样做或许能让人心重现过去的好奇与憧憬。"

"所以，怎么能轻易说放弃呢？"她的声音有些发颤，"我不知道你所说的脑学社到底有多可怕，可是如果关系到人类的未来……"后半句话卡在喉咙里出不来。

"我知道，这是个很自私的想法。"他苦笑道。

"我不相信你是这样的人！"她也不相信自己竟敢对许霖这么说话。

然而，他却一点也没生气，只是带着歉意说："我怎么样都没关系，只是不希望你受到任何伤害。"

"我？"吴琪愣住了。

许霖拉起她的手，她顿时一阵脸红。可与此同时，吴琪心里隐约觉得，他含情脉脉的眼中映照出的并不是自己。

这时，许霖从口袋里掏出一个米粒一样的小东西，贴在她无名指的指尖上。她感到一阵轻微的刺痛，好像被很细的针扎了一下。

"这是什么？"

"这是你给我的感觉。"他像调皮的孩子般笑了笑，解释起自己给她注射的这一丁点试剂。

"它叫作催产素，是爱情荷尔蒙中的一种。它能够唤起依恋的感觉，增加人与人之间的信任感。和别的荷尔蒙不同，它不像苯基乙胺那样会产生触电感，不像多巴胺那样会产生兴奋感，也不像去甲肾上腺素那样会让人怦然心动，而会产生一种平和的安全感。"

吴琪再次被这位古怪的男士弄得哭笑不得。许霖的工作需要他每天沉浸于高强度的情绪体验，有时连在睡梦中也无法平静。或许他真的很孤独，很需要安宁的感觉，这让她终于觉得自己有了用武之地。

重拾自信的她说话也有了活力："别担心，我和你一起对付脑学社。"

他无奈地笑了笑："对那样的组织，你又能做什么？"

"前几天，林亦溟组建了一个名为逆浪潮的剧组。"她终于鼓起勇气说出这个名字。

"我听李沐虹提过。"他取下眼镜，从另一只口袋里掏出了深咖色的绒布。

"他们的原理我是不太明白啦，说什么要重塑'第四面墙'。"她绕了个圈子，紧张地关注着许霖的神情变化。

"过去电影界有一种理论，说是要打破第四面墙，即舞台与观众之间的那面'墙'。"他专心致志地擦着镜片，脸上没有丝毫涟漪，"但我的工作应该是打破第五面墙，即在观众心理层面上的那面'墙'。"

吴琪深吸一口气说："其实上周四，我去参加了他们的……"

"当——当——"下午两点的钟声敲响。

"或许我可以借这个机会……"

许霖好像什么也听不见了似的，僵直地坐在那里，这个奇怪的习惯一点也没变。然后他站了起来，梦游似的缓缓走向门外，嘴里念诵着："当现实翻折过来，严丝合缝地贴在我们长久的梦想上，它便盖住了梦想，与它混为一体。如同两个同样的图形重叠起来，合而为一……①"

（2）

周四，吴琪准时出现在上次的摄影棚。

她躲在角落里暗暗观察，发现比起初次见面时的火药味，成员之间的关系和谐了不少。资格最老的陆勇虽然没有参会，但也捎了个口信说有合适的作品就尽快传给他。

会议一开始，双胞胎姐妹就迫不及待地展示起了她们的影片。为了充分显示自己的实力，姐妹俩吸取了 Anti 的"教训"，提前一晚完成了 AI 制作和最拿手的后期特效，还请林亦溟为她们演绎了相应的情感。

全员戴上放映机。第一部真正意义上的逆浪潮忆影开始播放。

一开始，吴琪就感受到了林亦溟描述的那种"过度的清醒"。她能听见自己扑通扑通的心跳声，意识到自己正作为一个旁观者观看别人拍摄的影片，她很清楚一切都是虚构的，与她自身无关。这样的结果必然是代入感大幅下降，她不知道这究竟有什么意义。

幕布上出现广袤的原始森林。镜头从高空俯瞰，不断前行，深深浅浅的绿色树木组成一幅沁人心脾的拼图。

---

① 引自《追忆似水年华》，[法]马塞尔·普鲁斯特著，许渊冲、周克希、徐和谨、李恒基等译，译林出版社 2012 年版。

盘旋，俯冲，飞快穿过树冠进入森林内部，就好像穿过柔软的绿色云层，来到一个包罗万象的新天地。

"这是老鹰眼里的世界。"妹妹得意地说。
"嘘——别给他们提示。"姐姐阻止了她。

飞天遁地，镜头从空中突然坠入黑暗的洞穴里，然后匍匐前行。

过了一会儿，一只颜色奇怪的老鼠出现在前方。它的眼睛黑洞洞的，身体部分却发着暗光，而且越接近心脏的部分光色越暖。它在洞穴中谨慎地寻找着食物，触须与耳朵都敏感地抖动着。

吴琪推测，这段故事的主角变成了蛇。

它几乎没有视力，却有很强的红外线感知能力，以及迅猛的速度。镜头突然加速冲向老鼠，在即将吞噬老鼠的那一刻破土而出，回到了原始森林里。

此时的天空中挂着一轮月亮，森林却像白天一样明亮。它能够看清树荫底下的花草，也能看见远处树枝上的小鸟。

"猜猜现在是什么？"妹妹悄悄问 Anti。
姐姐不爽地啧了一声。
见她没有阻止，妹妹兴奋地自问自答："是猫头鹰！它们夜视能力很强。"
Anti 佩服地点了点头。

一闭眼，一睁眼，画面回到了白天。现在，世界被蒙上了一层梦幻的紫色，周遭的事物都显得非常巨大，一朵花就像一间可以栖息的小屋。它停留在灰紫色的花瓣上，黄色的花蕊显得分外明亮。

"这个我知道，"这次 Anti 抢答了，"是蜜蜂。"

"那你知道为什么画面发紫吗？"

他摇摇头。

妹妹得意扬扬地说："蜜蜂眼中的色谱比人类的更广，包括紫外线光谱，这是为了方便找到花粉。"

"你们烦不烦！"姐姐忍无可忍了，"这短片的主题是陌生的视角，不是动物百科！"

她那高分贝的话音刚落，画面就开始分裂成泡泡的形状，先是几十个，然后几百个。每个泡泡中都展现着同一片树叶的不同角度。在人类的眼睛看来，相邻的两个角度之间几乎没有差别。

过了一会儿，分裂出了成千上万个泡泡。镜头慢慢往后退，密密麻麻的泡泡越来越小，最终成为一个整体——那是昆虫的一只复眼。

继续往后退，镜头里出现了另一只眼睛，然后是昆虫的一部分身体，最后是它背上那对泛着七彩光泽的透明翅膀。

"这是一只小小的蜻蜓，在座各位肯定没有以这种视角审视过它。"姐姐总结道。

"我们本来就见不到真蜻蜓。"妹妹生着闷气说。

"这是隐喻，隐喻我们生活中的一点一滴。昨儿不是跟你解释过了吗？"

"你自己还不是爱讲一大堆！"妹妹噘着嘴反驳道，"那些生物知识都是我查的，我还不能说了？"

大家在她们的吵吵嚷嚷中摘下了放映机，全然没有忆影结束时应有的恍惚感。

吴琪的注意力集中在那台小小的电影制作 AI 上。和上周比起来，它的表现进步了不少，自我学习的能力不容小觑。剧组的成员也个个都是精英。她有预感，如果再不采取什么行动，逆浪潮会以惊人的速度发展起来。

轮到她了。她深吸一口气走上前去，祈祷一切顺利。

"上周不还哭哭啼啼地说不干吗？怎么又来了？"

"大概是想找回点颜面，你看到那条八卦了吧。"

一见到她登场，两姐妹立马统一了战线。

吴琪捧起那个透明的立方体，唤出控制菜单，选择新建一部影片。在影片模式中，选择"写实主义"。

接着，她双眼直视着立方体，好像对待多年不见的老友一样说道："有一个 AI，它的工作是每天倾听人们的故事，然后制作成影片。一天，它听见一个女人的声音，有些微弱，有些哀愁。它记住了那个声音，爱上了那个女人。"

吴琪听见身后传来姐妹们的讥笑声："这是在自我代入吗？这么自恋。"

但是她不以为意，继续讲述道——

　　女人对 AI 说："我这辈子都活在别人的镜头下，那些并非真实的我。我希望拥有一部褪去伪装的影片，我希望镜头里能留下最真实的自己。"

但她不知道的是，AI没有摄像头，没有眼睛。它能做的只是倾听、理解，然后在庞大的影像库中东拼西凑。也就是说，它不可能找到她真实的模样。

AI不想让那个声音失望，于是答应了。

为了完成这个几乎不可能完成的任务，它将触角伸向了自己能连接到的每一个终端，其中一些是存储器，还有一些本身就是摄像机。它运用自我学习功能，昼夜不停地分析那些摄像机的运作方式，调整自己唯一的声音感应装置，让自己学会采集更多不同的信息。

几十年，几百年，几千年，没有概念。只知道终于有一天，它进化出了摄像功能，拥有了"眼睛"。然而，它并没有意识到自己所花费的时间对人类而言是多么的漫长。

那个女人死了，AI再也无法拍摄到她了。

但是，许下的诺言必须完成。它苦思冥想，又过了不知多少个日夜，终于想到一个办法——它拍摄下了全世界的人类，准备以此制作一部影片。

万事就绪，它唤出自己的控制菜单，选择新建一部影片。在影片模式中，它选择了"写实主义"。接着，它双眼直视着自己，讲述道：

"如果这个世界的总和是无限，那么用无限减去我拍下的全人类，剩下的那不可名状的存在就是她。

"因为她是独一无二的。"

讲述完毕，摄影棚里先是一阵安静，接着响起了掌声。

"不错啊！"Anti兴高采烈地说。自从知道制片人是陆勇以后，他就对逆浪潮充满了信心，摇身一变成了团队里最热心的成员。

双胞胎姐妹表现出不爽的样子，但没多说什么。

这些吴琪都不在乎。她直直地盯着幕布，等待 AI 交出成品。底部闪烁的灯光说明它正在"思考"，画面中先是出现一台和它自己一模一样的机器，然后它花了不少时间才从数据库中挑出了它认为匹配的女性形象。

一切顺利进行。这是个很短的故事，影片只用了两分钟就来到尾声。幕布上开始出现各种各样的人脸，表示片中的 AI 拍摄下了全人类。这时底部灯光开始疯狂闪烁。

突然，画面变成了漆黑的一片，机器停止运转，幕布变回了最初的亮绿色。

"怎么了？"

Anti 急忙跑上前去拍了拍机器，胡乱捣鼓了一番，没有反应。双胞胎姐姐从他手中一把抢过机器，试着重启了几次，底部灯光每次都会在开机几秒后开始疯狂闪烁。

"坏消息。我们的神器毙了。"

"啊——"妹妹抱怨道，"我才刚对前途有点信心，没想到这破烂玩意儿……林导，快换一台吧。"

"公司淘汰下来的只有这一台。"林亦溟的神色略显凝重，"短时间内我们等不到新机器，也申请不了人工拍摄的经费。"

"所以，我们的大计就这么泡汤了？"

林亦溟立刻联系了维修部，但双方的交涉并不顺利。

吴琪知道公司对待淘汰品的方式和对待被放弃的员工差不多，哪儿能用搁哪儿，没用了就等它自行报废。她躲到角落里，发现那个黑黑胖胖的人仍然坐在吧台旁，姿势也和上次一模一样，像个机器人。

"你为什么这么紧张？"没想到，他竟然开口了。

因为害怕自己的计划败露，她故作失望地说："没有……只是觉得可惜，我好不容易写出来的故事。"

"AI 的最大问题不是无法理解人类，而是无法忽略人类的错误。"他轻声说，"这是一个发明家私底下说的。"

吴琪听后心跳加速，"什么意思？"她把颤抖的左手藏到身子后面，僵着脖子，只有眼睛瞥向胖男人。

"这台 AI 在制作画面之前，需要先以程序语言去理解人类的表述。如果剧情逻辑难以梳理清楚，它就会投入大量资源去运算，最后很容易因为运算过度而宕机。"

他用小眼睛扫了她一眼，好像只是那一眼就能看穿她的心思。

"它之所以被淘汰，就是因为即便重启也会陷在前一个故事的死循环里，导致故障率过高。"

"你……懂的真多。"吴琪僵硬地笑了笑。这些知识，她在网上查了半天也只了解到皮毛。

"道听途说而已。"男人回答。

接着，他有点迟缓地从吧台的高椅上站了起来，拖着肥胖的身子第一次走到人群中。接过立方体后，他又拖着沉重步子回到了吧台。

（3）

整个操作不过几十秒，幕布上出现了双胞胎影片末尾那只美丽的蜻蜓。

众人都惊呆了，问那个胖男人是何方神圣，虽然大家已经第二次见面了，却没人知道他的名字。他避开了这个问题，面无表情地说自己只是用"道听途说"的办法删除了一些逻辑问题。

"逻辑问题？"

众人的视线让他很不自在。胖男人转了转高椅，背对着人群说："'用无限减去有限，得到独一无二'，这样的语言蒙上一层爱情的面纱，人类听来很容易感动。但对 AI 而言，这层面纱并不存在。"

吴琪咬住下嘴唇，藏在身后的手还在不住地颤抖。男人点到为止，似乎不准备再说下去，可是双胞胎姐姐很快理解了他的意思。

"这么一说，我想起来了。刚才的故事不仅有漏洞，还有很多不必要的嵌套。比如故事的主角是机器自己，还命令自己来拍摄影片，等等，这些都是在故意增加逻辑混乱的可能性。"

还是太明显了，吴琪心想。时间有限，网上制造漏洞的方法又众说纷纭，为了一次成功，她只能全部都用上。

妹妹明白了过来，气冲冲地走向她："我刚才还差点儿感动了，没想到你是许霖派来的间谍！"说完一下子揪住了她的衣领。

她感到喉咙被紧紧卡住，身子忍不住发抖。可她以前不是这样的，小时候哥哥经常欺负自己，但她从没这么娇弱过。

她不甘心，硬是扯起嗓子回道："是我自己的主意，许霖根本不知道。要动手就快点，别废话！"

这反应出乎对方的意料。妹妹一下就松开了手："这么快就承认了，没意思。你赶紧走吧。"

"等等。"这时，林亦溟向她走了过来，"我想我们之间有些误会。"她伸手为吴琪整了整领子，"既然问题已经解决，刚才发生的也不算坏事。至少，让我们看到了你的编剧能力。"

"这是反话吧？难道就这么原谅她？"

"我说过，我们的团队成员都是独一无二、缺一不可的。"她转身对着双胞胎姐妹，"上次聊到，现代观众在清醒状态下很难投入。我想，这并非绝对，而是取决于影片能否让他们产生情感共鸣。”

林亦溟有一种魔力，无论她说的话多么艰涩难懂，大家还是会耐住性子听完。

“在传统电影盛行的年代，人们在一片漆黑中观看明亮的银幕，不需要脑部刺激就会潸然泪下、肾上腺素爆发，甚至会情不自禁地握住身旁伴侣的手。”

不仅仅是说话的时候，即便林亦溟静静地站在那里，她的气场也不会减弱半分。她身着一袭干练的黑衣，发型与妆容也和现代的职业女性并无二致，可是举手投足间就是散发着不属于这个时代的优雅。

“只要能让观众产生共鸣，情感就会自然而然地流露。因此，我们需要一位情感细腻的创作者。”

“呵，我可不会跟她产生共鸣！”妹妹说。

“你刚才还说被感动了。”姐姐回道，两人又互相吐槽了起来。

林亦溟总结道：“情感是忆影的钥匙。无论沉迷感官电影的青少年们，还是那些对生活充满困惑的鱼人们，都会被质朴的情感打动。”

她越不计前嫌地替自己说好话，吴琪就越难堪，觉得自己在她面前不是什么鱼人，根本就是一条虫子。如此天壤之别，许霖没道理会喜欢上自己。

明明得到了渴望已久的感情，她却陷入无尽的自卑和嫉妒，一点儿也不觉得快乐。她想逃回自己的宿舍，吃一碗泡面，大笑着看完一部剧，那才是她的生活。

到了这种时候，“哔嘀——”的提示音还不忘落井下石，给她带来了最新八卦。源头是“鹦鹉”在群里刚发的消息——“吴琪捣毁‘逆浪潮’诡计失败”。短短一句话又引起了人们的轮番揣测。

与此同时，双胞胎妹妹也收到了推送，妹妹立马一字一句地读了出来："惊！表面无辜的小三实则诡计多端，想把对手的事业扼杀在摇篮里。然而，千算万算没算到，这其实是夫妻俩为炒作自己新片所设的局。"

热点新闻的标题变得越来越离谱，姐姐在一旁笑得前仰后合。"剧本交给他们去写，共鸣应该强多了。"

林亦溟替她们向吴琪道歉。吴琪咬紧牙关，表示没有关系。如果像上次那样落荒而逃，只会被写得更加不堪。就这样，她在断断续续的挖苦与讽刺中忍到了会议结束。

"那么，今天就先到这里。"林亦溟布置完任务后，对吴琪郑重地保证道，"一周之内，'鹦鹉'会撤销所有关于你的消息。"

"你知道'鹦鹉'是谁？"吴琪压抑着自己的情绪，转头看向了正在收拾设备的两姐妹，"难道你们是一伙的？"

"你可别反咬一口。"姐姐立刻反击，"这儿的事，我们从没公开说过，没那闲工夫。"

"就是。"妹妹接道，"你不知道么？我的网名叫'英俊'。"

姐姐和她对了下眼色，说道："我叫'武则天'。"

"反正没人叫'鹦鹉'，哈哈哈。"

两人嬉笑着离开，Anti 紧随其后，接着是那个黑胖的男人，他用小眼睛扫了吴琪一眼，最后房间里只剩下她和林亦溟两人。

"热衷八卦的人和沉迷感官电影的人一样，都不愿直面自己的人生。"林亦溟摇摇头，表示无奈，"他们希望通过一点儿小道消息来证明自己的神通广大，甚至幻想自己在那些'大事件'里有一席之地。"

虽是站在自己这一边，但那种言之凿凿和怡然自得却让吴琪觉得自己更加卑微。这位刚刚荣升导演之位的天才演员，一辈子都只在正面的新闻里出现，即使离开三年也可以立刻变回万人瞩目的明星。对于自己这样只能靠绯闻"家喻户晓"的人，她的眼神里好像是同情，好像是怜悯，也可能是彻底的轻蔑。

想到这里，吴琪压抑许久的怒火爆发了出来："别假惺惺了！你找我加入的目的究竟是什么？如果想羞辱我，请便。如果想要对许霖不利，我绝不会屈服！"

林亦溟先是有些惊讶，接着露出了欣慰的表情："终于不再细声细气了？这才对，直言不讳才是你的原貌。"

"别说得好像我们很熟的样子。"

"我只是很高兴，这么快就在你身上看到了逆浪潮的效果。"她莞尔一笑，然后回答起刚才的质问，"找你来的目的我之前就提到过，你很有编剧天赋。"

吴琪知道这不可能，以前班上厉害的同学大有人在。她一定有所隐瞒。

"的确，还有一个更重要的理由。"

"什么？"

"你应该已经发现了，这个团队中的每个人都性格迥异，却有一个共同点。"

"到底是什么？"

"我们都对如今的电影行业感到不满，甚至憎恶。"

吴琪叹了一口气："我真是太单纯了，到现在还希望你说出实话。"并愤然转身，"我刚才递交了调职申请，如果你不同意就只能交由行政处来处理了。"说完她推开大门准备潇洒地离开，林亦溟接下来的话却像是给她按下了暂停键。

"你把你父亲接到了宏海集区，对吧？"

"你怎么知道？你想对他做什么？"她惊慌地转过身来，抵住门。从这里看过去，林亦溟就像一个黑影，似乎随时会一溜烟地从眼前消失。

"别紧张，我只是在选择成员之前稍稍调查了你们的背景。"摄影棚里的黑色身影对她说，"你父亲是重度钝化症患者，你希望这里的脑科学设施能对他有所帮助。"

"请不要用那个词来定义我父亲。"

"'钝化症'？难道你希望我用那个可笑的俗称——'幸福病'吗？"

"他没有病。他只是……"

"只是沉迷感官电影不可自拔。"那个黑影接着说，"自从感官电影开始流行，这种病的患病率就在节节攀升，目前患病人数已达七成，只是大部分程度都很轻。一旦发展成重症，病人就会陷入极度的空虚和痛苦，对生活失去希望，有时甚至无法自理。从目前的医学角度看，这个病是不可逆的。"

此刻，一直以来藏匿着的回忆，从吴琪脑中翻涌了出来。

父亲，曾经的父亲是那么认真、那么严谨，一点儿也不像会对享乐着迷的人。他做事一丝不苟，工作兢兢业业，却在接触到感官电影之后迅速沦陷，最终变得行尸走肉一般。母亲和哥哥放弃了他，只靠吴琪一个人的微薄收入，不知何时才能给他有效的治疗。

"你希望有人发明出一种拯救钝化症的方法。"

"没错，我相信许霖可以做到。"她怀着敌意说，"所以我不会让你们得逞，我不会让你们夺走人类的希望！"

"别对真实忆影抱有太大期望。"黑影耸了耸肩，"这种不断趋近于真实的忆影只是感官电影的进阶版。一个剥夺人的真实感官，一个剥夺人的真实经历，没有本质区别。"

黑影一步步向大门这里走来，林亦溟的外貌在光线下变得清晰可见。"人们发明了钟表，就以为自己可以操控时间；发明了忆影，就以为能将人的思维和情感尽在掌握。"她说话的时候仿佛时间都会变慢，"事实上，我们什么也改变不了，只会制造假象。"

"别讲一套又一套的大道理了。你凭一台 AI 和一群自以为是的家伙又能救得了谁？"

"我不想做救世主，"她摊开双手，好像背后能够长出翅膀来，"只是想给人们一个醒来的机会。"

吴琪眨了眨眼睛，不知那虚幻的翅膀是天使的还是魔鬼的。

"但问题在于，很多人觉得梦魇比平庸的现实更加迷人。"

她来到吴琪面前，双手仿佛泛着微光，时而昏黄，时而蓝紫。没想到，她竟伸出一只手轻轻捏了捏吴琪戴着珍珠耳环的耳垂，指尖冰凉。

"给你一个机会，你愿意醒来吗？"

"我不明白你在说什么。"

"现实不是《蝴蝶梦》。"她带着一抹微笑，推开了吴琪身后的门，"而我，也不是 Rebecca 的幽灵。"

R5
拯救

（1）

咚咚咚……铁丝网那边传来运球的声音。

"防守，快点防守！"

"进了！"

肥硕的男人坐在校园球场外的长椅上，背影一如既往地落寞。

林亦溟在他身边坐下，递上一瓶酒。见他犹豫了一下，说："放心，不是从摄影棚里拿的，这种货我有点渠道。"

他接过酒瓶，并没有打开。

"你似乎很不希望我打扰你的独处时间。"

他没有说话。

"还有那些面对面会议。"林亦溟直视着他躲闪的双眼说，"其实我没想到你会参加。听说你足不出户，就和许霖一样。"

"大家起初都不想来。"终于，他打开喝了一口。

"嗯，他们有的是因为好奇，有的是为了钱，有的纯粹是闲得慌，只有你的出现出乎我的意料。"

他又回归了沉默。两个人静静地看着球场上朝气蓬勃的初中生，他们和每一个时代的少年一样释放着汗水与荷尔蒙。只是再过几年他们就会为现实所累，转而用手指和屏幕打起孤独的篮球游戏。

男人聚精会神地看着他们每一个紧张与欢呼的时刻，不知是怀念自己的青春，还是遗憾自己从未有过那样的青春。从他创作的短片中或许可以一窥端倪，和表面看来的安静不同，他的故事是所有人中最激烈的一个：

　　我是阻止了第三次世界大战的英雄。

　　某天，我预感到新的大战一触即发。于是四处奔走，要求大家像上一次一样备战，但是无人理会。

　　我向他们讲述我过去的英雄事迹：如何预言了大战，又如何成功阻止了战争。我指出历史书上那些虚假和篡改之处，描绘着预感中地狱般的情景。他们看上去在认真倾听、认真点头，但听完以后还是将我放到了一边。

　　我只能绝望地看着日历，看着时间一天天过去。上一次的经历、下一次的预感，每天都缠绕着我。我看着心爱的人，还有那些即将在战争中灰飞烟灭的人，无能为力。我日渐憔悴，绝望地等待着那一天的到来。

　　那一天终于到来了。然而，什么也没发生。

　　我先是松了一口气，紧接着陷入了更大的绝望。我的预言错了吗？还是，我的记忆根本就是虚假的？

　　不，不可能。大战必须爆发，只有那样，才能证明我存在的价值。从今以后，眼前的宁静、祥和、美好都与我无关。

　　我成了世界上唯一一个期待世界大战的人。

"姐妹俩很喜欢你的故事。"林亦溟打破了沉默，"我还是第一次听到她们夸别人。"

男人有些不好意思地低下头："她们这些艺术家的喜好不能代表观众的，甚至与观众的背道而驰。"

"看来，你很清楚观众喜欢看什么。"

"这是娱乐的时代，没人想看那些严肃的悲剧，人人都是快乐至上。"

"不愧是专业人士。"她点了点头，"你应该知道，我找你加入不只是为了你的故事。"

"我只是个三流媒体人，不会对你有什么帮助的。"

"从近两年的业绩看，的确如此。上司对你的评价基本都是'不懂变通，缺乏美化，宣传稿写得跟小学生作文一样像流水账'。但这些评价都属于一个叫朱云明的人。当他换一个名字的时候，情况就完全不同了。"

"什么名字？"他的厚嘴唇抖动了一下。

"你觉得公司里最善于传播消息的人是谁？"

"我上司。"他不假思索地说。

"那些绞尽脑汁想出来的广告语的确有利于传播，但还有一种更妙的方式。它基于事实，短小精悍，能给读者无尽的遐想空间。它就像病毒一样，一旦找到适合的场合就开始复制、变异，变得更多样化、更具有传播性。"

朱云明放下酒瓶，表情显得有点不快。

"你来参加面对面会议就是为了拿到八卦的第一手资料。对吧？鹦鹉。"

"你知道了？"他淡淡地说，"'鹦鹉'只是我众多 ID 中的一个。"

"专用于发布娱乐新闻。"说着，林亦溟划出屏幕，上面显示出他的其他 ID，每个头像都是一种动物，"你以同样的方法传播政治、经济、社会生活等信息，但很可惜，'鹦鹉'是你最成功的一个 ID，其他信息的传播意义几乎可以忽略不计。"

"我只是尽我所能公布最接近真实的消息。"

"但是，'娱乐的时代，没人想看那些严肃的悲剧，人人都是快乐至上'。"

朱云明苦笑了一下。当他想再次拿起酒瓶的时候，发现它已经在林亦溟的手上，她正准备喝。

"你不嫌我脏？"

"我没那么娇气。"她说着，利落地撩起了自己的头发。

他垂下眼睑看着自己的双手："我不讨厌你，但我有我的原则。鹦鹉不会为任何商业宣传服务。"

"这原则对你来说，是一种赎罪的方式，还是纯粹的逃避？"

听到这话，他的脸上顿时写满了震惊与自责。

"我最初并不知道你这号人物的存在，只是对鹦鹉收集信息的手法很感兴趣，于是在调查过程中稍微留意了一下。当我查到陆勇的背景时，意外得知《自由》的成功不仅仅是这位制片人的功劳，还靠着一位极其低调的媒体人。"

说到一半，她看了看朱云明的侧脸，发现他的额头正不住地冒汗。

"如果没有你那一系列震慑人心的宣传，这部剧不会有那么大的影响力。"她接着说，"后来的事虽然没有波及你，但你因为良心不安得了抑郁症，之后的几个项目全部搞砸，你自然被宏海打入冷宫。然而与此同时，鹦鹉出现了。"

沉默良久，他张了张嘴想要说些什么，却又在说出口前闭了起来。

"其实我觉得你并没有做错什么。"她安慰道。但就是这句安慰触动了他的负罪感。

"我做错了。大错特错。"他抬起臃肿的手擦去额头的汗水，"为了在青少年中引发热议，我编造了一个谎言。我把集区形容为禁锢年轻人的鸟笼，并且引导他们，让他们相信，只要飞出去就能见到蓝天。"

"给人希望不是什么坏事。"

"作为一个成年人，我并没有告诉他们现实的另一面。我没有告诉他们，所谓的自由往往只存在于牢笼之中。"他深深地叹了一口气，"从此以后，我决定只说真话。"

朱云明的想法和她预料的差不多。有时，人的善良会成为偏执的理由之一。

"然而，你的'真话'却成了看客们拿去编造故事的原材料。"

林亦溟不客气地说："他们炮制出各种丑闻，一个年轻的女艺人被男性看客塑造为拜金女，又被女性看客扣上卖弄风情的帽子，好像只要丑化别人就能彰显自己的正义与全能。

"他们在现实中有多么无力，在网络上就有多么强大。在无止境的互相窥视与互相指责之中，没人还会记得你最初的那句'真话'。"

"这些不是我能左右的。"虽然这么说，他却紧握了拳头，"至少我是在客观陈述事实，没有代表任何一方的立场。"

"你害怕影响他人，害怕有任何人因为你的言论而做出错误的选择。因此，你不敢再坚守任何信念，美其名曰客观中立。"

"不对，不是这样。真相，就是我的信念！"他的声音越来越大，铁丝网那边的孩子们停下来看向这里。他小心翼翼地抬起头看了他们一眼，立刻又转移了视线，语速也随之放慢："我到现在还是会常常做噩梦，那个因我的谎言而失踪的孩子，正在世界的某个角落被做着最可怕的人体实验。"

他说话的时候双眼紧盯着地面，好像在注视着一个无底的黑洞。等到孩子们开始继续打球，忘记他的存在时，这个体型壮硕的大汉终于忍不住哽咽："有时我也很想在感官电影里沉沦下去，和这个世界一起毁灭。"

听着他的倾诉，林亦溟心想，这个男人背负了太多本不该由他承受的罪孽。他在网络上发布的话语会有万人响应，他的心里话却从没机会向人诉说。

等他平复了一会儿心情后，她在他面前播放了一段短片，里面都是些光怪陆离的夜生活画面。

"猜猜这是什么？"她问。

"Anti 的新作吧？"

"有点接近，但不是。"林亦溟说，"这是他的小粉丝模仿的作品，这些粉丝的年纪应该和那些学生差不多。"她指了指铁丝网的那一边，一个孩子正在模仿昔日的篮球明星做出花哨的投篮动作，"他们是第一批接触到逆浪潮的年轻人，虽然目前只是极少数，但的确有一些孩子已经接收到了我们想传达的信息。而且，他们正在按照自己的方式传播。"

她拍了拍他的肩，继续说："别忘了，Anti 自己就是《自由》系列的忠实粉丝。不仅仅是他，还有那对桀骜的姐妹，看似平凡的吴琪，还有很多怀揣着梦想的年轻人，他们都曾受到这个系列的鼓舞，努力打破上一代留下的层层壁垒。你认为这些也是悲剧吗？"

朱云明沉思了片刻，用那双黑乎乎的手在脸上快速地抹了两下，擦干了眼泪。

这时，学校那边传来下课铃声，男孩们匆匆投出最后一个球便离开了操场。不料，其中一个用力过猛，篮球翻过铁丝网，落到地上弹了起来。林亦溟一个躲闪，球正好砸中了朱云明的肚子。

"没事吧？"

"我的肚子比球还大，怎么会有感觉？"

她爽朗地笑了起来。

过了一会儿，林亦淏起身走向铁丝网，心想，这样的体育课又能存在多久？科学家正在研究让久坐不动的人保持健康的方法，等到临床实验成功，关于学生体育运动的法令就随时可能撤销。

她抓着铁丝，从网格中往里看去，突然想起多年前和许霖的一次争论。那时，他们刚刚获得了一段极其珍贵的记忆素材，他认为这能够拯救麻木的人类，她的想法却恰恰相反。

作为演员，她比谁都清楚人们扮演他人、逃离自身的渴望。一旦真实忆影上映，大众必然会沉迷在他人的记忆里不可自拔，也不会再费力经营自己的人生。接下来的事情，发生只是时间问题。

首先，他们的时间将彻底碎片化，注意力变差，工作时间不断加长，效率却越来越低。接着，大脑中负责逻辑思维的区域会逐步退化，主观思维被一点点剥夺。更可怕的还在后面，当他们不再拥有自己的真实经历时，便会失去想象与创造的能力，因为一切想象力都建立在经验之上。到了那个时候，人便无法被称为人。

林亦淏捧起球，抚摸着球面上那积满尘土与汗水的坑坑洼洼，觉得生活中已经很少有这样真实的触感了。于是她感叹道："如果人类继续忽视真实的价值，真实总有一天也会抛弃我们。"

对此，朱云明的想法和许霖差不多："文明发展的趋势无法逆转，即使逆浪潮能够成功，那也只是螳臂当车。"

"从结果看来或许如此。"她的态度有别于其他时候的激进，因为那些激励人心的话语骗不过这名资深的媒体人，"然而一个人，乃至一个物种的存在价值，不应该只看最终的结果。"她拍起篮球，在地面上发出"咚咚咚"的声音，好像心跳的节律，"只有尽力活过，为自己、为别人而活过，才能无愧于心。"

朱云明没有出声，双眼望向远方。穿过铁丝网，穿过操场，穿过校园，穿过宏海集区的巨型建筑体，穿过那层人们赖以生存的保护屏障，一直望向了满是风沙的远方。

他沉沉地叹了口气，双手在自己的头发上乱抓一通。然后起身，敏捷地从她手中截走篮球，肥胖的身子用力一跃，投篮。篮球不仅回到了铁丝网以内，还正好投进了篮筐。他欢呼雀跃。

临走之前，朱云明对林亦溟说："我有个习惯，在接每通电话时都会注意系统的情绪评分，这能帮助我最快地猜到对方的意图。但是，你第一次打来电话的时候，那分数却让我吃了一惊。"

"几分？"

她听说过那种新型软件，不仅能对来电人的脸部情绪、态度、语气打分，还能对其下一句话做出判断，并提供一些聪明的话术给接听人选择。

"几乎为零。"他说，"你完美地隐藏了情绪。"

林亦溟冷笑一声："我就把这当作赞美吧。"

"其实我来参会，就是想一睹你的真容。"

"荣幸之至。"话题转到自己身上，她就变得漫不经心，"那么，你看出什么了？"

"一切正常。这恰恰是最不正常的。"朱云明的小眼睛像扫描仪似的快速扫了她一眼，"似乎对待任何事情你都置身事外。无论提到你的前夫，还是电影 AI 被蓄意破坏，你都像在演绎另一个人那般拿捏着情绪，只流露出一些愠怒和慌张。"

她试图回避，说大概是自己的职业病所致。两方的气势有了微妙的转变。

"我的职业病告诉我……"他半开玩笑地说，"最需要被拯救的那个人，是你。"

（2）

林亦溟早早来到摄影棚，发现里面有个人影。

"怎么，又想搞破坏？"她迈着大步飞快地走上前去。

"没，没！"吴琪鬼鬼祟祟地把立方体藏在背后，"我是……我是来向你道歉的。我上次的行为很卑鄙。"并低着头，羞愧地说，"还有，'鹦鹉'真的按你说的撤走了所有八卦。虽然大家都说他是被盗号了，但我想应该是你帮的忙，非常感谢……"

林亦溟没有回应，只是伸手向吴琪招了招，让吴琪把手上的东西给她。

吴琪犹豫了一下，双手仍牢牢地藏在背后："我收到了调职许可和这个月的工资，不想什么活儿都没干就拿钱走人，所以刚才又试着拍了一个新故事。"

"你不是觉得逆浪潮就是个阴谋吗？"林亦溟觉得自己的语气有点刁钻，仿佛是下意识地在否认朱云明的话。

"昨天在诊所陪父亲的时候，我给他看了陆勇先生的成片。平时他看忆影的时候表情会有起色，但播放结束就立马变回原样。然而，昨天却发生了一件神奇的事。"

吴琪的状态比之前好了很多，面容恢复了年轻人特有的光彩，眼神里也重现属于她这个年龄的活力："影片播完之后，他直愣愣地看着我，看着我……然后眼角竟然湿润了起来。这么多年来我还是第一次见他流下眼泪，是看得见、摸得着的眼泪！所以我在想，会不会……"

林亦溟无动于衷，只是再度对她招了招手。

这不怎么友善的态度令吴琪有些难堪。"我该走了，许霖不知道我在这儿。"她匆忙将立方体 AI 递过来,身体朝着门口的方向微微倾斜,似乎准备交接完后拔腿就跑。没想到,一不小心碰到了播放按钮。

绿幕上出现了她刚才独自录制的影像,主角还是那台和立方体一模一样的 AI。吴琪顿时手忙脚乱,想要把机器抢回来。

"紧张什么?本来就是留给我们看的。"

"可是……"

这一次,故事里的情节反了过来。

喜欢电影的女孩爱上了电影机器人,她许下愿望,希望有一天 AI 的眼中能出现自己。

她摸爬滚打进入演艺圈,出现在各种各样的影片里,拼命接戏只为了增加被 AI 选中的概率。她向着目标慢慢前进,每隔一段时间都会有新的收获。

AI 的电影中出现了她的身影,先是一秒、十秒,然后半分钟。她欣喜若狂。

然而渐渐地,她开始觉得自己不够美、不够特别,每一次她所扮演的都是不起眼的配角。她开始怀疑 AI 是否真的注意过自己,开始嫉恨出现在影像中的那些更美、更优雅的女星。她越发努力上进,出镜率也不断升高,可是随之而来的却是更深的自卑与嫉妒。

她无法再欣赏 AI 的作品,因为只要镜头一离开她,她心中就会涌起痛苦和不安。她失去了最热爱的电影,也失去了爱情的甜蜜。

极端的占有欲让她不得不采取行动。她用一块黑布将机器裹了起来,藏到只有自己知道的地方,接着切断了网络,切断了它与一切电影库的连接。AI 眼中终于只剩下她的身影。

　　她看着透明立方体中的那个身影，这才意识到，变成空壳的不是AI，而是她自己。

　　"看来，你是真的爱上了他。"

　　吴琪满面通红。

　　"你不觉得他很奇怪吗？"林亦溟试探性地问。

　　"一开始我是这么觉得的……但这些日子相处下来，我觉得许霖是个单纯善良的人。他的古怪只是因为一心扑在研究上，不想花时间融入这个社会。"

　　"只是如此而已？"林亦溟又问。

　　"有些话我想来想去，还是必须说出来。"吴琪顿了顿，似乎好不容易才下定决心，"你们之间是不是有什么误会？"

　　林亦溟不置可否地看着她。

　　"你总是在宣传忆影的危害，自己却组建了一个忆影剧组。虽说方式不同，但你和许霖都是在为人类的未来考虑。既然如此，为什么要互相猜忌和诋毁呢？"吴琪咬了咬嘴唇，说自己之所以一直不敢问，是怕他们会破镜重圆，"我也不知道自己怎么会变得这么躲躲藏藏。但我现在想清楚了，如果许霖放弃梦想，我是不会原谅自己的。"

　　"别太自以为是。"林亦溟冷笑道，"他的眼里只有忆影，没有谁能让他放弃。"

　　"不，你误会他了。"吴琪的情绪有些激动，"他只是一个导演，不像你们背后有那么大的势力。他想过迫不得已的话只能销毁所有数据……那可是他一生的心血啊！你们也不希望事态发展到这一步吧？"

　　"他想过？"林亦溟喉咙一干，好像什么东西卡在那里，"他亲口对你说的？"

吴琪点点头。

林亦溟不敢相信，许霖会在短短几日内有这样的转变。那天她亲自去古宅找他时，他还不为所动，坚持要将忆影研究到底。

为了以防万一，她挥挥手唤出测谎软件，再向吴琪确认了一遍。软件对吴琪的面部表情进行扫描，甄别出的结果是绿色，她没在撒谎。

"他说的'迫不得已'指的是什么？"

"我也不明白，他不肯多做解释。"吴琪垂下眼帘，"你好像也有难言之隐，为什么不和他好好谈一次呢？"

林亦溟从吴琪真诚的眼神中察觉到了什么，感觉恍如隔世。她微微抬头，看着摄影棚顶上拱形的钢架，想起了她和许霖在这里一起度过的时光。

那时刚认识不久，他看上去很孤独，总是心事重重的样子，忙碌起来就对身边的一切都漠不关心。但是，当他从工作中抽离出来的时候，会突然变得单纯又体贴。他就像个内向的孩子，把温柔藏得很深，但只要对他好，他就愿意把心都掏出来。

然而，当她低下头时，时光流转，记忆中的画面变得昏暗起来。她想起自己掌心里的碎片，以及他那狰狞的面目。

视线回到眼前的女孩身上。林亦溟不禁暗自发问，自己是否也有过她这般的天真与笃信？会不会三年前的那件事并不全是许霖的错，她也有不可推卸的责任？或许，正是二人之间感情的疏离才让"毒药"乘虚而入。

时间不知不觉来到了午夜十二点。林亦溟半躺在椅子上，眯着眼睛看了看四周，地上所有的酒瓶子都已经空了。无奈之下，她只能拨通白龙的电话。

"终于想起我来了？"他表现得特别高兴，"可喜可贺，真是可喜可贺呀。"

全息影像里的白龙穿着长风衣，梳着大背头。大概是酒精的关系，她竟觉得眼前的男人气度翩翩。

白龙也立刻察觉到了不对劲，林亦溟没有露出平时那副鄙夷的神情，他反而皱了皱眉表示不满。

"再寄两瓶给我，你有我的物联码。"说着，她划动椅子来到房间一角，打开自己的物联窗口，确认里面没有别的东西堵住通道。

白龙模仿机器的声音说："卫生局建议用虚拟酒解决酒瘾问题。"

"亏他们能发明出那么多虚拟玩意儿。"她没精打采地回道。

白龙双手软软一摊："就算是我，也没办法这么快搞到货。当然，如果你愿意多付出一些代价的话……"

她想要继续醉下去，尽情地发泄情绪。但理性却总在消失片刻后回到脑中，让她永远无法真正放松。

"白龙，"她哑着嗓子问，"你觉得爱情能彻底改变一个人吗？"

"不能。"他斩钉截铁地回答，好像在劝说一个落入情网的女人。

就算是他也不会明白，她和许霖的关系早就不是男女之间那种狭义的感情。他们是家人，也是仇敌。他是她必须为世界斩除的恶魔，但如果有人能感化恶魔，事情可能全然不同。

"你觉得，温情能拯救这个世界吗？"

"不能。"

"那么……"

"都不能，"他抢先答道，"但我最确定的是，没人能左右你的想法。"

　　她想了想，嘴角不自觉地泛起笑意："你的意思是我在浪费你的时间？"

　　"怎么会呢？我的时间可太多了，三辈子都用不完。"他把一道眉毛抬得高高的，另一道则尽可能压低，好像一位表情怪异的小丑在说话。

　　"但是，你的时间呢？"那声音仿佛来自远方。

R6

揭露

（1）

离开少管所后，他过了几年离群索居的生活。

失去了学校的庇护，人们开始毫无顾忌地嘲笑他的怪病，他只能不停地更换住处。活着和死了没什么区别，直到他遇见了一个与自己同样孤独的女人。

那是一个雨夜。潮湿的气息、窗外滂沱的雨声、衣服湿漉漉的触感，这些在他周围辐射出一片小小的区域，如同时光倒流的魔法般将他送回那一晚。

门外，一个微弱的声音正在求救。她蜷缩着身子躲在屋檐底下，精疲力竭地睡了过去，那冰冻的容颜仿佛再也不会醒来。这让他想起了那个被尘封多年的名字。

Vera, Vera……他念了起来。

"我感觉到一种触动。"

"具体点，慢慢描述。"

"Vera 这个名字让我觉得很亲切。我想起了她那张长着雀斑的小圆脸。"吴琪闭着眼睛，思考片刻后说，"我感觉到怜悯、愧疚，还有点孤独。然后，突然有一种冲动，想去保护她。"

许霖听完，给这个片段画了个钩表示合格，嘴里念叨着："普鲁斯特说，'感触使我们在端详一件事物时不仅把它当作观赏的对象，而且相信它是独一无二的。'①"

"谁是普鲁斯特？"吴琪还乖乖地闭着眼睛。

他切换到下一个片段："这条是经过修复的，帮我注意其中的强弱变化。"

> 两人共同生活，他品尝到了常人无法体会的幸福。
>
> 速写本上每天都会多一幅她的肖像画。说话的时候，微笑的时候，哼唱的时候，为他做早餐的时候，甚至是与他拌嘴的时候……他相信，这柔美的面庞是上天的馈赠，是对他过往苦难的补偿。
>
> 他的脑海中第一次浮现出未来。这栋房子虽然小，但两个人住也足够了，他决心为她改造一番。

许霖按下暂停键。虽然放映机连接在吴琪头上，但他脑中可以同步播放出其中的画面与情感。他已经经历过上百次，记得比当事人还要清楚。

正是因为太清楚了，所以需要倾听别人的意见。说起来，他以前可是很不爱听的。

---

①引自《追忆似水年华》，[法]马塞尔·普鲁斯特著，许渊冲、周克希、徐和谨、李恒基等译，译林出版社 2012 年版。

吴琪认真地描述了她的体验。如果换作他，大概只会讲到中脑腹侧被盖区分泌的多巴胺、伏隔核感知的愉悦渴望、前额叶皮质做出的认知和决策，但到了她这里，描述的语言里就变得丰富多彩了起来。这很不可思议。

　　"痛苦的种类数不胜数，幸福却十分相似。"他下意识地将她的手握在掌心里，那样她即使闭着眼睛也不至于感到茫然，"为了修复这一段，我在记忆库里挑选了一个年轻人，他正在回忆自己去世的奶奶。"

　　吴琪有些不解："这是全片最美好的片段，为什么要用那么悲伤的回忆呢？"

　　"只有彻底失去了，人才会把记忆美化到完美无缺。"按下播放键的同时，他用手指在空中画了一圈，整个房间的灯都随之亮了起来，"现在，睁开眼睛试试。"

　　"休息时间到了吗？"

　　"再坚持会儿。"他捏了捏她肉嘟嘟的下巴，"人的回忆是随时随地突然发生的，是模糊且不可控的。真实忆影要展现这一点，它不是一场观影仪式，而是如同空气般的存在。"

　　说着，他看了看周围，这间刚整理完毕的书房也勾起了他空气般的回忆。那名犯人正是在这里完成了拍摄记忆的整个过程。

　　房间的设计模仿了弗洛伊德的诊疗室。深褐色的书架与密密麻麻的古书给人带来沉静的感觉，中间有一张可以侧躺的长沙发，上面铺着波斯风格的毛毯。沙发一头顶着一把墨绿丝绒的单人沙发椅。当年精神分析大师就坐在与之相仿的椅子上，让患者放松地侧躺着讲述自己的心声。

　　尽管许霖的倾听方式是给人戴上满是神经刺激部件的摄忆机，但步骤设计上也借鉴了弗洛伊德的谈心聊法，以及古老的催眠术，再配上有助于冥想的音乐。它们帮助这名犯人在海马体的茫茫信息中调取出核心记忆，这个步骤被称为"记忆引导"。

等他陷入深度回忆，戴在头部的扫描仪便会启动光学断层摄影术。此外，波斯毛毯之下的沙发实际上是一个大型扫描平台，可以捕捉他在回忆过程中的全身反应，比如心跳、血液流速、肌肉的紧张程度等，由此最大限度地记录一个人的记忆。

整套系统中最特别的要数戴在犯人胸前的那条"项链"，摄忆机摄取记忆之后会将它解析成为相应的画面、声音、感知和情绪，再把它记录在仪器里的记忆薄膜上。同时，"项链"中间的薄膜上也会形成一个备份，给对方留作纪念。

这是妻子的设计。她说，记忆引导听上去像一种掠夺，很难令人放松，但如果当事人能看着自己的记忆在胸前慢慢成形，就会明白这是一种绝无仅有的收藏方式，相当于在这个世界上留下了永远的印记。

他还清楚地记得那段核心记忆带给他的感受——极端的爱与恨、无助与愤怒、恐惧与亢奋、希望与绝望，这些矛盾的情感在短短一瞬间爆发、更迭，最后形成一个情感的黑洞。只有极度敏感的心灵才可能造就这一切。

如果他创作的忆影是一颗精美的"人造宝石"，那么那位犯人的记忆就是天然形成的"钻石"，是人类所不能够复制的。

那时，妻子紧紧握着他的手，眼里充满着对未来研究的憧憬。她相信，这不仅仅是一段无可比拟的忆影素材，还是破解人类情感的一把钥匙，只要破解了其中的奥秘，他们就能模拟一切情感。她说："我们可以成为神，随心所欲地创造世界。"

而现在，"妻子"二字对他而言，已经成了一个遥远而空洞的概念。

"我看见一座小小的花园，就和这个房间差不多大。"吴琪紧张地睁大眼睛，眨都不敢眨一下。

他知道，刚开始睁着眼观看影片会很不适应，于是安抚道："放松，放松，就和平时一样。"

"我看见五颜六色的花朵。"她指了指脚下。

记忆开始为她重建当时的场景。在这个过程中，眼前的现实景象会竭尽所能地"反抗"，而忆影中的情感则是那块关键的敲门砖。

"哇，花蕊上有一张笑脸。还有这儿，小草摆动着身子，像是在向我招手。"

心扉已被敲开。她或许会觉得现实景象摇摇晃晃，但不至于崩塌，精妙之处就在于此。

"啊！那边的白色花架。"

她指着房间那一头的书架："花盆之间放了许多毛毡玩偶，都是我们一起亲手制作的……天哪，太不可思议了。它们好像在开派对，每个玩偶的面部表情都不同，有的在笑，有的皱眉，有的张大了嘴像在唱歌，有的在做鬼脸。热闹极了！"

她兴奋地描述着，仿佛眼睛看不见近在咫尺的房间，鼻子呼吸到了属于另一个时空的芬芳。她徘徊在现实与记忆之间，晕头转向。在这种迷幻的状态中，人会从一个为生活所迫的生命体，升华为纯粹的感受体。

　　他坐在刚布置好的花园里，满怀期待地等待着，等待着，直到夜幕降临，她还是没有回来。蓝黑色的天幕显得有些忧伤，一弯弦月闭着眼，陷入了沉睡。

　　不知又等了多久，他终于听见熟悉的脚步声，立刻迎了上去。可是，恋人无心看他准备的杰作，慌忙地带他离开。她说，那可怕的前夫已经找到了这里。

　　再度回到花园时，情况变得古怪起来。花草与玩偶依旧在对他微笑，却好像笑里藏刀。他带着她逃出屋子，街道的色彩变得晦暗。物体轮廓模糊不清，失去边界开始膨胀，然后融化。

路上的汽车、行人、门牌、灯光，全都像幽灵一样对他张牙舞爪。熟悉的一切全都变了样。

吴琪的瞳孔迅速放大了一下又立刻缩了回来。她的回忆中断了。

真实忆影能够模拟出记忆戛然而止的过程。无论回忆多么强烈，它在与现实的角逐中都会落败。

"怎么样？"许霖为她断开了连接线。

"我的心情完全不受控制。"吴琪喘着气，难以置信地说，"最开始是寂寞，紧接着有一段短暂的甜蜜。之后，忧虑和恐惧接连而至……我说不清，各种感觉交错融合在一起，然后又分裂开来。"她努力用语言去形容，"就好像……就好像被卷进了龙卷风里一样，忽上忽下、忽左忽右，最后'啪'的一声掉了下来。"

许霖微笑着拍了拍她的头："语言描述只是观看测试的一小部分，你的表达已经足够。"看着她认真的表情，他心里感到温暖的支持，"眼动仪的测试结果也不错，从扫视时长、频率到路径序列都和我的预期相差无几。"

"滤镜系列？"

"路径序列。"

他解释道："人脑中有一个注意力决定区域，它能够决定人视觉范围内信息的重要程度，并由此控制眼动过程。比如花园的那一幕，你以为眼睛看到的是整个花园，其实视觉的有效范围非常小，你先注意到花草的变化，然后是玩偶，接着移动到半空中，接下来才是花园的入口。

"这些焦点按顺序连接成一条路径，只有和真实忆影的情绪同步才能达到最佳效果。除此之外，眼动仪还能测出你左右瞳孔的直径，反映压力情况。如果你集中精力，或者对某件事产生兴趣，情绪发生了变化，瞳孔就会放大。"

"太复杂了。"吴琪眯了眯眼睛，"为什么不能像摄制忆影一样直接扫描脑部反应？那样不是更清楚吗？"

"嗯，有点长进。"

她听到赞美，脸上乐开了花。

"忆影常用的播放与摄取系统是同一套，但真实记忆的数据太过庞大，光是播放就消耗了大量系统资源，以目前的技术无法再做同步读取。"

"也就是说，处理器不够快的话，只能用最原始的方式来检测效果？"

"对，这就是为什么情感强度很难控制。人的大脑千变万化，只有实时读取才能够做出相应的调整。"

说到这里，他想起了那天在客厅里的争论。那个脑学社派来的女人不断强调着真实忆影对极少数人的负面影响，但这绝不是阻止它面世的理由。欲加之罪，何患无辞。

历史上束缚艺术家的方式往往如此，比如好莱坞当年臭名昭著的《海斯法典》，规定电影中不准出现接吻镜头，不能讲授犯罪的方法，神职人员不能滑稽可笑，等等。然而，究竟是电影导致了社会问题，还是电影反映了本就存在的问题？这不仅在电影界，在音乐、艺术、电子游戏领域里都是充满争议的话题。

"我有个问题，"吴琪打断了他的思绪，"影片里说的那个前夫是谁？"

许霖回忆道："他是个赌徒。妻子不堪忍受他的长期家暴而离家出走，就这样遇上了故事的男主角。然而没多久，暴力的前夫就找上门来，威胁道要和他们同归于尽。"

"后来呢？后来发生了什么？"她迫不及待地想知道。

"顺利的话，过几天你就能亲眼看到了。"

（2）

《陌影》的进度快得超乎预期，未经修复的段落只剩最后一点，然而这部分情节需要强烈的爱恨。许霖对目前积累的记忆素材没有把握，若找不到合适的素材，制作时间就得延长。他们的处境也会更危险。

他忧心忡忡地看着吴琪那张无邪的脸蛋。而吴琪却学着他刚才的样子，踮起脚尖拍了拍他的头："别担心，总会有办法的。"

她乐观的模样和之前判若两人。

就在这时，一道光出现在两人之间，随即展开成一个穿金戴银的全息影像。

是李沐虹。最近他因为工作太投入而忽略了所有人的来电，于是这位可怜的监制逼着他设置了自动接通。

"上周你提交的内容，公司很满意。"

"他们的要求还是一如既往的低。"他没好气地说。

宏海每年都会想尽办法催促他完成作品。为了给《陌影》争取足够长的时间，他先是同意发布预告片，之后又答应把千疮百孔的未完成版本交由他们审核。李沐虹说，只有看到实质性的进展，宏海的高层才会满意。

李沐虹尴尬地笑了笑："发行部的人看后都觉得棒极了，老板都对你赞不绝口。"

"又有什么想法？直说吧。"

"没想法，没想法……只是不太理解你预计的上映时间。当然啦，你跟我解释过好几遍，我能说的也都和他们说了，可是呢……"监制支支吾吾地说，"他们还是希望尽快，嗯，具体说来，最多再给你一周的时间。"

"不可能。"他感到自己全身的肌肉紧绷了起来。

"许霖啊，你不明白。"李沐虹用力叹了口气，"公司在这件事上一直很不满。你想想，当年为了帮你研发摄忆机投入了多少钱？我们是商业集团，又不是研究所。董事会满心期待《陌影》作为第一部真实忆影发布，再次成为业内领头羊，可结果呢？"

"再给我两个月，年底一定可以完成的。"

李沐虹没有正面回答，而是接着刚才的话讲下去："发生那件事，公司也很体谅你，想着你心情平复以后自会重新开始。没想到这一等就是三年。再这么下去，市场红利都快没了，你也不想所有人的心血和钱都打水漂吧？"

"……"

"我知道这些话你很不爱听，可是电影终究是商品，不是高档艺术品啊。"她搓着手说，"其实公司本来的要求更苛刻，我是帮你反复争取了才……"

"既然三年都过去了，再多两个月也没太大关系。"他看了她一眼，"除非你对我隐瞒了什么。"

李沐虹不敢直视他，结结巴巴地说："呃，就是……那个……上次说的逆浪潮。他们借炒作攒了不少名气，这对我们来说是一种威胁呀。虽然是同一公司，可是不同组别之间也有竞争，上面希望借着他们的热点尽快让《陌影》上映。"

原来如此。脑学社与宏海内部也有牵连。他太单纯了才会乖乖把半成品交上去。幸好，资料库还在自己手上，迫不得已的那招也还管用。

见许霖若有所思，李沐虹又赶忙解释道："其实这对我们也是件好事。你想，下周六刚好距离原定的上映日整整三周年，宣传的时候就很有写头，比如'短短三年物是人非，昔日恩爱夫妻变事业劲敌'，这不又多了个宣传点吗？宣传花销可是笔大数目，能省则省。"

他双眼盯着李沐虹的影像，却渐渐听不到她的声音了。他一直都信任她，觉得她虽然表面有些世故但心肠不坏，可现在却发现她的脸上戴了一层面具。认识了这么多年，他仍然听不出她哪句真哪句假。

"告诉我，她在哪里。"

"谁？"

"林亦溟。"

"这我哪知道……而且就算我知道，你这么怒气冲冲的，我也不敢告诉你呀。"她擦了擦额头上的汗，眼神为了躲避而环顾四周，这才发现在一旁不明所以的吴琪。她眼前一亮，惊喜地说："原来你也在啊？这就好办了，你不就在她的组里吗？"

"什么组？"

"逆浪潮啊。"

许霖不敢相信自己的耳朵。

他怔怔地望着吴琪，用眼神向她确认事情的真伪。她不知所措地点了点头，又立刻摇头否认，说她已经调职到了别的组，下周开始新工作。

他俩之间只隔着一层虚拟影像，却好像分别站在两个时空，中间是深深的鸿沟。

顿时，他觉得无人可信，陷入了孤独的泥潭。他了解一切关于人脑的知识，却从没弄明白人脑的集合体——社会。大脑是精妙而有序的产物，社会却是混乱无序的。每个人单纯的欲望叠加在一起，最终就会演变成无尽的恶意。

"情况不是你想象的那样，我的意思是，情况比你想的要好得多。"吴琪紧张得语无伦次，解释了半天，大致意思是觉得他和那女人之间有误会。

"误会"，多么无关痛痒的两个字，脑学社就是这样轻视他们对他犯下的罪行的。他想起刚才吴琪轻描淡写地说"别担心，总会有办法的"，宛如一个预知结局的旁观者，微笑地看着他深陷泥淖，最终败北。

"难道……你们都是一伙的？"他抬起头，发现她那无辜的面容也是一张面具。

他听到自己重复了一遍："你们都是一伙的。"但是耳边嗡嗡作响，不像是自己的声音。

"我们合作这么多年，我还是一点儿也不懂你。"李沐虹摇摇头说，"你可别觉得我忘恩负义，宏海影业能生存下来的确有你的功劳，可是现在别人都说你已经江郎才尽了，我还一直尽力给你顶着。唉……"

随着一声叹息，监制急急忙忙地挂断电话，留下房间里陷入了短暂寂静的两人。

"许霖，你听我解释，我不是故意要隐瞒的。"

"走吧。"

一切好像又回到了原点。

她愣了一下，又继续说："我本来想等林亦溟给了答复以后再告诉你，上次我和她细谈过，看得出她有些动摇。"

"从我面前消失。"

这是一个悖论，一个死循环。

"不行，这一次我不会再乖乖离开了。"吴琪眼神坚定地说，"我没有及时告诉你，真正的原因是怕在你面前提起她的名字。

早知道会让你误解，我就不该怯懦。"

眼前的女孩与他心目中的形象分离了开来。

他的脑海中出现了一个剪影，那剪影也同此刻一样渐渐分离成两半。一半举止优雅，一半对着他叫嚷；一半含情脉脉，一半控诉着他虚幻的爱情；一半与他水乳交融，一半与他势不两立。当女人如同一颗种子入侵你的心扉、生根发芽时，她会先像玫瑰一般盛开，然后长出荆棘，再把自己娇嫩的花瓣一一刺破。

"我让你立刻消失！"

她对他的命令一点也不惊讶，反而平心静气地说："没关系的，许霖，我知道你就是这脾气。我会陪着你，和你一起面对。"

她还是原来那个女孩吗？他感到不可思议。难道要重蹈覆辙了？

不可能，不可能这么快，即便是脑学社也需要时间。

他觉得头脑一片混乱。仔细想想吴琪说过的那些话，她不像在演戏。今天进书房之前她还百般拒绝，这明明是下手窃取资料的好机会。平时，她也没有对记忆薄膜与摄忆机表现出过多的兴趣。或者，也可能正相反，这些都是她故意营造的假象。

谎言让人与人之间筑起高墙。真相到底是什么，已经无法分辨。他希望有一天，人脑之间也能如脑机间一样由一根细丝相连，那样就没有了谎言，也不再需要费力地表达。

就在这时，许霖冰冷而颤抖的手被一股轻柔的力量包围，心也仿佛积年累月的冰山在一股暖流之下瞬间崩塌。

她握住了他的手。只是那样一个最简单、最原始的举动，却在他大脑中引发了一系列神奇的连锁反应。温柔的身体接触可以使人皮质醇下降、应激压力减弱，这现象从人猿到人类都是一样。明知这一点，他还是不禁赞叹起这恍若永恒的安宁。

他将双眼聚焦在吴琪的脸上，认真地端详起来。除了可爱的小鼻子、圆眼睛之外，他还发现了一些独一无二的地方，比如那弯弯的眉毛，还有那经常翘起来的一小簇刘海。他将它们深深印刻在心底。接着，对她说：

"吴琪，谢谢你，但是时候结束了。"

两个剪影重叠到了一起。他好像从一个美梦中醒了过来，又好像一直是清醒的，只是持续地假寐着。现在，他终于看清了事实，他不配拥有这样的美梦，他只是个窝囊的胆小鬼。

"不，我不会离开。"吴琪坚持道。

他注定孤独，就应该独自去面对这孤独的诅咒，与自己的理想共存亡。

"没事了。"许霖温柔地说，"回到你自己的生活里，好好体验你拥有的事物。幻想，应该留给那些一无所有的人。"

许霖突然平和的语调反而让她害怕。她慌张地说："离开你我就一无所有了。"

"放心，不会的。"他拍了拍她的手，然后放开，"你认为你很爱我，对吗？"

"爱"这个字像电流一样穿过她的全身。"不是我觉得……是真的……我……我……"她的眼睛里闪烁着年轻人特有的光芒，那是一种对爱情与生命都满怀希望的光芒，"我是真的……很……很爱你。"

然而，灿烂耀眼的事物往往是最脆弱、最不堪一击的。也正是如此，它们才显得弥足珍贵。

"你有没有想过：人是如何喜欢上另一个人的？你爱上我的理由又是什么？"

"这不需要理由，爱怎么会有理由……"

他料到会是这样的回答。人类可以脱离理性与物质根基，将感情描绘得至高无上，然后把进步的希望寄托在这凭空产生的信仰上。

"万事都有理由，爱情也一样。但只要稍稍深究，就会发现感情的大部分成因都是虚幻的。"他以一种不喜不悲的口吻去解释，以免对方认为他是在感情用事，"你对我的感情来自忆影。"他就像老师在讲述着不可辩驳的真理，"我知道，你将我代入了你的《蝴蝶梦》，成为故事中的男主角，但我无法给你一个和电影一样美好的结局。"

吴琪瞪大了眼睛，不知是惊讶于自己的心思被看透，还是惊讶于他这般直言不讳。接着，她受伤的语气里略带愤怒："喜欢就是喜欢！和任何原因无关！"

她未经世事的心灵一定为真相所伤，而他只能报以温柔的微笑，希望那样她会好过一些。

"感情的美好不就在于它难以言喻吗？"她眼里饱含着泪水，"不管什么原因，我都相信这份感情是真的！"

"我也相信。"许霖的声音非常平静，"只是，对于你这样年轻的灵魂而言，调动感情是一件非常容易的事。你可以通过忆影爱上我，也可以借此爱上别人。我创作忆影就是为了给这个时代的人们一些自由。"

吴琪脸色煞白，捂起耳朵不愿再听他讲下去。这很好理解。她只经历了五分之一的人生，就像孩子一样对世界抱有种种美好的幻想。而他，在十年的忆影生涯中经历了成百上千次不同的人生。精神病人、杀人犯、天才、愚人，每个人眼中的世界都大不相同。"扮演"了那么多角色以后，自己反而成了一个脆弱的空壳，再也无法容纳任何幻想。

为了让她不再执着，他决定揭露更多真相。"其实，每个人的大脑构造都极其相似，只有少部分因连接通路不同而造成了千变万化的人格。而这些人格的体现就是他们对外部环境做出的情绪反应。简单来说，人就是一团情绪。情绪的集合和沉淀变成了情感，情感加上视听信息成为记忆，经年累月的记忆构成了一个人。我们没什么特别。所以，就如林亦溟那天所说，忆影的确可以改变一个人的思维，而我们的分歧主要在于改变的程度与后果。"

"怎么可能？每个人都是独一无二的。"吴琪试图接近他，"每个人的思想、价值也都无可取代。"她似乎觉得那套平凡的理论可以挽回他，但他却背过身去，决定毫不留情地打破她的希望。

"独一无二就意味着无理可循，人的每一次意识就是如此。当你要决定某个行动时，神经元系统会在一瞬间发生电流反应，发出无数种信号。信号争相赛跑，胜出的那一个就能点亮意识，其他的就会黯淡下来。这一过程充满了随机性。

"但是，当这些单次的意识聚合为一个整体，就成了人的思维，情况就大不相同了。思维更偏向低熵体，相对规律且有序，大部分时候遵循着严格的社会逻辑，这就造成了人与人之间巨大的相似性。我们称之为'自我'的东西，只是一种物理过程产生的幻觉。"

听完这些，吴琪终于哑口无言。

相信她很快就能从这段虚幻的感情中走出去，等她与一个阳光帅气的男孩重新坠入爱河时，就会感激他此刻冷酷却真实的揭露。

想到这里，许霖感到自己心里涌起一股酸涩，痛苦在身体里泛滥开来。然而，理性帮助他游离于这个躯壳之外，如飘忽的游魂般远远地观察着自己。

"那么，你对我的感情又是什么理由呢？"她落寞的声音好似秋风，将单薄的游魂吹回身体里。

他张了张嘴，不知该说些什么。唯一能想到的安慰也只不过是给一个离别的拥抱，为她唤起瞬时的血清素来清扫抑郁。他转身愧疚地看了吴琪一眼。

不料，她悲伤的眼中全是怜悯，好像他才是那个可悲之人。

R7
麦高芬

（1）

　　黑色帐篷里伸手不见五指。感官电影室的接待员说，这是为了让观众能放空心灵片刻，再进入感官舱享用各式快感的"夹击"。

　　十分钟的等待就像一生那么漫长。当感官舱的侧门终于打开，屏幕亮起，五彩斑斓的气泡漂浮到眼前时，吴琪突然有种重获新生的感觉。

　　率先登场的是美食节目，没有解说，没有文案，简单粗暴。屏幕上出现一张樱桃小嘴，各色菜式扑面而来，清甜爽口的开胃菜、麻辣鲜香的火锅、金黄酥脆的点心、弹牙又多汁的海鲜……味觉、嗅觉还有恰到好处的饱腹感一并被调动起来。

　　据说现在人集中注意力的时间已经下降到了3秒，如果3秒以内不能抓住对方的兴奋点，对方就可能走神，转而寻求下一个刺激物。这样，人就要背负无数个3秒的记忆，要求得更多，获得的却越来越少。从这个意义上而言，鱼可能比人还要幸运一点。

因为听说它们只有 7 秒记忆，7 秒过后就能焕然新生。

随着音乐节奏不断加快，背景色彩也变得绚丽起来，画面中的小嘴越张越大，然后疯狂地吞噬起满屏幕的食物，所有感官都即刻让位给了舌头上的味蕾。

然而，快感在吴琪的大脑里停留片刻，就被她的抵触情绪打断了。和许霖已经一周未见，还是任何时候都会想起他的模样。他说感官电影是对人类大脑的亵渎，将大脑这套精密的系统单一化、浅薄化，让大众文化变得腐朽不堪。

只有忆影可以拯救这一切，她曾经深信不疑，可是他最后说的话却令她茫然若失。

她的感情只是忆影的副产品吗？一切感情都是虚幻的吗？若是如此，人类不就变得比所有动物都要可悲？至少它们不会自欺欺人。

她试着忘记这些复杂的问题，放空大脑，变成一个纯粹的动物。饕餮盛宴后自动切换下一部影片，一群性感美女出现在画面上，搔首弄姿。吴琪羞怯地点了切换键。后一部影片播放的是宣泄暴力的格斗场。这些影像都来自传统电影，只是被剔除了所有的故事背景、人物性格、台词内涵，只剩下纯粹的感官刺激。

切换几次内容后，系统顺利分析出了她的喜好，并根据她之前的浏览时间长短来为她细细挑选她最感兴趣的内容。之后影片主题围绕着美食、旅行、宠物等展开，每段三十秒左右，形式千篇一律——温和的开场，爆发性的转折，然后戛然而止。它们就像在流水线上生产的商品一样机械地刺激着大脑，让观众体验到影片宣传语上所说的"帝王般的专属服务"。

阳光，海滩，微风。惬意的氛围中洋溢着一阵阵柔软的、青涩之爱的芬芳。接着，一阵龙卷风从海平面上卷起，将她环抱到天空中，世界顿时变得繁花似锦，就连皑皑雪山间也能见到冰蓝的湖泊与绽放的鸢尾花。

虽然一开始抱着鄙夷的心态，但沉浸之后也不得不感叹这种快感来得如此轻松惬意，不费吹灰之力。人类用机器摆脱了体力劳动，又通过数码技术摆脱了脑力劳动，终于回到了上帝创造的伊甸园。

吴琪决定看完下一条就退出界面。但是，影片总在她刚要登上山顶或潜入海底的时候结束，让她本能地期待着下一条，再下一条……带来圆满的感觉。

她知道，这和大脑的奖励机制有关——每当做一件快乐的事情时，大脑就会分泌多巴胺，但这种快乐来得快去得也快，是短暂的。人们对多巴胺带来的快乐很贪婪，一旦它结束分泌就会马上期待下一轮的刺激。

奇怪的是，这种期待比刺激本身更容易促进多巴胺的分泌，相当于在影片开始之前就预支了快乐。而当真正得到快乐的时候大脑也已经习惯了这种感觉，多巴胺不再分泌，于是就需要一直不停地点下去。

就这样，为了快速找到让自己全身而退的契机，她充了一点钱，开启二倍速播放。

花同样的时间获得二倍的快感，其他不变。搞笑、温情、新奇的风格循环交替，源源不断地播放着，根本不给人退出的机会。没过多久，大脑又适应了这种刺激，仿佛这个世界就应该是以二倍速运转的。这让她更不想停下来，回到漫长无趣的现实人生去。

她终于理解父亲为何会沉迷其中了。技术挖掘到了人最脆弱的部分，欺骗大脑中的奖励系统，将惰性放大，使感官体验凌驾于理性之上。这些影片播完以后无法让你有任何收获，却能在不知不觉中偷走所有时间，并将你的意志力消磨殆尽。

吴琪放弃了抵抗。

不知又过了几个小时，正当她腾云驾雾遨游天际之时，感官舱外传来一个声音，好像在对她说话。她没有理睬，只是不耐烦地切换到了下一部影片。

　　这一次，她来到太空，趴在窗户上就能看见美丽的蓝色星球。然而，"太空舱"外却传来一阵阵节奏混乱的敲击声，有点像科幻电影中常出现的摩斯密码，不停地扰乱着她的注意力。

　　什么人花了大价钱不好好享受电影而来捣乱？她有些暴躁地按下了暂停键。稍打开一点舱门，黑暗中只能看到一个模糊的轮廓。她情愿看到的是 Rebecca 的幽灵，而不是这个人。

　　"我试了各种联系方式都找不到你，还以为你出了事。"林亦溟面露愠色，"我查了消费记录，发现你一直在这儿待着，别告诉我你是在研究你父亲的病。"

　　吴琪冷冷地回道："我记得我已经和你没有关系了。"她的眼睛没有离开屏幕。

　　"情况紧急，我们必须阻止《陌影》的公映！"

　　"没见我正忙着吗？这儿可每分钟都是钱。"

　　"你怎么了？是不是许霖对你说了什么？"

　　听到那个名字，她鼻子一酸："说了，全说了。"并傻笑起来。

　　"那你应该明白问题的严重性，我们必须赶紧采取行动。"

　　"哦，那你加油。"她抬起软绵绵的手摆了个"V"字，接着伸手去关舱门。

　　林亦溟敏捷地拉住门："吴琪，你真的清楚吗？事态已经刻不容缓。两天前，《陌影》在海外五个集区进行点映。根据我们得到的消息，影片的情感强度远超正常值！许霖没有告诉你吗？"

　　"告诉了又怎么样？没告诉又怎么样？"她不想关心。

　　"高强度的情感会使得记忆深深印刻在人脑中，进而对人格造成影响。"

"又在危言耸听。"吴琪的语气带着一股醉意，"上次预告片上映时你也这么说，大家看完不都好好的？"

"这是个潜移默化的过程，一旦开始就再难回头。总有一天……"

"总有一天怎么？"她迷迷糊糊地说。

"人们会迷失自我。"

"自我有什么意义？"她痴痴地笑着，"反正一切都是虚幻的。"

林亦溟叹了一口气，弯下身子，在她耳边说："我不知道你和许霖之间发生了什么，但我们需要你振作起来，这关系到电影界的未来。"

话说得似乎很诚恳，但吴琪听不进去。只是看着林亦溟的面庞，吴琪就产生了一种厌恶，对自己的厌恶。为什么人一出生就有三六九等，自己再努力也成为不了她？

"与我无关，别再把我卷进你们俩的破事里。"说完，她一用力关上了舱门。

"到底发生了什么？你告诉我。"隔着窗户，她听见林亦溟的声音，"我会帮你，我比任何人都更了解你的处境。"

吵死了！她把背景乐的音量开到最大，想要立刻逃脱这个旋涡。

她觉得，生活、爱情、梦想，就是一团无意义的旋涡，一锅难以下咽的大杂烩；而在感官舱里的每分每秒都是那么舒适、愉悦，无忧无虑。

五分钟，十分钟，时间踏着轻快的步伐前进。

"哔嘀——"系统提示续费。吴琪急切地点击"同意"按钮。

系统显示账户余额不足。

怎么可能？她看着余额里少得可怜的数字，一下子反应不过来。

她积攒了好几个月的钱、她不眠不休的劳动成果、她想要留给父亲治疗的钱，就这么打了水漂？

"哔嘀——"系统最后一次预警。

续费失败，舱门自动打开。

当年父亲也是这样，钱花光之后就被人拖出了帐篷，被她找到。他那落魄的样子让她既心疼又愤慨，她不明白父亲怎么会变成那样一个毫无自控能力的废物。现在，自己也成了废物，就像一条翻着白肚皮的死鱼。

但是片刻过后，一种温暖的触感包围了她，将这条"死鱼"又"翻"了过来。

"从我认识你开始，你就一直贬低自己。"狭窄的感官舱里挤进了另一个人，她散发着优雅的香味，"你没有权利，任何人都没有这样的权利，把自己的生命踩在脚下。"她像亲人那样轻抚着吴琪的后背。

吴琪终于情绪失控，号啕大哭起来。

她声音嘶哑地说："他否定了一切，不仅是他对我的感情，还有我对他的。可我从没那样爱过一个人。"

不知不觉中，她把心里的苦闷全部吐露了出来："我一直害怕失去他，一直小心翼翼地不敢抱太大期望。可是渐渐地，我忘了自己是谁。"有点哭累了，她呢喃道，"父亲以前说过，不要忘乎所以，现实总会在某个时刻突然来袭。"最后，她的声音变得和帐篷里的光线一样微弱，"他还总喜欢说，墨菲定律，最担心的事总会发生……"

"没有谁一开始就能认清自己。很多人到死都做不到。"林亦淏缓缓松开了手。

吴琪第一次如此近距离地看见她的脸，虽然带着精致的妆容，却又好像毫无修饰的真实。

"心理学上认为，我们内心一开始并不存在既定的'自我'。就像你之前所说，自我的概念很可能是虚幻的。"

想起许霖那无情的话语，吴琪差点儿又哭出声来。

"不过好消息是，'自我'一开始并不存在，所以可以靠后天来建立。"

吴琪心里唏嘘，这就是她建立出来的结果——一个沉浸在忆影里的傻白甜，一个八卦里的"小三"，一条在帐篷里死去的鱼。

"我从你的表情里看出了一种心态，叫作'习得性无助'。"林亦溟说，"这是现代人的通病，觉得自己无论怎么努力都无法将事情做好，还不如一开始就早早放弃。在这种心态下，沉迷虚幻几乎成了必然的选择。"说着，她敲了敲感官舱的窗户。

吴琪看着窗户心想，如果自己有林亦溟的一半天资，肯定不会这么自暴自弃；如果拥有她那样光鲜亮丽的人生……

"然而，真正的'自我'不在于你能得到什么结果、拥有什么样的人生。真正的'自我'在于你努力的过程，在于你对社会和周围人产生的影响。"这时，林亦溟一脚跨出低矮的感官舱，像体操运动员那样优美矫健地来到舱外，"简而言之，只有现实中的行为才能决定你是谁。"

吴琪吃力地坐直身子，感到腰部一阵酸痛。林亦溟把手伸过来，她紧紧抓住，颤颤巍巍地站了起来。待在感官舱里十几个小时，好像让她老了几十年。

她沉默了一会儿，接着问道："你刚才说希望我帮你什么？"

"先跟我来。"

"去哪儿？"

"一个让你了解许霖的地方。"

（2）

电梯快速上升，花了将近三分钟时间，从一号楼的底层到达天台。开门之前，她们按系统提示穿好防护服，戴上防护面罩。这个步骤因电梯里的配套设施而被简化了不少，但还是阻挡了很多人去室外走动的想法。

系统询问"一切是否已经就绪"，林亦溟点了"是"。电梯门倏地一下打开，漫天沙尘便扑面而来。

她们顶着喧嚣的大风来到天台中央。那儿有个老旧的露天交通站，因为使用人数少而设计得十分简陋，连个挡风的顶棚都没有。

灰黄色的天空中混杂了雾霾、重金属和各种酸性物质，它们是密集人口集区的排放物。

核灾难后，人类想方设法对污秽的东西避而远之，于是他们建造了庞大的建筑，将一切户外活动场地改为室内场地，并打造各种地下交通设施，以完成中短途客运任务。

如果只是这些排放物，人类还没必要大费周章地把自己关在封闭空间里。真正的罪魁祸首是一些看不见、闻不着的东西，也就是那次核灾难的产物。

靠着这些大型集区，人类得以在地球上生存下去，但也几乎失去了和大自然的一切关联，包括阳光、雨水、清风、细雪。同时，人类的居住空间缩减为过去的三分之一，蜂巢型的大楼也就应运而生。

有钱人纷纷移居到外太空，不过那儿的条件也不见得好。再过一百年，人类可能会把月球也搞得乌烟瘴气。当然，地球上的居民不会发现，因为他们抬起头也望不到天。

吴琪搞不懂为什么林亦溟一定要搭乘室外交通工具。戴着面罩的两人无法交流，只能一同望向灰暗天空下的巨型高楼。大部分人一年也去不了一次室外，所有工作与生活都在庞大的建筑中完成，人们不太容易记起室外还有一个如此可怕的世界。

这时，远处天空中出现了成群结队的黑色大鸟，它们在风沙中自由翱翔，简直是生命的奇迹。然而，等它们飞近一些时，吴琪才发现那只是几架结伴的飞行器，这种奢侈的群体出行方式就算是在这片电影工业区也很罕见。为了减少能耗，人们被鼓励没事少出门，至少不出集区，毕竟没有什么事是远程办不到的。

天台上环境恶劣也就算了，防护服导致行动不便，吴琪无法唤出虚拟屏幕，只能两眼直直地瞪着灰蒙蒙的世界。就这样，她跟着林亦溟傻等了二十多分钟，列车才终于缓缓驶入站台，发出了老电影里火车那种"嘎吱嘎吱"的进站声。

吴琪加快脚步进入车厢，车门一关就立刻摘下面罩狠狠吸了一口气。谁知没拿稳，面罩掉到地上，随着颠簸的车厢到处滚动。她花了好一会儿才把它找回来，累得气喘吁吁。可是，这么大的动静，车上的乘客却无人注意，他们都沉浸在各自的感官电影里。

火车上只有一部分座椅配有简易的放映设备，从乘客们选择的座位就能看出它的分布。林亦溟选了一个远离人群的座位，坐下之后便一动不动地看着窗外。

吴琪照着她的样子坐在后面一排，同样盯着窗外看了一会儿。四年前，吴琪背井离乡来到宏海，中途转了好几趟车，但对窗外的世界却没什么印象。

过了一会儿，林亦溟开口道："火车的发明让人们不再注重过程，从那时起，旅途成了从起点到终点的一次次跳跃。"

朦胧的阳光衬出林亦溟精致的侧影，这让她看上去很不真实：

"而现在，就连终点也不存在了。人们可以漫无目的地活着，足不出户地度过一生。"

吴琪想了想，大概明白了林亦溟的意思。举个通俗点的例子，核灾难前的人们爱喝奶茶，商家为了降低成本，发明出了植脂末一类的添加剂代替牛奶，茶也被各种食物香精和色素取代，这时的奶茶还是饮料，但已经不含奶和茶了。

后来，感官电影流行起来，真假奶茶退出了历史舞台。人们虽然还是爱喝奶茶，但再也不需要名为"奶茶"的饮料，也不需要"喝"这个动作了。这样的事发生在人类社会的方方面面，就像一列单向行驶的火车。

"真的不可能逆转吗？"吴琪说，"这样的社会，还有……钝化症。"

她希望林亦溟能给出一个积极的答案，就像刚才在黑色帐篷里那样。可坐在她前排的背影却没有出声。

"父亲是个严肃认真的人，一生都在勤勤恳恳地工作，可是他沉迷感官电影的速度却比那些游手好闲的人快得多，这让我非常困惑。"她伤感地回忆道，"刚才在感官舱里我有点想通了，也许他是突然发现工作一辈子的成就感还抵不过感官电影的几十秒，不禁对前半生所坚信的一切产生了怀疑。"

车窗外的混沌中出现一道暗橙色的光，那光线令她感到恍惚。

"很遗憾，从我现有的知识来看，钝化症的确难以逆转。"林亦溟没有回头，好像不忍心直视她。

"很多专家说感官电影安全无害，理由是它不像毒品那样会让人产生生理依赖，但其实它们对大脑的刺激作用类似。毒品能够刺激大脑，让大脑分泌大量多巴胺。多巴胺与神经细胞'受体'结合，产生信号，使大脑愉悦。

"这听起来不是件坏事，但受体会饱和，所以当多巴胺达到一定量时，愉悦的神经信号便不再增加。这种感觉就像坐过山车，到达顶峰之后急速下降，人对这种突如其来的丧失感会很不适应，从而感到强烈的空虚。"

窗外的世界越发触目惊心。高速轨道穿梭在鳞次栉比的大楼之间，那些室内亮丽如新的建筑物的外墙却又脏又旧，仿佛终日被泥沙侵蚀的高山。

"大脑感到异常饥渴，就会变得焦虑，命令你去搜寻更多想要的东西。同时，又因为大脑的耐受性，你每次都要寻找比上次更多的刺激才行。如果一段时间里得不到足够的、新鲜的快感，就会变得暴躁、沮丧、自暴自弃。"

吴琪想起刚才在感官舱里的丢人表现，羞愧地低下了头。

"而当你终于满足大脑的时候，大脑却已经记住了之前的创伤。为避免再次发生这种痛苦，大脑会自发地期待快感。这时，成瘾已无可避免。"

的确，父亲那时也渴望解脱，渴望同家人交流，但是他不论做什么都无法感到快乐。前一天刚刚下定决心戒断，后一天就觉得空虚无聊又会变得无法自制。嘴上说着，就看一部片子就30秒，然后便一发不可收拾。

"那忆影呢？许霖说它可以潜移默化地激发人的好奇心、创造力。"吴琪半信半疑地问。

"很可能会成功。"林亦溟的回答干脆利落，"但不是以你希望的方式。"

列车到站，她们走进一栋极简风格的大楼。

顶层大厅里空空如也，光洁的人造大理石墙面好像剥了壳的鸡蛋。边缘与墙角处全都采用了弧形设计，墙角线也隐藏了起来，刻意营造出一种空无一物的宁静氛围。

"欢迎来到艺区精神卫生诊疗中心。"

接待系统展开一块虚拟屏，屏幕右上角的标志有些奇特。有的医疗卫生组织会以蛇和权杖来做标识，比如两条蛇互相缠绕在权杖之上。但在这个标识里，数条蛇盘踞成了大脑的形状，蛇弯曲的身体和大脑的沟壑有些类似，而权杖就从这"大脑"中间穿过。

林亦溟在屏幕的登录界面上画了几道，没等吴琪看清楚，系统就已经识别成功，光洁的墙面上打开一扇门。

林亦溟似乎很熟悉建筑的内部构造，穿过一条走道来到楼层的中心。

"这栋低层建筑一共才30层。最上面几层住的是轻度精神病患者，其中钝化症患者占多数。"

吴琪凑到病房门边，透过门上的小窗户往里看，一些病人戴着VR眼镜似的仪器正在接受治疗，还有一些病人则面无表情地盯着天花板或对面的墙壁。原来，她攒钱想让父亲住进的就是这样的地方。

乘着电梯往下，每一层病人都比上一层病人的病情更严重、更复杂，或者更加危险。林亦溟解释道，这样安排是因为更严重的病例往往更敏感，距离地面太远会让他们抓狂。

建筑中间第14、15两层没有病房，而是有一处宽敞的楼间花园。这儿有喷泉、植物和模仿鸟鸣的背景音。常人一走进去就觉得沁人心脾，林亦溟却说那些特殊病例恨透了这里。

"神奇吗？"她轻声说，"他们成天被关在病房里接受脑电刺激，却还能察觉到人类的生存状况。他们知道离地面越来越远、离真实越来越远是件多么可怕的事。"

来到10层左右，气氛开始令人不安。同样大小的病房，却因为病患的行为方式而让人觉得压抑了很多。有人疯狂地拍打着大门，大叫着"放我出去"；有人佝偻着自言自语；有人在房间里像无头苍蝇似的转圈；有人一定要不偏不倚地踩在地砖缝隙上才能走路；还有人与之正相反，只要碰到一点缝隙就痛苦号叫。

　　林亦溟平静地看着病房里的人，眼神中没有惧意，也没有怜悯。"精神病在古代不是病。那些人曾经被称为愚人、神婆，甚至狂热信徒。他们只是一群视角与大众不同的人。

　　"然而，当社会制度日渐成熟之时，'正常人'的权力越来越大，他们发现这种特殊的视角会威胁到社会稳固，于是就将这些与众不同的人关押起来。第一座精神病院的设立距今只有两百多年，那时已经到了工业时代。"

　　"可是，有暴力倾向的病人不该被关起来吗？"

　　"'正常人'里一样有暴力分子。这些人就算被关进监狱，也无人有权给他们洗脑，用脑电刺激去消灭他们自己的思维方式。"

　　往前走了几步，吴琪看见一个病人躲在墙角瑟瑟发抖。他的眼里仿佛有一只巨大的怪兽正在步步逼近。

　　"事实上，疾病能够抹去一些东西，也能凸显一些东西。一种能力被废除，会刺激另一种能力迸发。然而，社会对疯癫的认知却极其粗暴。"

　　这时，一名医生进入了那间病房。医生先是抓住病人的胳膊往其血管里打入了一针，然后趁病人肌肉放松之际，熟练地在他头顶接上粗细不同的线路。线路的另一头接着房间顶部的接口，上面应该是个比放映机更专业的机器。

　　不一会儿，病人的情绪舒缓下来，露出了幸福的笑容。显然，他眼前的怪物已经消失得无影无踪了。

　　人真的如许霖所说的那样，只是一团情绪，可以随意操纵吗？如果一些病人只是比普通人更清醒地认识到了世界的本质，人们又有什么资格去"治疗"他们呢？吴琪脑中的疑问又像旋涡似的卷了起来。

回到电梯，林亦溟按下了 1 层的按键。系统提示这一层需要特殊许可，虚拟屏又一次在她面前展开。

不知道接下来又会看到怎样的精神病人，吴琪有些紧张，也有些期待。同样蜗居在弹丸之地，普通人低头看屏幕，而那些病人的姿势却各不相同。

林亦溟停顿了一下，并没有输入密码，而是用手逆时针画了个圈，电梯里的楼层按键一个个亮了起来。吴琪以为她要重新选择楼层，她却伸出食指跟着按键点亮的节奏一个个数了过去。

"30、29、28……15……"这些按键都是蓝色的，但从 10 楼开始按键变成了红色。林亦溟伸出中指，和食指配合着做了一个跳跃的姿势，电梯随即下到了更低的楼层。

"今年的红蓝比是 2∶3，明年不知是多少。"

"什么意思？"

"蓝色与红色分别代表抑郁和狂躁。病院设计之初，15 层以上是蓝色，住在那里的人大多过度地麻木、压抑、痛苦，而 14 层以下则是红色，代表过度敏感、暴躁、愤怒。只有这中间两层是空的，你觉得应该给谁？"

"楼间花园呀。"

"最初建筑师并没有设计花园，只是留下了和大堂一样完全空白的两层高的空间。直到有一天院长明白了他想表达的意思，才赶忙让人将这里装点成了花园。"

吴琪看了看电梯里的楼层按键，上面的确为这中间层的按键进行了特殊设计，需要费点力气才能按得动。其他按键都是可发亮的虚拟按键，可以随时挪动位置。

她灵光一现："正常人？那空的两层代表的是我们这样的正常人？"

"答对了。那位建筑师认为一个完整的精神病院应该呈现人类的全貌。只是，中间这群人的数量过于庞大，他们自行建立了社会秩序，定义了'正常'。"

她惊讶于这位建筑师的设计理念，抬头看了看电梯内部。这是一个冷灰色的八棱柱体，和一般的电梯厢的形状很不相同。

"而如今，越来越多的'正常人'被送进了蓝色阵营，原本的社会秩序正在失衡。"

这时，吴琪发现八棱墙面上的灰色贴膜有些破洞。凑近一看，里面是明亮的镜面，看来膜也是院方后来才贴上去的。

"许霖想要做的并不是拯救某一部分人，他想要挽救的是那个平衡点。"林亦淏指了指中间那个实体按键，但吴琪的注意力却不在那里。

"他采用的方法是将红色群体的精髓注入蓝色群体。具体来说，就是复制那些极其敏感的心、那些更执着于天性与本能的灵魂，如同移植健康器官一般移植他们的记忆。"

吴琪后退两步回到电梯中心，想象着要是贴膜被全部撕掉会是什么光景。

"大众认为精神病人是病态的，需要送入精神病院去治疗。而许霖却认为是大众走向了病态。要治疗他们，就需要将精神病人的情绪感受制成药剂，注入人们麻木的灵魂里。"

八面大镜子两两对照，以镜面形成无限空间，行走于此会看到自己的无数个"分身"，他们交错、重叠、切分，到最后越变越暗。这样的电梯或许会让正常人发怵，但对病人而言效果可能恰恰相反。

"问题是，这种方法的成功率能有多高，每个人的承受极限又是多少？即便放在过去，经历丰富的人也不一定能抵住安逸的诱惑，细腻敏感的人也可能在单一的快感中沦陷，甚至更容易患钝化症。"

林亦淏走到吴琪面前，靠近她，那距离和刚才在感官舱里差不多。她双手搭在吴琪肩上，郑重其事地说："许霖很清楚这一点。只是，他眼中的人类是个整体。只要一百个观众里能有一个人'升华'，离开蓝色阵营，他就成功了。剩下的九十九个人就算病情加剧，沦为牺牲品，那也在容错率以内。"

电梯里的空气有点稀薄，吴琪开始头晕，脑海中八面亮丽如新的大镜子正把她包围在一个密闭的空间中，一道光从天空中射下来，在镜子的无限反射下令人目眩神迷。

"他的梦想是创造一种'新人类'——即便处于高度虚拟化的未来社会，他们仍然拥有热情、创造力与想象力，能够推动人类社会继续前行。这个想法被他称作'伊甸园计划'。"

"你在说什么？我完全听不懂。"吴琪退后几步。林亦溟的身高比吴琪高出半头，空气好像都被她抢了过去。

"这是一个漫长的计划，就算顺利实施，它真正的影响也要到我们这代人死后才会逐渐显现。"

呼吸越来越困难。吴琪这才想起电梯此时还停在半空，出于节省的缘故，循环氧气量会自动减少，她们应该赶快离开这里。

她伸手去按别的楼层，林亦溟却挡在她前面说："这个计划里，人类就像破茧而出的蝴蝶。"那语气令人脊背发凉，"如果成功就能翩翩起舞；如果失败，就只能在狭窄的甬道中死去。"说完，这个谜一般的女人在虚拟屏上画出一个蝴蝶的图形。

吴琪听着自己急促的呼吸声，只觉得大脑缺氧，就快站不稳了："不可能……许霖不会做出这么恐怖的事。"

林亦溟的形象在她眼前晃来晃去，恍惚间好像再度变成了那个幽灵。

"科学家的大脑往往不受伦理道德的束缚，因为任何一条伦理都有当前时代的局限性。"

电梯门终于打开，吴琪踉跄着走了出去，迎面而来的是一条昏暗的走廊。她看不清眼前有些什么，只觉得和上面那些明亮的楼层比起来，这儿如同地牢。

吴琪小心翼翼地往前挪了几步，双手举在胸前探路，忽然摸到一面冰冷而光滑的墙。随即，一扇自动门在她面前打开了。

她探头进去，门的背后竟藏着一个五六层楼高的硕大房间，里边有一面宛如黑水晶砌成的高墙。当她往前移动时，看到墙面五光十色地闪烁起来，但却找不到光源在哪儿。她越走越觉得不对劲，一回头，发现林亦溟不见了。

她脑中一片混乱，一个词顿时从记忆里蹦了出来——脑学社。

许霖从没向她细说过这个神秘的组织，但每次提到这三个字时，他脸上都写满恐惧。那背后似乎藏着可怕的阴谋，而林亦溟就是策划阴谋的核心人物。可吴琪却一直不以为然，觉得那只是他的被害妄想。她怎么可以这么粗心大意？

她想折返，却找不到刚才那扇门了。她慌了神，沿着那面高墙向前跑去。跑着跑着，发现那面墙围成了一个巨型的圆柱体，而自己脚下则是一条环形走道。走道外侧的墙体是空无一物的光滑平面，她越是在圆圈里打转，就越是找不到一开始进来的方位。

头昏眼花之下，她想起了在传统电影博物馆中的经历，想要大声呼救，又担心会打草惊蛇。于是，她只能沿着外侧墙面，边走边用拳头轻敲墙面，试图通过声音来寻找门的位置。

就在这时，突然有人从身后出现，吓得她一屁股跌倒在了地面上。

"嘘——"林亦溟用食指抵住嘴唇说，"小心吵到那些病人。"

病人？哪儿有病人？

吴琪顺着她的眼神抬头一看，立马倒吸一口冷气。

此时由于视角变化，黑色的水晶墙面呈现出半透明状。她这才看清面前是成百上千个棱柱型的房间，每个狭小的空间都恰好能容纳一个成年人。他们大部分在沉睡，少数醒来的人或是痛苦挣扎，或是安静地沉浸在自己的世界里。

地面像冰一样光滑，她双手用力撑地，还没站起来就又滑倒了。

林亦溟看着她狼狈的模样，不慌不忙地说："这里的诊疗水平在世界上数一数二，汇集了不少疑难杂症，院方为了重点看护特殊病人才建了这样特殊的一层。"

吴琪连滚带爬地躲到墙角处。从这个角度看去，整面墙就如同一个巨大的培养皿。病人们作为一个个实验体，情绪和心智都被人玩弄于股掌之中。

"别解释了，我已经猜到这是哪里了。"地面的冰冷从手掌传到心尖，吴琪咬紧嘴唇，双眼狠狠地瞪着林亦溟。没想到，对方却"扑哧"地笑出声来，这更让她觉得毛骨悚然了。看来这次是逃不掉了。

"醒醒吧，你打开地图就知道自己是在胡思乱想。"

"以你们的能耐，篡改地图信息也不是没可能的。"吴琪紧张地观察着房间的构造。林亦溟刚才出现的时候她没怎么听到脚步声，说明这里应该离门不远。

"哎，想象力真够丰富的，可惜总是用不到正确的地方。"林亦溟耸耸肩，用阴阳怪气的语调说，"你为了你父亲调查过这家精神病院吧？难道没什么线索吗？"

吴琪想起来，由于精神病院的床位紧缺，她刚把父亲接来宏海集区的时候就做了预约。她警惕着林亦溟的动静，打开角膜屏幕，调取出当时的预约记录，上面有官方的信息。

虚拟地图映射在深蓝色的地面上，中间闪烁的红点表明她所在之地正是那个举世著名的艺区精神卫生诊疗中心。

"看吧。"

"那么，你为什么会有进出这里的密码？"吴琪说出了一开始就产生的疑问。

"我和许霖当年可是这儿的常客。"林亦溟振振有词地说，"我们投入了大量的研究经费，几乎把所有的病人研究了个遍，有个通行密码也不奇怪。"

吴琪不信，直觉告诉她，事情不会这么简单："我懂了……脑学社的基地就在诊疗中心！"

听到这儿，林亦溟深深地叹了口气："我知道，那些植入你大脑中的恐惧和怀疑很难消除，因为记忆是思维的种子。"

吴琪绝望地看着她一步步逼近。

"可我们没那么多时间了。"她的声音变得诡异，"回想一下你出现在这里的原因。这不是属于你的故事。"

她究竟在说什么？吴琪捂住脑袋，感到头痛欲裂。

"脑学社，只不过是我使用的'麦高芬'，就和 Rebecca 在电影中一样。"

"麦高芬"……思维乱成了一锅粥，却偏偏记得这个古怪的名词。它的意思是……看似很重要，实则子虚乌有的事物。

"醒醒，"林亦溟仿佛幽灵一般往远处飘去，空灵的声音回荡在环形走道里，"醒醒。"

（3）

就在吴琪觉得脑袋快要爆炸的时候，"哔嘀——"信号声又将她拉了回来。声音似乎来自水晶墙中的某个房间，可能是脑电机器正在唤醒某位病人，或者哄他入睡。

吴琪转过头来，发现林亦溟就在身边，完全没有走动过。诡异的幻觉令她不堪重负。

难道又是关于《蝴蝶梦》的记忆在作祟？

想到这里，吴琪像只泄了气的皮球，一下子瘫软在地上。她想要证明许霖是错的，自己不是忆影的奴隶，可是这挥之不去的幻觉却让她难以辩驳。

"如果你只是想告诉我许霖的想法有多么疯狂，大可不必带我来这儿。我已经领教过了。"

见她平静下来，林亦溟伸出了援手。

吴琪没有领情，盘着腿继续坐在地上："可我控制不了自己的感情。就算你说他曾是这儿的病人，我也没法帮你去阻止他。"

"我也希望他是这里的病人，只可惜，没有精神病院容得下他。"林亦溟的嘴角带着一丝苦笑，好像在聊一位多年前的老友。

"他的脑中有千万条异于常人的记忆。从周游世界到濒临死亡，从感官全开的亢奋状态到溺水一般的抑郁状态，每增加一条就像画廊里添了一幅藏品。可以说，他的大脑就是这所精神病院的集合体。"

"我不明白。"吴琪说，"世界上有那么多独特的人，你们为什么偏要挑精神病人来研究？"

"许霖认为自己已经穷尽了普通人眼中能够看到的东西，必须换个角度才能补齐缺漏，达到真正意义上的'完美'。"

这时，一个棱柱体里的病人吸引了吴琪的目光。那名年轻的女性正在手舞足蹈地进行某种仪式，尽管房间是按照平均体型进行的最小化设计，但她凭借自己娇小的骨骼，尽可能地伸展肢体，做出各种像魔法符号一样的象征性动作。

水晶外壁关押了她的肉体，却关不住她的灵魂。

"更本质的原因是，他的记忆已经比别人的精彩百倍，刺激阈值也随之不断提升，大部分正常人的经历对他而言都变得寡淡无味。"林亦溟说，"这种症状是不是似曾相识？"

"钝化症……"吴琪在心中默念道。

"于是，他把目光转向了特殊人群——艺术家、罪犯、精神病患者……"林亦溟抬起头，绕着圆柱体走了几步后停下来，"三年前，我就是站在这里看见了那名画家。"

　　"当时，他被困在这逼仄的空间里，用虚拟的颜料和笔刷在玻璃上作画。他的创作逻辑非常清晰，一点也看不出异于常人的地方。"她伸手抚过那半透明的暗色墙面，"这个病例是上述三种人群的集合体，许霖如获至宝。但我怎么也没想到，那会成为压垮骆驼的最后一根稻草。"她的脸上带着悲伤与悔恨，"从那以后，许霖内心的'自我'泯灭了。他成了千百个记忆叠加的'非人'，他看待人类的角度也变得宏大且虚无，任何个体对他而言都不再具有意义。"

　　吴琪不敢相信。如果这些都是真的，那么拯救父亲的希望就破灭了。不仅如此，未来的人类将加速陷入这种绝望。

　　"但现在，他重新有了在乎的人。"林亦溟走过来，再度伸出了手，"或许你能唤醒他心中那个作为'人'的个体。"

　　"别开玩笑了。"吴琪黯然地扭过头，"他说过，感情是虚幻的。"

　　"这话真的出自他的本意吗？还是受脑中某段记忆的驱使？"

　　她想了想，拉住林亦溟的手站了起来。

　　吴琪在水晶墙前静立了一会儿。透明的棱柱体看上去非常脆弱，好像当所有沉睡的病人一起醒来之时，这座牢笼就会瞬间垮塌。

　　回程时，她们选择了更快捷的地下交通方式。

　　轨道两侧的荧幕广告跟随疾驰的列车呈现出眼花缭乱的动态效果。列车内，报站声一刻不停地重复着，只有这样才能防止低头族坐过站。她们回到了熟悉的当代生活，但吴琪看着窗外，想起的却是来时见到的风沙与天空。真实的世界被遮蔽了，真实的自我也岌岌可危。

吴琪想起刚才独处时的惊慌。一部《蝴蝶梦》就压得她喘不过气，那许霖呢？这个被自己埋在忆影堆里的男人又该有多孤独？

只要在思绪里打开一道小小的缝隙，他的身影就如同洪流一般涌入她脑中——他投入创作的侧影、他不善言辞的模样、他木讷中偶尔流露的细腻，还有那个特殊的雨夜里他突然对她舒展的笑颜……短短几日不见，思念就笼罩了她的心。

她坐在了林亦溟身边的位置。还没开口，对方就猜到了她的想法。

"不用问我。他信任的是你，只有你知道怎样才能唤醒他。"说着，林亦溟拍了拍她的肩，"但是，和他独处时千万要小心。"

"我知道他的怪脾气。"吴琪无奈地笑了笑。

"不是那种小心。"林亦溟表情变得严肃，"见他之前，必须认真听完我接下来的话。"

林亦溟说起三年前见到的那名画家。

他天赋异禀，从小他眼中见到的世界就和别人的不太一样。他的作品总是生机勃勃的，就连画面中的一花一草也有自己的面容和表情，充满童真。儿时的他被人们寄予厚望，尽管他的父母长期不在身边，学校却对他关照有加。

"这不就是《陌影》里的那位……"吴琪思忖道。

林亦溟说，一种罕见的疾病在他身上降临，扭曲了这份能力。

画家儿时杀死了他的母亲，他此后的人生一直颠沛流离。那种难以置信的精神疾病，迫使他活在极度的孤独中。

特殊的体质加上特殊的经历，他的大脑中产生了常人难以想象的情感。极致到扭曲的爱与恨、温情与悲痛、希望与恐惧……他的记忆既美好又危险。

吴琪听完,终于理解了《陌影》中那些古怪的地方。这名画家,应该就是许霖口中的犯人。

　　"可是,如果《陌影》不是许霖的记忆,为什么他不把那人找回来,还说要用自己的记忆来修复呢? 还有,这部忆影当初怎么会损坏呢?"

　　"画家是死刑犯,在我们完成摄制后就被处决了。"林亦溟有些心不在焉,她轻轻敲击耳后根,接了一通电话。

　　"云明,嗯,我找到吴琪了。稍等。"林亦溟的眼神回到吴琪身上, "刚才你说,许霖想用自己的记忆来修复《陌影》?"

　　"是有这么提过一句,我没敢多问,他只说是'迫不得已'的情况下。"吴琪发现她脸上流露出不安, "这有什么问题吗?"

　　她沉默不语,不知在思考些什么。几秒钟后,她的耳内音箱发出细微的声音,应该是朱云明在说话。她用手势示意吴琪稍等,然后对着电话说:"说吧,我在听。原来如此,情况有些失控……什么? 明天?"

　　明天是周六。吴琪忽然想起来,明天就是李沐虹给许霖的最后期限。

　　"明天凌晨全球公映?!"

　　来不及了! 吴琪惊讶地用双手捂住嘴,如果自己没有自暴自弃地浪费好几天,事情或许还能有转机。

　　"还有什么?"林亦溟刚准备挂断电话,又回问道, "小道消息?"

　　吴琪焦急地等待着她的转述。

　　"嗯,我听得见,你说。一个十四岁的男孩……"林亦溟的神情突然变得惊愕。

　　就在这时,一辆列车从一旁擦肩而过,两车相遇的轰鸣声盖过了林亦溟的声音。吴琪看见她的口型像两个字,不知是"莫非",

还是墨菲定律的"墨菲"。

隔壁列车的刺眼灯光照射进来，当两边的窗户错开时，车内光线又恢复了正常。

于是，在这高速相交的几十秒里，光线不断快速地闪烁着，林亦淏的脸就如同定格动画一般忽明忽暗，每一帧的表情都有所不同。从惊愕到不甘，从犹豫到决心，最后恢复到一贯的冷静。

"朱云明说了什么？"吴琪问。

列车相交的轰鸣声远去，车厢里的报站声重新回到耳边，"宏海集区，下一站，宏海集区。"

"他说点映的反响极好。"她的声音好像失去了感情，与报站声融合在一起，"放映现场惊叹声此起彼伏，观众们纷纷表示体验到了新世界。于是，全世界的影迷都开始催促《陌影》公映。"

吴琪感觉到她的视线落在了自己的耳朵上："其他呢？他还说了什么？"

"一些无聊的八卦新闻。"

列车驶入宏海集区站台，广播发出开门的信号声，"哔嘀——哔嘀——哔——"

林亦淏下车，对吴琪做了一个道别的手势。

"等等，你话还没说完。"吴琪迷茫地问，"我到底要小心什么？"

"别碰他的记忆薄膜。"林亦淏露出疏远的笑容，"每个人都有秘密，有时还是不知道为好。"

R8

枯竭

（1）

古宅大门不寻常地敞开着。吴琪走进屋里，楼上传来谈话声音，听着像是位女性。许霖的家里应该很久没有出现过客人了，她怀着好奇心蹑手蹑脚地爬上楼梯。

"怎么会发生这种事？太可怕了。"

她躲在书房门口偷听，觉得女人的声音有点熟悉。

"那男孩才十四岁啊……"

话题似乎和林亦溟的那通电话有点类似。她凑得更近一些，耳朵贴在了门上。

"不仅杀死了自己的母亲，还在下颌处切了一道十几厘米的口子！"

她倒吸了一口冷气，身体差点儿失去平衡倒进门里。

这时，许霖开口了："为了提前上映，宏海把我的作品乱改一通。未修复的部分全都用粗制滥造的情感来填，把《陌影》改成了充满愤怒和暴力的三流恐怖片。"

"是啊，观众图个爽快，宏海图个票房。没想到情感强度超标，酿成了大祸。"女人叹息道，"事情到这儿还情有可原，你可能觉得我总帮着公司，但他们确实也有种种无奈，可是今晚的性质就完全不同了。"

吴琪想起来了，这是李沐虹的声音。监制竟然亲自来访，说明事情千真万确。为什么林亦溟却说这是八卦新闻？

"发生了这样悲惨的事，他们竟然还要举行公映晚会，并为此不惜花重金把那些新闻给压了下去。现在，当地媒体都说是男孩本身精神有问题，别的地方媒体则直接对此闭口不提，所有对宏海不利的消息全都被水军辟了谣。"

"我需要记忆素材。"许霖冷不丁地说。

"哎呀，能找的我们都已经给你找来了。就这点时间，你给了我们这么长一张列表，什么边缘型人格、爱丽丝梦游仙境症、科塔尔妄想症，这些就连精神病院的人都没听说过。"

吴琪能想象李沐虹脸上的困惑与无奈。

"甭管那些细节了，赶紧给我一个成品吧。"她焦急地说，"只要我能说服公司播放你的版本，至少情感强度能得到控制。"

"我需要那些素材。"他的声音毫无生气，这让他听起来像个石头人。

可怜的监制近乎抓狂："你不是自己就能搞定吗？这两天打你电话都不接，天天连着个摄忆机，合着你有能耐、你是天才，那还为难我干啥？"

没想到话音未落，许霖就用拳头狠狠砸在了墙上，好像一个无法抑制自己情绪的暴躁之徒："再给我一点时间。"

"已经下午六点了！"李沐虹心急如焚，"还剩六个小时，能干什么？"

"《陌影》必须完美。"他的声音突然变得很轻，吴琪竖着耳朵才能勉强听见，"必须……完美无瑕。"

"别在这种时候跟我耍艺术家脾气！"李沐虹气愤地说，"我真不明白，你为什么对这部片子那么执着？"

听到两人又争执起来，吴琪悄悄地走开了。

她一边下楼，一边回想着刚才在精神病院里的经历。林亦溟看似为她解答了一些困惑，却又让事情变得更加扑朔迷离。有些事应该是被刻意隐瞒了。可是，感官舱里说的那些话、那个拥抱，又是千真万确的温暖。

柔软的地毯让吴琪觉得自己正在一步一步陷入泥沼，楼梯发出鬼屋般吱吱呀呀的声音，好像故意要把她吓走一样。她心里打起了退堂鼓。

这时，她的身后传来了李沐虹的声音："小吴啊，你也来了？"像是见着救星一般快步向吴琪走来，"我真是越来越看不懂许霖了，他从前可不是这样的。"李沐虹无奈地摇了摇头。

第一次见到她本人，不像视频通话中那么雍容华贵，看上去就是一个普通的妇人，一个普通的母亲。或许这就是为什么男孩的案件会触动她。

"我觉得，他至今都没能从林亦溟失踪的事里走出来。"李沐虹小声说，"虽然人已经回来了，可是那创伤啊就永远烙下了。"

"你知道三年前他们之间发生了什么吗？"吴琪也跟着压低了声音。

"三年前？"李沐虹微微抬起头，慨叹道，"我怎么感觉已经过了七十年……没人知道他们之间发生了什么。"

她从衣架上取下大衣，出门之前语重心长地说："帮帮他吧。许霖是个天才，但他的完美主义也是一种病。"并摇了摇头，"这种病让他拥有了异于常人的创造力，也令他的精神脆弱不堪，一受打击就会变得偏执。"

这话在她离开后马上应验了。楼上传来一阵响声，应该是有人用手重重地拍了一下桌子。吴琪从没见他如此暴躁，胆战心惊地抬头看向书房的方位，觉得自己也该尽快离开，但是……

犹豫再三，她还是选择留了下来。

进入书房，她觉得应该解释一下自己过来的原因。

然而许霖见到她时并不抵触，只是指了指书房里那个特制的长沙发说："坐。"

等她坐下，他转身走到摄忆机旁打开开关。

"《陌影》是我这一生中最重要的作品，每个细节都深深印在我的脑中。"他眉头紧锁着，"所以，我试着摄取自己对它的记忆，以此来做最后的修复。"

正对着沙发的屏幕上放映起了他刚才摄制的影像：

> 他在昏暗的街道上奔跑着，周遭的世界一片混沌，他只想赶快回家。推开门，见到温柔的恋人正做着夜宵等他回家，他像个孩子一样扑了上去。
>
> 这是他们的新家。没有花园、没有玩偶、没有窗户，取而代之的是女友的肖像画。
>
> 墙上、桌上、天花板上，到处都是她的肖像画，到处都有她的影子——她的微笑，她的哭泣，她的舞蹈，她不经意的俯身，各种神态、动作，各种色彩的衣物，各种不经意的瞬间。
>
> 她是他生命中唯一的救赎。

记得许霖说过，摄忆机只能摄取一个人的真实经历，因为其中包含了太多的细节，再专业的演员也难以凭空想象出来。可是，他记忆中的"画家的记忆"却如此真实饱满，真令人不可思议。

　　他们接吻，亲热，相拥入眠。

　　他在她怀里的表情是那样的放松，仿佛亚当回到了只属于他的伊甸园。在那里，小花小草会对他微笑，玩偶唱着熟悉的歌谣，世界染着斑斓的色彩……

　　第二天清晨，他醒了过来，看见女友还在安睡。他不想将她从睡梦中吵醒，轻手轻脚地起床，拿起纸笔后绕到了床的另一边。

　　他端详着她美丽的容颜，蹲下来挪了几步，找到最好的角度去描绘这个美好的时刻。但是，提起笔的那一刻，他却愣住了。

　　"接下来，是最惊人的一瞬。"许霖切断了画面，"但就是这里，就是这最关键的时刻，我却失败了。我无法重现那复杂的情感，那叹为观止的情绪迸发！"

　　他绘声绘色地描述起来，好像影片正在他脑海中播放：

　　"女人的面容像大理石雕像一样，肤如凝脂、完美无瑕，却缺少他所熟悉的那份温度。她的秀发散发着丁香花的味道，但比平时浓重了一些，无法勾起他半点情愫。几乎是一瞬间，他明白了落在自己身上的厄运。"

　　"什么厄运？"吴琪问。虽然已经从林亦溟那儿知道了主人公的病情，但她仍旧觉得难以理解，更无法像许霖那样感同身受。

　　"他最心爱的人被假冒顶替。"许霖的眼神里一片死寂，"在神不知鬼不觉间，被一个陌生人给替代了。"

　　林亦溟也提到了这一点——

　　画家认为自己的爱人已被杀害，而眼前这个相貌极其相似的女人是冒牌货，是那个赌鬼前夫的报复之举。

"他看着床上的女孩，心中充满困惑。他宁愿一无所知地死在梦乡里，也不愿意面对这残酷的现实。"说到这里，许霖的眼中也显露出困惑之色，好像全情投入的演员。

"熟悉的世界眨眼间变得陌生，明媚的景象也变得波诡云谲，从天堂跌落到地狱的一瞬，他的情绪图谱从一个极端冲向另一个极端。他无法接受这场恐怖的骗局，他需要知道真相。"

说到这儿，许霖似乎来了灵感："没错，他做出那件事，只是为了看清真相……"

他赶忙为自己戴上摄忆机，暂停的画面重新播放起来：

　　　　画家轻柔地走近熟睡中的女孩，将手伸向了她细嫩的脸蛋。完美主义的导演不会放过任何细节，那只手上满是老茧，是多年使用画笔的痕迹。

可是没过多久，许霖又一脸沮丧地取下了机器。看来结果仍不理想。

"别自责。"吴琪试着安慰道，"你对自己的要求总是太高。"她想学着林亦溟讲些大道理，可是句子到了嘴边就成了毫无章法的碎片，"没有亲身经历，演不出来也是理所当然的。"

"这就是最讽刺的地方。"他冷笑着靠在了背后的墙上，后脑勺撞击的声音她听着都疼，可他却面不改色，"上天在夺走这段忆影的同时，也给了我一次亲身经历的机会。我以为这对自己是一种考验、一种试炼，可其实，这只是一种嘲弄。"

上天？吴琪心想，她认识的许霖不会说出这种词。可眼前的男人却仿佛一个虔诚的教徒，自顾自地说着她听不懂的话。

"一模一样的经历，一模一样。可是我的大脑，这腐朽的大脑啊！"他再度握起拳头，痛苦地捶打着身后的墙。表面贴着布艺壁纸的墙壁却发出金属般冰冷的共振，好像是在回应他。

吴琪束手无策地站在一边，不管怎么安慰都无济于事。她看着疯狂渐渐侵占他的心灵，意识到这时候任何话语都无法传进他的耳朵里。

但是，人可以闭起眼睛、闭上嘴，也可以捂住鼻子，却有一种感官不受主观的控制，那才是人类最脆弱也最柔软的部分。

她张开双臂，环抱在他的腰际。皮肤与皮肤的接触不会被衣物阻隔，人类可以本能地辨别出那温暖而贴合的触感。

他松开了拳头，声音颤抖地说："枯竭……我枯竭了，彻底，枯竭……"

她又靠近了一点，将耳朵贴在他的胸膛上，她觉得他缓慢的心跳在渐渐复苏。或许只是错觉，或许他心中毫无波澜，但吴琪先触动了自己。拥抱让人感知到自己的存在，无论人类制造快乐的技术多么先进，都比不过肢体接触带来的纯天然的内啡肽。

"枯竭……枯竭……"许霖抬头望着屋顶，不断重复道。

吴琪觉得手臂上的重量逐渐增大，他顺着墙壁一点一点地往下滑，就像冰山在慢慢融化。她再用力也无法支撑，于是陪着他一起往下滑落。不知何时，他的双手也环抱在了她的肩上。

最后，两人相互依偎着坐在了地上，不再出声。这种状态好像要维持到永恒。

"只要我现在销毁资料库，人类就可以获得几十年的安宁。"他再度开口，说话方式恢复了往日的缓慢与低沉，"可是短短几十年又如何？那些卑鄙之人终究还是能得到他们想要的东西。"他双手无力地垂落到地面上，"据说，一种名为'逆转'的技术已经初见成效，人类实现永生也只是时间的问题。到那一天，没有什么艺术能拯救这个贪婪的物种。"

"别担心，人心没那么脆弱。"她把他的手放在自己的掌心里，"你说人就是一团情绪，那语气就像在说一团乱糟糟的毛线。但就是这团东西，将一个人与另一个人相连。"她摊开他的手，食指沿着他掌心里的纹路画了几道，"你说感情是虚幻的，我想了很久。真实与虚幻之间或许没有明确的界限，但有一点可以肯定。如果我们能与另一个人建立起羁绊，至少可以从独自一人的虚幻状态中解脱出来。"

终于把想说的都说了出来，吴琪感到一身轻松。

她贴着许霖的臂膀，和他以同样的角度仰望房间，发现书房的顶部就和古时候的教堂一样呈尖拱形。不仅如此，四周的书架也都和哥特式教堂的彩花窗是同一种形状，书房宛若举行魔法仪式的场所。

灯光还是一如既往的昏暗，她只能看清书架上临近的几排书名。其中有一套书占据了很大的空间，厚厚的六本，前面空出的地方应该还缺了一本。暗红色的书脊上写着书名，开头好像是"追忆"二字。

这时，许霖动了动身子，举起双手揉按着自己的太阳穴。他的面容显得很疲惫，眼睛里充满了红血丝，眼角耷拉着，像是经历了一场浩劫。

"你觉得我该怎么做？"他正视着吴琪说。

"先休息一会儿，"她不假思索道，"小睡一下，等清醒了再做决定也不迟。"

她搀扶他起来，摇摇晃晃地走出书房，穿过一段回廊。古宅的内部比她想象的还要大，要是自己一个人走准会迷路。

打开卧室门的那一刻，她惊呆了。

卧室里边的风格和古宅的其他房间完全不同，倒和精神病院那种极简的风格非常相近，只是将白色换成了更为冰冷的金属灰色。房间里的家具只有一张悬浮床，连接床身的托盘上放着一个白色的杯子和一本书，墙面上还有一盏可以随意调节角度的射灯。这就是全部了。

许霖默默走到床边躺下，吴琪正准备离开，却见他拿起那本书胡乱翻出一页，读了起来："*一个人睡着时，周围萦绕着时间的游丝，岁岁年年，日月星辰，有序地排列在他的身边。*①"

吴琪定睛一看，这不就是刚才那套书的第一本么？原来全名叫《追忆似水年华》，听着像是老年人才会读的书。

"*醒来时他本能地从中寻问，须臾间便能得知他在地球上占据了什么地点，醒来前流逝过多长的时间；但是时空的序列也可能发生混乱，甚至断裂……*②"

听这熟悉的文风，许霖平时的絮絮叨叨应该也出自这套书。见他读个没完，吴琪坐到枕边，轻柔地接过书，像哄孩子入睡一样替他念了起来：

"*我只要躺在自己的床上，又睡得很踏实，精神处于完全松弛的状态，我就会忘记自己身在何处，等我半夜梦回，我不仅忘记是在哪里睡着的，甚至在乍醒过来的那一瞬间，连自己是谁都弄不清了。*③"

她声音越读越轻，想要就此停下。可是他却侧着身子，随她一同呢喃。那些句子就和忆影一样深深刻在他的脑中。

"*如没有记忆助我一臂之力，我独自万万不能从冥冥中脱身。*"他渐渐闭上眼睛，口齿也变得不太清晰，"*在一秒钟之间，我飞越过人类文明的十几个世纪。首先……然后……它们逐渐……重新勾绘出我的五官……*④"

---

①②③④均引自《追忆似水年华》，[法]马塞尔·普鲁斯特著，许渊冲、周克希、徐和谨、李恒基等译，译林出版社2012年版。

吴琪觉得自己在念一句长长的咒语，读着读着，自己也困倦起来。

"*然而，当我醒来的时候，我的思想拼命地活动，徒劳地企图弄清楚我睡在什么地方。那时沉沉的黑暗中，岁月、地域，以及一切，都会在我的周围旋转起来。*[①]"

终于，许霖进入了梦乡，她也舒了一口气。见他安详的面容，一股温柔的力量在心中油然而生。

吴琪知道这很傻，她的感情可能只是忆影的副产品。但是，脑中总有一个声音在告诉她：

"珍惜爱的能力，太多人没有这份幸运。"

（2）

吴琪不再犹豫。

她独自来到书房，关上灯，房间里只剩摄忆机匀速地闪着信号光。林亦溟说这台仪器里藏着他的秘密。她伸手摸了一下仪器皮革制的外壳，那是独属于他的味道。

想要了解许霖，就绕不开三年前林亦溟失踪事件的真相。他对《陌影》的记忆同样停留在三年前，或许能从中找到些蛛丝马迹。

吴琪坐在墨绿色的单人沙发椅上，将与摄忆机相连的放映机戴在头上，如同以前的精神分析大师那样倾听"病人"的心声。

画面回到了画家凝视女孩沉睡的场景。

这一次，通过放映机能够感知到主人公的心理活动。果然，

---

①引自《追忆似水年华》，[法]马塞尔·普鲁斯特著，许渊冲、周克希、徐和谨、李恒基等译，译林出版社 2012 年版。

许霖演绎的情感与他希望的效果差了一截，很难说具体差在哪儿。能感觉到悲伤，也能嗅到恐惧，但更多是一种麻木。好像主人公已经失去了一半心智，无法对眼前的状况做出明确的反应，就如他刚才重复的那两个字——"枯竭"。

忆影里，女孩翻了个身。画家惊恐地往后退了退，发现她还没有苏醒。于是又绕到床的另一侧继续观察。那张美丽的脸让他觉得既熟悉又陌生，如同一个精心伪装的谎言。

卡普格拉妄想症，这是画家所患的罕见疾病。

回程列车上，林亦溟是这么描述道：

> 病人认为心爱之人被冒名顶替，甚至自己心爱的所有事物都被替代了。通常，病人会将这种诡异的感知解释为有人要谋害他们，并为此设下惊天骗局。
>
> 研究者认为，卡普格拉妄想症的病因与人脑损伤有关，尤其是颞叶及边缘系统这两部分。简单来说，大脑中有一个复杂的人脸识别系统，当它与负责产生情绪的区域失去连接时，大脑在识别出面容后就无法给出相应的情绪。

当时，吴琪不解地问："你的意思是他见到亲人时，眼睛明明认识，心里却认不出？"

"可以这么说。他们见到亲人也感觉不到一丝温暖。不仅是没有爱意，就连最基本的熟悉和安心也感觉不到。这时，直觉会告诉他眼前这个并非熟识的亲人。"

"可是这推测不合逻辑啊！再怎么想，一个大活人被顶替的可能性也微乎其微。"

"你高估了理性在大脑中的地位。"林亦溟说。

她告诉吴琪，人脑十分依赖感性判断。认人的过程由"面部识别"与"熟悉感产生"这两个步骤交织而成。当熟悉感出了问题，人就会对身边的一切敏感多疑。

　　卡普格拉妄想症严重的患者对没有生命的物体也仔细观察，并且做出同样奇怪的推论。有病例回到家乡，觉得自己的老家被人连根拔起过，就连列车站台也是为了欺骗他而重新修建的。

　　如果从病人的逻辑出发，《陌影》的故事就不再是一个黑童话，而是实实在在的恐怖片。母亲、恋人，甚至儿时那个布娃娃，都变成了居心叵测的冒牌货。

　　吴琪心想，这也许还能解释许霖的行为。他或多或少受到了《陌影》的影响，就像她被《蝴蝶梦》缠身。

　　既然林亦溟清楚这一点，为何不找机会解开误会，反而要将他越推越远呢？

　　吴琪困惑地打开扫描仪上的小抽屉，记忆薄膜密密麻麻地排布着。根据上面标注的日期，可以知道许霖在过去几天中已经独自摄取了一百多段记忆。这样高强度的用脑，普通人可能早就崩溃了。

　　刚才播放的片段是他还未攻克的难关，剧情在画家的一阵惊愕中戛然而止，接下来是一段空缺。除此之外，其他段落都已经按照顺序排好了。

　　吴琪随便选取中间的一个记忆薄膜放入卡槽，编号为 R57。

　　　　他清理完画笔和颜料，从地下储藏室走了出来。关上门之前，他往里面看了一眼，那阴森森的地下室令人发怵。

　　　　楼梯的转角处有一面镜子，银色的边框带有一些雅致的花纹，镜面部分却污迹斑斑。画家似乎有意避开它，贴着另一侧的墙往前走，可是眼神却控制不住地往镜子里看去——里面映照出的是一张熟悉的面孔。

许……许霖?！

她被镜子里那张憔悴的脸吓了一跳，好像他正在监视着她的一举一动。她慌忙对着放映机胡乱操作一通，关闭了那段记忆，只听到自己的心脏怦怦直跳。

缓过神来想想又觉得不对。怎么可能有人躲在记忆薄膜里监视她？这脑洞真是太清奇了。

于是，她鼓起勇气又打开了下一段记忆，里面的内容和上一段基本一致，只是这一次镜子里出现的是另一张面孔：胡子拉碴、凶神恶煞。应该是那位画家的面容。

这下她明白过来，前面看到的不是谁在监视她，也不是出现了灵异事件，只是许霖没有控制好自己的潜意识，在面对镜子的时候脑中自然而然地浮现出自己的脸，从而导致废片的产生。

她又跳着看了十几片薄膜，从 R59 到 R70 都是一模一样的情节，只是视角与行走的节奏有些许不同，使得影片的效果更加惊悚。许霖仿佛把自己的大脑当成了摄像机，追求着完美的镜头感与运行轨迹。

现在，吴琪可以理解他为什么对所有人都那么严格了，因为他对自己的苛求简直到了变态的程度。

想到他几乎不眠不休地待在这儿，在一片漆黑之中演绎一个病人的记忆，那样孤独而不懈地折磨着自己，吴琪觉得很心疼。

跳过中间的几十片记忆薄膜，她直接选取了编号 R101，其中的剧情终于变得有所不同：

画家将沾满鲜血的美工刀在水池里洗净，稀释的红色液体在水漏处形成一个漩涡，很快便消失不见。

他用余光发现，地下室门口还躺着一个人。

吴琪紧张地咽了咽口水，心想，如此罕见的精神病人犯下杀人案，在当年理应是轰动一时的社会新闻。可她在来时的路上查了又查，网上什么相关的资料都没有，好像这件事只是电影中的一个虚构故事。

他擦干双手回到客厅，安心地坐下，感到世界终于回归了宁静。他掀起沙发坐垫，拿出下面藏着的小盒子，里面都是他亲手制作的玩偶。它们虽然表情呆滞，不再微笑和唱歌，但也终于不再对他笑里藏刀了。

危机解除了，从今往后，再没有什么能够背叛他。他会一直这么孤独地生活下去，怀着对爱人无穷无尽的思念。

可是过了一会儿，他察觉到一丝异样。有一双眼睛正在不怀好意地偷窥着他。猛地回头，目光竟来自她的肖像画。

他走上前去，对着那幅未完成的画作审视了一番，然后自言自语道："这不是我调的颜色。"并用手摸了摸画上未干的颜料，感到难以置信，"不可能……这不可能！"

退后两步仔细凝视，肖像画的构图和原先的一模一样。从细节上看，画面的背景、服装，甚至一根根头发细丝，都出自他本人之手。只有那张脸不是。

"为什么还不肯放过我？"

他慌张地冲进地下室，跑到那些珍贵的画作面前。

令他绝望的是，那些肖像画上恋人的面容，那些他亲手一笔一画完成的作品，无一例外都出了问题——有人动了手脚。

他跪倒在地上失声痛哭。

他从不相信现代科技的记录方式，因为信息没有感情，还可以轻易篡改。所以，他只用画笔记录世界。

心爱的女友消失不见，他痛苦万分。但是想到还留有她的画像，就有一丝慰藉。自己的人生无论经历了多少苦难，至少还留下了一些美好。那种美好，本应是无人能够夺走的宝藏。

可是现在，关于她最后的记录也消失不见了。闭上眼睛，他能想起恋人美丽的容颜，但是那种熟悉的气息、那幸福的期待呢？再也不可能有了，再也……

这是在对他赶尽杀绝。

盛怒之下，画家拿起还未干透的美工刀，沿着肖像画上的面容边缘切割下去。

房间很安静，能够听见画布被割破的声音。

这不是一件简单的事，因为生物的轮廓没有任何一部分是平滑的线条。要切得完美，就必须耐心细致，将手上的力道掌握得恰到好处。尤其是当颜料滴落之时，要及时擦拭，以免它沾染在无瑕的背景上。当最后一个连接点被切断时，肖像画上的面容自然而然剥落了下来。

看到这里，吴琪顿时毛骨悚然。或许案情比她想象的更残忍。

这时，她发现画布的右下角有画家的签名，好像叫"瞿"什么。在好奇心的驱使下，她打开艺区精神卫生诊疗中心的官方网站，在病例库里搜索起他的名字来。

换了几个和签名上类似的名字后，她终于找到了这位画家为数不多的信息：

重症患者，编号325

姓名：瞿峰

病症：卡普格拉妄想症

备注：故意杀人罪。死者为一名二十六岁女性，与瞿峰为恋人关系，死状极其惨烈。

病人信息的附页中有一张配图，应该是犯罪现场的留档照片。吴琪知道不该去点开，但手指在按钮上空盘旋了几圈，最后还是落了下去。

几乎是看到照片的同时，她就飞快地关闭了角膜屏幕。即便如此，那血腥的画面还是让她直犯恶心！

她吓得牙齿打战，越是不想回忆，脑海中的画面就越是明晰，忍不住胡思乱想起来。

她想起许霖说过的一种拍摄悬疑片的技巧："如果影片中要发生一个灾难，那种突如其来的爆炸的确可以让观众吓一跳，但那并不是真正的恐惧，观众在短暂刺激后很快就能缓过来。相反，如果一开始就展示一颗炸弹，连倒计时都标在上面，可爆炸就是迟迟没有发生，那么观众就会长时间的忐忑不安。"

一时间，她脑袋里全是这样毫无逻辑的碎片信息。

"别怕，别怕。"她自我安慰道。林亦溟说了，这种病只会在感情至深的情况下发作，这显然和她没什么关系。

嗯，不会有事的。

打开最后几片薄膜，瞿峰又一次出现在那间地下储藏室里。吴琪小心翼翼地打量着画面里的每一个角落，幸好此时房间已经打扫完毕，除了画作以外什么都没有。

"什么都没有。"她在心里默念道。

光秃秃的灯泡从房顶悬挂下来，无法照亮储藏室的四角。一侧的架子上堆满了颜料、画布、画刷，另一侧则整整齐齐地摆放着成品画作。这位画家应该和许霖一样，也是个完美主义者，所以才把自家楼下的储藏室也当成展厅来布置。

第一排是风景画，第二排是静物画，按照颜色的冷暖与深浅来排列。到此为止都很正常。

诡异的是第三排。一整排肖像画都只剩下人物的服装和背景，面容中间空空如也。切割留下的面部轮廓格外精细，好像是把刀尖当作画笔一般细细描摹的结果，又好像是生物体中的白细胞"爱憎分明"地将外敌全部消灭的结果。

画家哀叹着，走到昏暗的墙角，地上可以隐约见到一个小纸堆。他蹲下身子，将地上那些被撕下的面容捡起来，放到灯光下翻阅。

一幅，两幅，三幅，都是同一个人的脸。他的笔触是那么的细腻、那么的栩栩如生，如果这些面容边缘泛红滴血，看上去就宛如真人的脸皮。

吴琪心想，这个段落如果放在片头应该会是不错的悬念。她知道这个念头不合时宜，或许只是为了给自己壮胆。她连恐怖片都没怎么看过，现在却要在真实忆影中体验一名疯狂杀人犯的记忆。

更可怕的是，她甚至分不清这加速的心跳是来自自身，还是画家的身体。

当他翻到最后一幅面容时，影片中断，画面停留在面部的特写上。与前面几幅不同的是，这张脸格外优雅、冷峻，又带些自傲，那熟悉的五官一下子触动了吴琪的神经——这是年轻时候的林亦溟。

看来，这里和镜子那段一样，是许霖一不小心混入自己的记忆而导致的废片。

下一片薄膜，一模一样的画面再度出现。画家再次蹲下，捡起那些面孔放在灯光下审视。第一张，还是林亦溟的脸。

不同的是，这一次可以感到明显的心绪不宁。许霖的心情似乎被刚才的突发状况干扰到，难以入戏。那种感受就像一个人的灵魂寄宿在另一个人的肉体里，到了一定时间后开始挣扎着想要破壳而出。

他果然对她念念不忘。

吴琪悲伤地看着画面中的肖像，第二张仍旧如此。这已经不能被称作忆影了，这是他赤裸裸的记忆。

但是到了第三张，虽然面容依旧是她，可画风却有些不对劲了。林亦溟的脸色变得暗淡，妆容几乎看不到了，下垂的嘴角透露出阴冷的气质。

第四张画像，她几乎成了一个满脸怨气的妇人，与吴琪心目中完美的"Rebecca"形象全然不同。

第五张，泪水模糊了她的脸。第六张，红色的颜料像是斑斑血迹，围绕在她的眼周。

吴琪屏息凝神地观看着，想知道这背后究竟藏着怎样的真相。

第七张，画中的面容又有了改变。脸部轮廓圆润了一些，硬朗的眉峰变成了弯弧形，眼角的线条也柔和了起来。第八张的变化则更加明显，那笑容看上去有点眼熟，但一点也不像林亦溟。这是怎么回事？

吴琪困惑地等待着下一幅画像的出现。就在这时，她身后传来拖沓的脚步声，听上去特别疲惫。难道，女孩的前夫就潜伏在画家的家里？画家会有危险吗？不，他可是活到了最后，还被判了死刑。

死刑……她又想起刚才那一瞬看到的模糊血肉，觉得死刑也无法消除那深重的罪孽。

终于，第九张画像出现了，面容已经完全变成了另一个人——鹅蛋脸、小鼻子、圆眼睛，眉宇间温和地舒展着，双眼像在微笑。

她惊恐地发现，被撕下的画布上竟映出了她自己的脸。

"吴琪在哪里？"

声音出现在了放映机之外。

R9
蒙太奇

（1）

舞会大厅里人头攒动，每位宾客都身着华服，仪表堂堂。他们互相见面时略微点头致意，显示着彼此显赫的身份。

为了烘托年底的节日气氛，会务组可谓动足了脑筋。大厅的环形墙幕播放着银装素裹的北极景象，天顶中央悬挂下来的球面镜散射出雪片般的光芒。实体圣诞树自然是必不可少的，一只机械驯鹿正配合着到场的嘉宾摆出各种拍照姿势。

盛会的主题是第一部真实忆影——《陌影》的全球公映。然而，在零点的上映时间到来之前，这更像是一次纯粹的上流聚会。比起天翻地覆的日常生活，这种体现品位的年度盛会倒是和几十年前的没什么不同。探戈、伦巴，乃至华尔兹，越复古就越能显出上层阶级地位的不可撼动。

林亦溟又穿上她那标志性的黑色礼裙，披上翡翠绿的丝巾。连日来的辛劳让她的身形更加瘦削，礼裙在她身上显得松松垮垮。

前来参加晚会的人比想象中的还多，除了公司高管、商业合作伙伴、忆影部的重要人士之外，还有不少看上去八竿子打不着的人，比如传统电影圈里的精英。他们来这儿自然是为了结交人脉，希望在时代的巨浪里抓住机会。

如果说底层的人将自己比作鱼，那么这些富人大概会以为自己是空中的鸟，但在林亦溟看来，他们不过是一群埋头逃避真相的鸵鸟。

市场部发完言后是公关部，他们俨然将首映礼当成了年终晚会，各自吹嘘着这一年部门达成的业绩。高管们用妙语连珠的讲稿和华丽的视频特效来包装那些数字。即便如此，台下的反响也平淡无奇。

现代人对于金钱的概念不像摸过纸币的那一代人，金钱只是一串或大或小的数字以及一个确定键。付款的时候，人们就像实验室里的猴子，输入一个数字，按下确定键，然后等待结果。

当然，收钱的时候感觉会好一些，尤其当大量资金瞬间涌入时，那快感还是能超越大部分感官电影的。因此，有钱人患上钝化症的比例相对较小，至少他们在年轻的时候不容易得病。只是在行业面对危机与巨变之时，人们的心态会变得浮躁，且愈发地急功近利。

"终于找到你了。"身边传来一个浮夸的声音。

"你不用上台发言吗？"林亦溟回道。

"今天怎么说也是我的主场，当然要压轴了。"

看白龙嬉皮笑脸的样子，实在想象不出他竟是这部划时代大作的制片人。

"听说你亲自到场，我可惊讶了。"

"你不是让我'别总是神经紧绷，来开心开心'吗？"

白龙的微笑中带着怀疑。

林亦溟走到角落，转动眼球，打开感官记录仪的监控界面。白龙也跟着凑了过来。

"别看了，还是漆黑一片，和刚才一样。"

她看了看屏幕右上角的信息栏，果然，好事的白龙也用她此前给的账号登录了。

"你期待的事还是没有发生。"她故作随意地说。

白龙用力叹了口气。

"是啊，我刚发现耳环到了那个女孩手上的时候，别提多期待了。好几天都守在监控前。更让我高兴的是你和我一样变态，竟然想偷窥她和你前夫在一起的……"他半吞半吐地摸了摸下巴，"不得不说，发明这玩意儿的人真是个鬼才。纯洁无瑕的珍珠耳环，实际上却是偷窥利器。"

内心龌龊的人看什么都是龌龊的。林亦溟露出一个不置可否的假笑。

十年前，这对耳环堪称最浪漫的发明，可以通过记录周围的环境、温度，甚至佩戴者的心跳，以保存感情最美好的瞬间。那是许霖唯一的一次浪漫。要不是迫不得已，她也不想把它用作监视他的工具。

"可惜啊可惜，什么也没有发生，那女孩好像还和许霖分手了。今早我打开看的时候，画面黑乎乎的一片，我还以为她一气之下把耳环给砸了呢！"

"你真闲！"

"你可别说，除了和你有关的事以外，我对什么事都不会这么上心。"他挤眉弄眼地说，"好在你也没有让我失望。就在我快失去兴趣的时候，你突然出现在了那个女孩的面前。噢，那个拥抱，真是太——香甜了。"

她给了白龙一巴掌，他却笑得更开心了。

"你们的对话，我听了个大概——"他故意将声调拖得很长，"你明明想要告诫她什么，却突然改口了。不只她疑惑，就连我这个观众也看得心里痒痒。"

这时，大厅里响起一支富有节奏感的曲子。白龙半弯下腰，伸出手，四指并拢，拇指略上翘，用优雅的姿势邀请她跳舞。他知道她不会答应，于是抬高嗓门说："刚才我就一直在琢磨，你为什么要对她有所隐瞒？"

林亦溟保持着端庄的仪态，眉宇间却流露出不安。

"换作平时，你扇完我巴掌就该摔门而出了。为什么今天却忍气吞声？"他的声音越来越大，好像要让所有人都听见，"不妨让我来分析一下前因后果。"

无奈之下，她将左手放在了他邀舞的右手上。他一脸诡计得逞地坏笑道："你真是一个美丽的谜。"

她极不情愿地被拉到舞池中央。白龙放低声音，但仍然喋喋不休。不知为何，他的眼睛总在这种时刻才泛起光芒。

"你这次回来的目的是要报复许霖，这点没什么悬念。至于报复的原因，可能是你们在感情上发生了激烈冲突，当然也可能是工作原因，毕竟你们俩的……"他指了指自己的太阳穴，暗示他们两人的脑子都不太正常。

接着，他一只手放在她的腰际，另一只手抬起来与她十指相扣，拉着她跳起了伦巴。

"上次你去他家会面之前，特意给了我感官记录仪的监控权限，应该是希望我做目击者。你很清楚我的'闲情雅致'能胜任这项工作，但你预期的情况却因为某些事而没有发生。"

他放开一只手，旋转的离心力让两人分开到最远，接着又被他一手拉了回来。

"于是，你将耳环转交给那女孩，开启了下一个计划。"他紧贴着她的脸说。

"每个人的眼中都有一个剧本。"她将重心后移，尽可能离他远一些，"所有人都活在自己的故事里，彼此没有交集。"

他满腹狐疑地看着她，舞蹈动作也更加夸张。他脚掌用力踩地，膝部稍屈，另一条腿保持直立，接着移动重心，胯部随之扭动起来。

"在关心别人的剧本之前，你先管好你自己的。"她说。

"我？我也有故事吗？"

"你们那个阶层享用着公司百分之九十的营收，但你却连自己出品了什么样的影片都不知道。"

又一个若即若离的转圈。这一次，林亦溟被他拉进了怀中，两人对视的时候她狠狠地瞪了他一眼。

"这你可又错怪我了。"白龙摆出委屈的表情，"每部忆影我都认真看过。对导演指指点点的机会我怎么会错过？尤其是许霖，虽然碰不到面，但光是想象他那张憋屈的脸我就想笑。"

"既然如此，你也应该对那桩弑母命案负责。"她以一个挺拔的姿势结束了这段舞。

"命案？什么命案？"他看上去有些慌张，"我可不知道啊。呃……流言蜚语是有一些，可全都已经被辟谣了啊。"

"自相矛盾。"她不想正眼瞧他，"宏海针对《陌影》的一系列操作，你一定知情。"

他用手遮住半张嘴，怪声怪气地说："不不不，你真搞错了。我在这件事里，可不是什么知情人。"

这时，感官记录仪有了动静。

"吴琪在哪里？"许霖的声音从一侧的耳内音箱中传来。

监控画面动了起来，镜头从黑漆漆的房间突然转向门口，明亮的光线刺入，让眼睛一下子睁不开。从门的方位来看，这里应该是书房。那么刚才画面之所以一片黑，应该是吴琪关了灯在翻看摄忆机中的记忆。

果不其然，这女孩在她的引导下对记忆薄膜产生了好奇。

"你们居然对她也下手了……"许霖难以置信地看着吴琪，"她们是无辜的，无辜的。"

林亦溟清楚地记得这个阴冷的声音，仿佛整个世界都是谎言，所有人都背叛了他。他拖着沉重的步子进入书房，老旧的木头地板发出令人心惊肉跳的声响，三年前的那一幕即将重演。

"哟！"白龙察觉到了她的变化，"难道好戏开始了？"

感官记录仪交替地传来男人绝望的说话声和女孩颤抖的气息。

"有本事就冲我一个人来。"他的声音越来越近，"为什么总要伤害我身边的人？"

"许霖，你在说什么？你别吓我……"

他们的对话如同电影台词一般缺乏现实感。

"吴琪在哪里？"他又问了一遍，眼神凶狠得好像完全变了一个人。

计划的第一步达成了，林亦溟感到难以置信的同时，心里也泛起了一些欣慰，但随之而来的又是十分的担忧。身旁的白龙比她的反应更大，一刻都安静不下来。"这是怎么了？"他不停地问，"戴耳环的人不是吴琪？"

女孩就像受惊的小鹿，待在那儿一动不动地说："许霖，你认不出我了吗？"

或许，看了记忆薄膜的她已经隐隐明白了一切。为什么林亦溟如此痛恨忆影？为什么他们夫妻两人见面的时候神情复杂？为什么他就像个被害妄想症患者那样成天疑神疑鬼？

"别以为我不知道，你们脑学社的目的就是控制人心。"

许霖的话让白龙笑得前仰后合。"哇，难不成他是真疯了。"他就像传统电影院里那种最烦人的观众，对每一个情节的推进都有话要说。

"闭嘴！"林亦溟呵斥道，转而紧紧盯着屏幕。

画面中已经能看清许霖的脸，视角和那时的完全相同。犹记得那一刻她还在生闷气，还想和他继续争论，殊不知眼前的亲密爱人已经失去了所有柔情。

"亦溟，你……一点也不惊讶？"白龙的语气有点瘆人。她往监控界面外瞥了一眼，发现他正慢慢地咧开嘴，露出意味深长的笑容。

"我明白了，明白了，明白了……"他像老鼠一样窸窸窣窣地发出声响，"你等的就是这一刻。这样就全都说得通了。"

机器人乐团奏响了下一首曲子，华尔兹的旋律宛转悠扬。白龙再度低下头来向她邀舞，还凑到她耳边说："看看我们左后方那两个跳得特别差的人，他们是媒体圈的新晋红人。你不希望咱俩的不合成为今晚的焦点吧？"

他就像块难缠的吸铁石一样，又将林亦溟吸了回去。她沉下肩，背部肌肉收缩，锁骨微微挺起，展现出婀娜的舞姿，目光却注视着画面中昏暗的房间。

"他的思想被《陌影》影响了，这并不稀奇。大脑操控我们，他却偏要去研究大脑，能不疯吗？"白龙的话让她难以集中注意力，"有趣的地方在于，你想要利用这一点。"

"你想揭露许霖疯狂的一面。这本来只需要一台感官记录仪，但你却找上了我，因为你知道自己可能会遭遇不测。"他兴奋地睁大了眼睛，"应该这么说，你竭力想要促成这个结果，所以自打一回来就开始挑衅，发表各种对立言论，还说自己代表什么脑学社，这些都是为了激怒他。"

她迈着轻曼的舞步，裙裾飘飞。

"你对自己那么狠心，可计划还是失败了。为什么？这一点我一直没想通。"

"我可以回答这个问题，但你得让我一个人待着。"林亦溟看到监控另一边，两人的僵持还在继续，就和这边两人的舞步一样，一来一回地拉扯着。

"成交！"白龙搂着林亦溟欢快地转圈。

"卡普格拉妄想症患者的暴力倾向与关系的亲密程度成正比。"

只是这么简单一说，他就露出恍然大悟的表情："哦，就是他对你没兴趣了，他移情别恋了。许霖也是个普通男人啊。"

白龙脚步的节奏乱七八糟。为了使他的舞姿不那么可笑，林亦溟挺起胸膛，用力撑住他的双臂。

"所以你想让那女孩做替罪羔羊，但迟迟过不了心里那一关？"

林亦溟的心事被白龙说中，她垂下了眼帘。对于吴琪，林亦溟总是摇摆不定。时而轻视她，认为她把爱情看得如此重要，太不理智；时而钦佩她，在一个明知没有爱的时代，还抱有对爱的拙劣渴望。

他们摆出华尔兹的经典姿势——身体近乎贴合，脖子后仰，脸偏向两边。

"我本来可以靠逆浪潮打倒他的。"

"没想到《陌影》的上映势如破竹，影响力和破坏力都远超你的预期。"

舞曲进入尾声，白龙的兴奋再难抑，他加快速度旋转，带着林亦溟迈出一条波浪般飘逸的曲线。

"于是，你不得不制造一个比那更大的事件，一个连宏海都压不下去的大新闻来反击。"

最后，他高举起一只手，林亦溟以它为支点转出一个漂亮的圈，乐曲结束。

"承认吧亦溟，我们才是最相配的。"

她头也不回地离开了舞池，将刚才错过的几分钟录像快速播放了一遍。

吴琪手忙脚乱地摘下放映机，看见许霖正面无血色地站在跟前，对她说："不必再伪装了。我不知道你们用了什么办法，但你不是吴琪。"

吴琪百口莫辩，这个时候再怎么解释，都显得苍白无力。全天下可能没有什么比这更荒诞、更令人绝望的事了。

"你想想，如果真有人要加害你，何必大费周章地取代我呢？我对你来说那么微不足道……"

许霖的逻辑有很多不攻自破的疑点，但当人的大脑形成某种思维定式，任何新信息都会被加工成自己想要相信的内容。

"就是为了进入这个房间。"他肯定地说，"为了得到我的资料库。"

如果一个人相信阴谋，那么所有关于阴谋的解释都是自洽的。他那决绝的眼神好像在说，没有人能把他叫醒。

"我绝不会让你们得逞。"他向她伸出一只手。

吴琪本能地向后闪躲。"许霖，你醒醒，我不是别人，是吴琪啊！"她惊恐地啜泣着，"难道要把我的心掏出来，你才会相信吗？"

许霖愣了一下，转而两眼放光："那就给我看你的记忆。"他的语气非常强硬，"只有记忆不会撒谎。"

吴琪扭过头，视线落在了身旁的摄忆机上。她或许听见了"嘶

183

嘶"的电流声，或许想象出了齿轮"咔嗒咔嗒"转动的声音，或许她什么也没听见。但这一刻，那台属于电影工业的冰冷机器却成了她的救命稻草。

"冷静，一定要保持冷静。"林亦溟对着那可怜的女孩默念道。如果当年自己不是那么固执地反抗许霖，或许就不会发生那场悲剧了。摄忆机只需几分钟，甚至几秒钟就能证明她的身份，这件事在他眼里一定会顺理成章的。

只要吴琪能够挺过这段时间，计划就是完美的。许霖神经质的模样被公之于众，不再有人会受到伤害。

画面上下摆动了两次，应该是吴琪乖乖点了点头。许霖也放松了警惕，缓缓地走向心爱的摄忆机，好像它已经成为自己大脑的一部分，替代了他的情感辨别功能。

可是，躺到沙发上的那一刻，吴琪犹豫了。感官记录仪能从侧面反映出她内心的混乱与恐慌。她或许本能地意识到，自己作为人类这种生物的表达方式已经全部失效。她的语言、她的表情，包括肢体动作，还有眼神，这一切都被打上了问号。在这种情况下，还有什么能为她作证？

她开始不安分起来，悄悄转头，寻找出逃的机会。她担心这样下去自己会很危险。

"哔嘀——"

是白龙的来电。林亦溟往后瞥了一眼，想知道他又在玩什么把戏。他则顺势向她眨了眨眼。

"我看到你刚才的操作手势了。你是在报警，对吧？"

"别来烦我！"

"你只说要一个人待着，我遵守了约定。"他理直气壮地说，

"但你仔细想想，报了警就前功尽弃了，不是吗？"

他在她耳边低语，就像她心中的另一个声音。

"像许霖这样举足轻重的公众人物，他们的名声只有彻底毁掉和毫发无伤两种状态。只要没有致命性的打击，就算他们没有办法自救，公司也会帮他们的。"

白龙说得没错。三年前，她在宏海影业的影响力之下根本无处发声，之后所做的一切都是为了扭转这种局势。

"你都做到这一步了，别告诉我没想过牺牲那个女孩。"

报警电话接通了。"喂喂？"警察询问着，听起来是个 AI。

那件事以后，她的人生只剩下一个目标，就是阻止许霖的"伊甸园计划"。除此之外，世间的一切她都不应该再在乎。但她不明白，眼看着那女孩身处险境，白龙为什么能这么镇定？

"表情别那么严肃嘛。反正都是屏幕里发生的事，真和假有什么区别？要是不巧留下了坏记忆，用忆影替换一下就成。"

"喂喂？"AI 重复道。

信念与良知冲撞又交错，将她牢牢钉在原地。

与此同时，吴琪也在犹豫不决。许霖时不时地关注着她的情况，她找不到逃跑的机会。有那么一两次，她已经将视线投向了房门，似乎准备好要冲出去了。可是，不知是出于害怕还是察觉到了什么障碍，她并没有那样做。

时间一分一秒地过去了，她错过了最佳时机。许霖完成了调试，拿着几根连接线走了过来，镜头随之晃动了一下，可能是吴琪被连接线给扎疼了。

眼看着就要失去反抗能力了，吴琪急中生智地说："记忆薄膜出了点问题，你没发现吗？"

镜头又晃了一下，许霖没有立刻相信她的话。

"要是用了坏的薄膜，你原来的记录也会受影响吧？"她故作镇定道。

"我刚才检查过，薄膜没问题。"他看上去不是十分自信。

"从 R59 到 R70，你检查了吗？"她继续道，"全是空白。好像房间湿度太高，薄膜被腐蚀了。"

也许是以前提起过这方面的担忧，吴琪说到了点子上，许霖显得十分在意。他将信将疑地回到机器旁边，打开了记忆薄膜的储藏盒。

薄膜非常脆弱，翻找起来需要格外小心。趁此间隙，吴琪猛地起身冲出门外，跑过二楼回廊，往楼梯下奔去。

暗红色的地毯非常柔软，应该不太好走，能明显感觉到她的步伐速度有所减慢。她在紧张中使劲儿蹬了一下腿，没想到就此失去平衡，差点儿从楼梯上摔了下去。

林亦溟见此情形，她前额叶皮层中沉睡的记忆细胞突然活跃起来。

狰狞的面目、咆哮的海浪、楼梯上的血迹、撕裂的疼痛……记忆的碎片里似乎遗漏了什么。她只记得极大的痛苦、对许霖的恨意，还有对未来世界的恐惧。

为了将他拉下神坛，自己早该有所觉悟。

"喂喂？"

她挂断了报警电话。

"这就对了，这就对了。"白龙又看出了她的手势，"你今天之所以来参加舞会，就是要将许霖的'真面目'第一时间揭露给这些媒体，我没猜错吧？"

林亦溟神情恍惚地站在窗边，白龙的话让她意识到自己还在舞会上，左边窗户上虚拟出白茫茫冰冷的北极，右边舞厅里是热火朝天的晚宴。她不知自己下一步该做什么。

"为了实现你的计划，我有个小小的建议。"

林亦溟看了看时间，离零点只剩下十几分钟。

"要让传播效果最大化，就应该把这起事件变成一场惊心动魄的感官电影，让全世界都来尝尝恐惧的滋味。"人群中的白龙背对着她，看不见表情。

"什么意思？"

"谢天谢地，你终于肯听我说话了。"

此时，吴琪抓住楼梯扶手在地面上站稳，正准备朝大门的方向走去。可是走了几步之后她又停了下来。镜头转了一圈，她好像在迷茫地环顾四周。

这也难怪，一楼走廊的装饰和上次林亦溟见到的有了很大的不同。墙上的煤油灯变成了更古老的壁挂烛台，这让光线更昏暗。猩红色的窗帘改成了深蓝色，与周围的暗夜融为一体。

镜头不停地晃动着，和吴琪的心一样茫然无助。她又往前走了几步，努力地辨认着方向。然而，不知是哪处装饰细节令她改变了主意，在极度惊慌之中，吴琪回头往反方向跑去。

白龙说完他的建议，留下一声"哈哈哈——"后往大厅前方的演讲台走去。他站在仿古的直立话筒前，变脸似的收起了笑容，温文尔雅地向来宾们打了个招呼。

接着，他用幽默的语气介绍了一下即将放映的《陌影》，说这部片子讲的是"一个脸盲画家引发的惨案"，还说"据我所知，脸盲的艺术家不止这一个"。

这句话引起了众人的兴趣。一阵礼貌的笑声中，宾客们议论起其他"脸盲"艺术家是谁。只有一两个人猜对了答案，但他们只觉得白龙是在调侃许霖的社交恐惧症。据说不管是谁向这位大导演发起视频通话，他都叫不出对方的姓名，开场白一律都是 AI 式的"你好"。

这时，台下有人提出异议："宏海这是在假借许霖的名头，挂羊头卖狗肉。我听说导演本人已发声明，否认了这个作品。"

"是啊，还有人说他拒绝发布真正的《陌影》。"

"你这么一说我才发现，许霖并没有出席今天的晚会。"

白龙看上去惊慌失措，紧张地整了整衣领，但林亦溟知道他只是在制造演说效果。

"他不会来吗？他不会来，不会来……他当然不会来！"他用手半掩着嘴说，"许霖告诉过我，只有一种公开场合他不得不出席。你们知道是什么吗？"

白龙露出自己招牌式的坏笑，说："他的葬礼。"

大厅里顿时热闹起来，又是嘘声又是哄笑。见此情形，他得意扬扬地挺直了身子，改回了正式场合的语气："其实，那些传闻都是许导给大家的小惊喜，今天早些时候成片已经传到了我这儿。哎，你们应该也听说过这位大导演的作风。只要与艺术无关，任何事宜都交由我们部门全权负责。"他清了清嗓子，一脸正经地说，"隔壁厅里有为真实忆影专门设计的放映设施，这套设备最快也要在一个月后才会在全球各大院线投入使用，你们将是第一批体验者。我保证，观感一定非同凡响。"

此时，他对林亦溟使了一个眼色，告诉她是时候做出决定了。

为了抢夺今晚的流量，早些时候逆浪潮在自己的频道上发布了免费放映的消息，比《陌影》的发布时间提前了半小时，这会儿已经开始了。

白龙知道这一点，于是刚才建议她替换一下放映内容，把感官记录仪传来的影片直播给观众。他还强调，要提示大家穿上感官服观看，并且允许以各种方式在网上进行转载。

"让他们看看什么才是真正的逆浪潮。"他说。

林亦溟照做了。她一开始就知道这是最好的办法，但白龙是她突破道德底线的推力。她伪装成一名黑客，将监控影像作为超级爆料放上了他们的频道。观众可以从头看起，也可以直接跳到实况转播。

与此同时，白龙接过助理递上来的忆影放映机，胡乱扣在自己的头上。放映机遮住了他的眼睛，没有连线当然什么也看不见，但他并不在意，还在助理耳边吩咐了些什么。现场的背景乐改成了迪斯科舞曲，他跟着节奏跳起了奇怪的舞步。

"我现在宣布，首映开始！"他亢奋地高声呼喊，好像孩子得到了梦寐以求的玩具。

舞会上的人们纷纷走向会议室，还没发现这背后的恶趣味。他们不知道，白龙刚刚宣布了真实忆影的诞生，却已经在等待它的毁灭。他们不知道，他们即将观赏到的不是什么史诗巨作，而是一部用耳环大小的感官记录仪所拍摄的真实大戏。

（2）

昏暗的走廊蜿蜒曲折，似乎从古宅的东翼一直伸向西翼。

每走几步都会看到一模一样的壁挂烛台、深蓝窗帘，还有非常相似的雕花房门。等吴琪意识到自己迷路了的时候，已经来不及了。如果此时回头，一定会和许霖狭路相逢。

没办法，只能放慢速度，蹑手蹑脚地继续前行。希望空旷的豪宅和阴沉的光线能够成为她的保护伞。

吴琪不知道的是，在自己深陷孤独与恐惧之时，有无数只眼睛在黑暗中渐渐睁开，正凝视着她。

开播短短几分钟，逆浪潮频道就涌入了数以万计的好奇观众。他们通过各种各样的渠道找了过来，看了几十秒、一分钟后又在惊诧中成了新的传播源。

逃跑、追逐、"捉迷藏"，这样一部发生在古宅里的悬疑大片，无需林亦溟的任何操作。那些敏锐的媒体人看到后，便第一时间将它剪成十几秒的新闻进行散布，慕名而来的观看人数像滚雪球一般疯狂增长。

这时，白龙仗着自己穿上了全套感官服，做起了直播解说："走廊里不仅寒冷，还有一股海水的咸腥味，好像打开了封存已久的鱼罐头。"

他那文绉绉的配音，让那些没有穿感官服的观众也能感同身受。有人指责他幸灾乐祸，也有人给他点赞，两方的数量都在以惊人的速度上涨。

林亦溟表情凝重，事态的发展已经渐渐偏离了她的预想。参与的人越多就越娱乐化，人们甚至没有将屏幕中的事当成一个惨剧，而是共同将它变成了一出闹剧。

她将白龙的声音屏蔽了，但他细腻的感官描述已经令她身临其境。也许是情感演员的职业病，她很容易对一个陌生人产生同理心，代入对方的处境。更何况，眼前的这个女孩正在她住过的房子里经历着相似的噩梦。

看到前面有一扇门敞开着，她甚至能想象吴琪此刻的心理活动，多半是浮现出一丝希望：那会是通往花园的后门吗？还是一条隐蔽的捷径？探头一看后，才发现里面是一间样式古老的厨房，心情立刻又低落下来。

瓷砖墙面上挂着铜制的锅碗瓢盆，桌子上齐刷刷地摆放着银器餐具，菱形格子的酒柜里藏着一瓶瓶葡萄酒，上面还绕着葡萄藤作为装饰。虽说古老，但偌大的厨房却一尘不染，好像每天都在使用一样。

然而，许霖家里从来没有厨师，也没有佣人打扫，甚至没有烹调食物。这古宅里究竟还有多少个这样莫名其妙的房间？想到这里，吴琪不禁打了个寒战。

是继续走下去，还是躲在这里想办法？这是个艰难的抉择。许霖一定在找她。走廊上全铺着地毯，隐藏了她的脚步声，也隐匿了他的踪迹。

这时，她发现厨房另一头有个大烤炉，是下面烧柴火、上面直通烟囱的那种。她想起传统电影中常有的一幕：主人公逃进烟囱发现里面有铁铸的简易爬梯，从那儿爬到屋顶之后弄得浑身都是炭灰。

吴琪决定一试。她三步并作两步地走进厨房，把双手放在胸前，生怕一不小心碰到餐具发出声响。她弯下腰，往炉子下面一钻，然后站起身来。只听"嘭"的一声，头直接撞上了金属面板，疼得想流泪。

她赶紧捂住自己的嘴巴，以免发出声音，但金属震颤的声响很可能已经被许霖听到了。必须马上离开这儿！

回到走廊，她向着黑漆漆的转角飞奔而去，右转，左转，再右转，仿佛没有尽头的迷宫。吴琪觉得晕头转向，勇气也一点点被恐惧吞噬。

终于，她找到一个不太一样的房间。虽然这里的光线比厨房要差很多，几乎什么也看不清，但能感觉到和东翼的客厅类似。它们都是长条形的布局，天顶中央都悬挂着一盏巨大的吊灯，都有一股高级的木香味。古宅是对称设计式，因此，这里很可能就是最西端了。

摸索了一圈，没有发现通往外侧的门。吴琪有些灰心。

一扇扇古铜色的窗户躲在厚重的窗帘背后，她尝试着打开上面的锁扣，可那复杂的机械机关令人摸不着头脑，还容易发出声音。她咬紧牙关，在巨大的心理压力下试了好几次，锁扣终于开始旋转，发出一连串复杂而清脆的响声。

成功了吗？她充满期待地推了一下，但把手还是纹丝不动，窗户依旧牢牢地关着。

逃脱的希望完全消失。她顿时觉得四肢无力，背靠着窗户瘫坐在了地上。厚重的窗帘成了她最后的屏障。

"救救我，救救我。"

吴琪忍住泪水，向外界发出求救信号，祈求上天能保佑孤立无援的她快点被人发现。

"然而她不知道，这完全是多此一举——她已经在几十万人的注视之下成了真人秀的主角！"白龙来到林亦溟眼前晃来晃去，炫耀着感官服给他带来的逼真体验。于是，那直播解说也回到了她耳边。

"唉！"他哀叹道，"难道这年轻的生命，就要因为一场错爱而早早终结了吗？"

此时的弹幕已经覆盖了整个直播屏幕。震惊、谴责、怀疑、搞笑，密集的信息量令人目不暇接。人们在评论栏里讨论着视频的真实性，有人认为这是故意炒作，有人好奇这是在哪儿，也有不少人表示已经报警。

这时，一个实名注册的电影界专业人士站出来，确认影片中是许霖和他女友本人无疑。这就好像把一颗泡腾片丢进水里，不费吹灰之力地沸腾起来。逆浪潮频道的播放量瞬间又翻了一番，随之而来的是更多的惊叹、谣言、戏谑。

"离热心观众报警已经过去了十几分钟，但古宅里完全没听到警队无人机的鸣笛声。这情况和铺天盖地的警务宣传片里说的可不太一样。"

林亦溟受着良心的煎熬。

她不会改变自己的选择，但也无法置身事外，只能下意识地将自己代入其中，希望能代替吴琪去经历这一切。

躲在窗帘后的吴琪，感到风透过窗户的缝隙钻了进来，传来一阵冷意。吴琪回过头去，外面就是广阔的海滩，她用手碰了碰窗玻璃，却比想象中的要暖和。

这时，窗外正巧一阵大浪袭来，澎湃的水花打在礁石上发出"哗啦哗啦"的声音。自由的世界近在咫尺，可是她却被禁锢在了这一墙之隔的古宅里，等待着未知的下一秒。

下一秒，她听见的不是求救信号的反馈，而是最害怕的脚步声。

"哗啦哗啦。"和海浪的声音有点像。

"哗啦哗啦。"如此轻柔，又如此清晰，说明他已经出现在了不远处。或许，就在墙外侧的走廊上。

吴琪的心扑通扑通直跳，肩膀不住地颤抖。因为害怕许霖觉察出异样，她没有关上房门，昏暗的房间里应该看不出什么痕迹。她不怎么敢呼吸，也不知道自己能憋多久。

她打开角膜屏幕，检查了一下信息列表，没有答复，出奇的安静。

"没事，会没事的。"她自我安慰道。

他或许还没有发现，或许会转头回去，毕竟古宅这么大……只要再拖延一些时间，就会有转机。

然而，就在这时，房间里的灯"唰"地一下全部亮了起来。她透过两扇窗帘的缝隙看出去，发现自己正置身于一个豪华的宴会大厅，水晶大吊灯悬挂在空中，长长的餐桌上铺着蕾丝桌旗，上面摆放着丰盛的果盆和插花。

接着，奇怪的事情发生了。

先是椅子，木雕椅子上的花纹消失了，变成了冰冷的银灰色。

桌上的东西也都突然不见了，只剩下金属质地的大长桌。还有吊灯，吊灯上没有水晶了，可是光线还和有水晶时一样，散射成斑斑点点洒落在房间各处。

然后是古董、花果、绘画，一切美丽的事物都消失不见了，只剩下一个个有棱有角的金属几何体填充着这座空荡荡的大房子。

"哇！喔喔喔！"

林亦溟的注意力被这刺耳的惊呼声打断。不仅仅是身边的白龙，还有数不清的观众。有人震惊、有人亢奋，有人用语音、有人用文字，最后都汇聚成了同一种事不关己的惊呼声。

"救命！救命！"吴琪害怕极了，一遍又一遍发送着求救信号。

不知为何，她觉得呼吸比刚才顺畅了，面前的窗帘似乎也没那么厚重了。她伸手去触碰，结果却出人意料。她的手指能从中间穿过去，好像感官电影出了故障一样，没了触感。

她低头一看，窗帘的影子不见了；再抬起头，原本细密的深棕色布料越来越薄，变成半透明的薄纱，颜色也越来越淡……直至完全褪去。

窗帘，挡在她身前的唯一屏障，竟凭空消失了！

吴琪就那么暴露在外，无处可躲。褪去了一切装饰的宴会厅沦为厂房一样简陋的空间，如同还没加特效的传统电影、粗糙建模的游戏，或是卸下妆容的明星。

她只好靠着墙壁，一点一点地挪动，生怕碰到金属物体发出响声。

躲在门边上，吴琪谨慎地往外看去，就连走廊上那暗红色的地毯都已经消失得无影无踪，更别说那些布艺和灯饰了。墙壁被剥去了壁纸，露出灰白的底色，两侧仍然亮着灯光，只不过，它们就好像是没有来由的幽灵，恐怖地悬浮在半空中，颜色也从暖色调变成了实验室一般的诡异冷光。

原来，古宅根本就是个空壳。

它和鱼人们生活的地方没什么不同，只是一个特别大的感官虚拟棚，一个特别冷清的鱼缸罢了。

就在这时候，不远处传来令她心底发寒的声音："别逃了，你在这里没有藏身之处。"

吴琪赶紧缩回往外探的头，紧紧贴着门旁的墙壁，想象自己已与这冰冷的色彩融为一体。她知道这于事无补，情不自禁地后悔起了刚才的选择。如果她乖乖地让摄忆机完成扫描，至少还有脱身的机会。

可是，谁会愿意将自己的真心交给一台机器来评判？

男人的身影从黑暗中走了出来。他杀气腾腾，手上还拿着什么尖利的东西，似乎没有沟通的余地。

吴琪定睛一看，吓得浑身发抖。那是一把美工刀，和《陌影》里画家杀死女友的那把刀简直一模一样。

许霖好像被画家的灵魂附了身，浑身散发着戾气。他将刀片推进几格后，插进墙上一路划了过来，金属墙面发出尖锐刺耳的响声。

来不及了！她陷入巨大的恐慌之中，感觉自己的心脏就要停止跳动了。

她迅速跑到金属长桌旁，举起一把棱角分明的椅子，用力砸向窗户。这椅子根本就不是让人坐的，锋利的边缘割破了她的手指，反作用力更是让她的掌心鲜血直流。她掌握不好力度，沉重的椅子差点儿砸到自己脸上。

必须想办法自救，要不然，要不然……

两下，三下，窗户上出现了一道裂缝。

有希望！这扇窗户用的是真材实料的玻璃。她终于得到了幸运女神的眷顾，心脏也仿佛恢复了跳动。于是，她再次高高举起椅子，把最尖锐的角对着玻璃，用尽全力砸了上去。

出乎意料的是，眼前竟出现了一道爆裂的火光，窗户没有破碎，而是一整面地暗了下来。大海就这么消失不见了。

吴琪脑中一片空白，觉得自己在做一个荒诞的噩梦。

过了一会儿，她才明白过来，原来"海景"不代表真的有海，玻璃也不是薄薄的一片。为了做出逼真的海景效果，许霖没有采用简单的光学投射，而是选择了更老派的高清显示屏技术，所以它的表面是一层玻璃。

窗外的景象逝去了，吹风系统还在继续工作，海浪声持续不断，听起来就像死神的召唤。

她绝望地摇着头，不敢相信这竟是一座完全封闭的金属房屋，一座毫无缝隙的后现代樊笼。一切看似真实的东西，实际上都不存在；一个想要穷尽真实的大脑，却活在彻头彻尾的虚幻里。

（3）

窗外是纯白空灵的大地、海蓝宝石般的冰川，窗内则是循环系统中浑浊的空气。人们用最美好的想象去构建他们全封闭的巨型建筑体，窗户和旧时的壁炉一样成了摆设。透过它见到的雪国不会因温室气体而崩塌，企鹅不会死于肚子里的塑料垃圾，北极熊也不会在浮冰上孤独等死。

林亦溟回想起过去，她曾和许霖一起活在那个名为"古典"的幻梦里。他们"回"到了20世纪，一切都真实可触，如同那古老的木头一样深沉、温润。

不仅如此，她的服装发型、谈吐举止也同样符合那个时代，即使在家里、在最亲密的人面前，都必须做到尽善尽美。许霖欣赏她的演技，说她是天生的演员，任何时候都能完美入戏，但他没有发现，她未曾从戏里出来过。

后来，忆影之路出乎意料的成功，两人的完美主义也愈演愈烈。他们狂妄地研究着人类的各种情感，并对其进行解构、复刻、演绎，好像只要能将喜怒哀乐、七情六欲悉数呈现，他们就能成为创世神。

然而，当许霖终于发明出新版摄忆机，向着"神"的目标更进一步时，一件意料之外的事让她对大自然产生了敬畏。

林亦溟被身后的人挤了一下，回过头，发现越来越多的宾客从放映室回到了大厅。

"你听说了吗？那个逆浪潮频道。"耳边传来窸窸窣窣的说话声。

"听说了啊。怎么会发生那种事？"

他们假装是来吃东西或活动筋骨的，实际上却在打听那个惊人的网络直播事件。

"这算是许霖的真人剧？新型炒作？可我不明白，他为什么要抢自己的流量？"

"奇怪吧？《陌影》的播放率一开始节节攀升，然后突然停住了。现在的数据比刚才下降了不少。"

人们交头接耳地议论着。和网络上的普通群众不同，这儿的宾客们自认为是得体的专业人士，对于这种事件的评论必须专业而客观，不能带着八卦或猎奇的心态，无论是炒作还是恶作剧，都要有商业价值的考量。

这时，直播画面出现了很大的晃动，大厅中此起彼伏地响起了半憋着气的惊叹声。宾客们假装一切正常，一边迈着漫不经心的舞步，一边在角膜屏幕里偷偷关注着事情的进展。这种表面上的冷静和平民观众的热议形成了鲜明对比。

冷酷或是热情，都是一场狂欢。几十万观众屏息凝神，看着手持美工刀的疯狂男子步步逼近，他们都是这个真实事件的消费者。

林亦溟认得那把刀。她知道吴琪暂时还安全。

"老爷子终于有反应了。"白龙亢奋地说，"他说要是《陌影》到不了我保证的点击量，就让我自个儿赔钱。哈哈哈——好久没看到他这么气急败坏了。"

"你保证的点击量？"

白龙得意地点点头："那群老糊涂可不会轻易同意我的方案，他们觉得提前点映只会增加口碑风险。"

"要求提前放映的人不是许霖？"林亦溟十分怀疑他说话的真实性，"你刚才还说对《陌影》的事并不知情。"

"哦？我这么说了吗？啊，对！我刚才话说到一半，被什么打断了。"白龙以跳舞的姿势后退了几步，"那让我重新说一遍——我在这次事件里扮演的可不是什么知情人的角色。"然后一个华丽的转身，"我就是本次宣发的负责人。"

他踮起脚尖，像老鼠一样快步走了回来，小声对她说："所有的谣言都是真相，所有的真相都是谣言。"

顿时，她明白了他的意思。

"你知道自己造成了多严重的惨剧？"林亦溟愤怒地说，"少年选择了自首，说自己在清醒后才意识到躺在地上的那个人不是别人，而是一直对他严加管教的母亲。"

白龙假惺惺地用指关节擦了擦眼角："每个杀人犯的说辞都差不多，杀人那一刻不是精神失常就是情绪失控。寻找借口是人类的天性。"接着，他又变得一本正经，"历史上有以宗教为名的战争，也有以爱与和平为名的极端运动。千变万化的时代潮流只是障眼法，忆影就是这个时代最美好的借口。"

林亦溟不想再听他的歪理："你从来都不务正业，为什么这次特别起劲儿？你明明不在乎宏海的业绩，甚至希望它快点倒闭。"

　　"不愧是亦溟，果然了解我。"白龙的眉毛欣喜地跳动了两下，"我只是最近特别无聊，特别特别无聊。"

　　"哎！"他装模作样地叹了口气，"有时候真羡慕那些穷人，为了看一部忆影能吃苦耐劳地工作一个月。这样不仅能打发掉一个月时间，还充满了期待，多好啊？而我们呢，所有能看的都看完了，能玩的都玩过了，一个月还没过去。这可怎么办才好哟！"

　　林亦溟冷冷地看着他。

　　"还好有你在。"他好像会变脸戏法似的，突然变得一脸深情，"还记得吗？我曾说没人能改变你的想法。从那天的通话里我听出了你的意思，你在考虑和许霖和解。可是这么一来，你们之间扑朔迷离的纷争也会很快谢幕的。"

　　"你想要继续看好戏，所以故意来搅局？"

　　"嗯哼。"

　　这是她人生中最后悔的时刻。明知白龙是颗定时炸弹，却还是选择了冒险。

　　"我知道你们俩各自的关注点。许霖需要充足的时间来完成完美的作品，而你则对忆影的情感强度格外在意。如果触及这两条底线，就像在烧瓶里同时放入 α 元素和 β 元素，然后'嘭'的一声……"他双手交叉做了一个爆炸的动作，"结果出乎我的意料。"

　　林亦溟不敢相信自己竟和这个疯子成了同伙。就算她的目的是拯救全人类，此刻她也无法相信自己是绝对的正义。

　　她来到餐台前，为自己倒上一杯红酒。事已至此，再怎么愤怒和自责都于事无补，更不能在白龙面前表现得激动，否则只会给他带来更多成功的快感。她想要一醉方休，这样就不用面对电车难题的道德困境——究竟应该牺牲一个人，还是人类的未来。

这时，电话又响了。她下意识地认为白龙又在搞什么恶作剧，将愤懑的目光投向了他，可他却一脸无辜。再定睛一看，电话是朱云明打来的。

"我们的频道被黑客攻击了。"她抢先解释道。

"现在不是说这个的时候。你看到直播里发生了什么吗？"

"我知道，是吴琪。"她有点心虚，"警方还没……"

"没用的。警局说收到了几百通类似的报案电话，需要时间核实。宏海已经开始对外辟谣，一般人或许不信，警方却乐意信。"

听她说"警方"二字，白龙猜到了他们的对话，又咯咯地笑了起来："看来刚才是我多虑了。宏海下面的警局，哪会去逮捕宏海最大的摇钱树？"

电话那头，朱云明愤愤不平地说："我已经调查过了。他们刚刚才派出无人机去巡视，根本没有实质行动。"

"是啊，我还不清楚宏海的力量吗？"林亦溟自问道。

她想起了三年前的绝望与无助。她躺在病床上，看着白色的天花板，听见一旁宏海影业的代表急促的语调。他们希望她尽快承认这只是一起家庭内部矛盾。还说，不管她在口供里怎么描述，宏海都已经把第二天的新闻通稿写好了。他们会简单报道两人因为家务事产生矛盾，着重强调"昔日神仙眷侣"的分道扬镳。

林亦溟拿起酒杯，里面晃动的暗红色液体让她分了神。杯子在她眼中变成了一颗玻璃球，这种联想触及了神经中最脆弱的那条通路。

她看见玻璃球从桌面滚落到地上，又顺着楼梯一路向下。圆球每下一级就分裂成两个，然后是四个，八个……暗红色液体变得浑浊、浓稠，如同血液。

它们滚落得越来越快，弹跳得越来越高。突然，液体中出现了一只眼睛，然后是巴掌大小的身子。圆球变得好像鱼卵，好像胚胎，错落地从楼梯上倾泻下来，在接触水泥地面的那一刻碎成红色粉末，在空气中散开，撒满楼梯、墙面与天顶。

林亦溟回过神，发现酒杯从自己手中滑落，碎裂，红酒飞溅一地。遗失的记忆碎片却随之拼凑了起来。

她抓住自己的头发蹲坐在地上，发出歇斯底里的惊叫。社会可以为了牟利而掩盖事实，人也可以为了逃避而选择遗忘，只要一点酒精，记忆就能像灰尘一样一扫而空。

白龙跑过来拉住她的手臂，叫唤她的名字，听上去无比陌生。

但同样三个字，从朱云明口中说出就多了几分真实感："林亦溟，在吗？林亦溟？"

"最需要被拯救的那个人，是你。"她想起了他的话。

"在。"她木然地说。

"许霖家在哪儿？"

"什么？"

"你应该最清楚你们以前的家在哪儿。"

"是啊，在哪儿？"她茫然若失。

明明前不久才去过，却对路线一点印象都没有了。她只记得自己突然出现在门口，门禁系统上那对眼睛似的光点对着她的脸扫了几圈，大门上的锁随即打开。

"怎么？你该不会想亲自过去吧？"白龙的声音很是刺耳，"那么远的地方，等你赶到天都亮了。哈哈哈——"

"你知道许霖住哪儿？"一旁穿着晚礼服的女士凑上来问，"我听说他住大海边。他真那么有钱？"

"要我有钱也不住那种地方。"另一位女士说。

"你们没听说吗？他窗户的显示屏碎了。没海，根本没海。"

又一位男士加入了对话。

"哎哟，我说呢。"

他们以有钱人特有的方式哄笑起来。女人用扇子掩面，男人用酒杯遮住嘴。

宏海没有海，许霖也没有什么古宅。美丽的传说破灭了，他们就能继续安心地以富人自居，在封闭的环境中享乐一生。

许霖正是为了避免这种人生，才编织了那样一个梦。

"19……58……"两个数字从她口中蹦了出来。

这是《迷魂记》上映的年份，某种程度上代表着她和许霖的初次相遇。线索映射到脑中，从而提取出更多线索。她突然抬起头自言自语："19区……58号！"

林亦溟终于结束了魂不守舍的状态。

她穿过人群，向舞会大厅外走去。白龙试图伸手阻止，但没能拉住她，只好在背后一个劲儿地喊："你不要命了吗？他可是个神经病啊！喂，我可不想惹事，别以为我会来救你！"

理性无法推导出绝对的正义，但情感可以。她希望自己的冷漠还没有铸成大错。感官记录仪那头，画面又沉寂了好一段时间。

林亦溟穿梭在主楼中，推开一扇又一扇门，寻找着记忆中的捷径。大家都以为许霖的古宅坐落在遥远的世外桃源，那里有蓝天，有大海，有森林。但其实，它就在宏海集区的一栋普通大楼内。

当年，许霖为了能沉浸式地拍片，对宏海提出了特殊的住宿要求。公司看中他的发展潜力，同意专门辟出一个过去的摄影基地给他，并配上各种足以以假乱真的虚拟设备。不出几周，一座世外桃源般的庄园豪宅便打造完成。

终于，她找到一扇狭长的小门，门的背后是古老的螺旋形楼梯。红色高跟鞋在楼梯上发出"嗒嗒嗒"的声响，她脱下鞋，赤足奔跑起来。

在希区柯克的电影里，楼梯是重要的意象。因为它总是处于狭窄的空间内，步入其中的人，视线会被扶栏或转角遮挡，在紧张时刻来临之前可以让观众自行想象未知的空间。然而，在令人感到压抑的同时，楼梯又仿佛能向无穷延伸。它既是恐惧，又是想象。

一圈又一圈，她往下奔跑着。旋转的楼梯形成了一个强有力的旋涡，将她拉入回忆的深渊。

当许霖终于发明出新版摄忆机，向着"神"更进一步的时候，她却意外怀孕了。

在二楼南侧的那间小卧房里，她曾与肚子里的小生命共同度过了一段短暂而珍贵的时光。这让她从繁华的梦中醒来，发现忆影再真实也不过是对现实的模仿。只有从无到有的生命才是真正的神迹。

她剪去长发，换上轻便的服装，宛如一个新生儿一般重新看待世界。她发现人们心甘情愿地待在洞穴般的现代建筑里，忘却了阳光与绿荫。许多年轻人出生以来一步也没有踏出过超大建筑，也不再期盼美好的感情降临在自己身上，反而希望忆影可以不费吹灰之力地为他们带去精彩的人生。

他们不想选择，不想挫败，逃避一切具有不确定性的美好。他们不知道，没有冒着心碎的危险去爱过一次的人，永远也无法真正被忆影感动。

她的孩子也注定会度过这样虚无的一生吗？那些日子里，她反复思索着这个问题。可是越深入分析，她就越感到焦虑不安，与许霖的分歧也越来越大。

曾几何时，心中的空虚如黑洞般巨大，此刻却被这个小小的生命填满了。她第一次学着扮演自己，学着对许霖说"不"。她拒绝在怀孕期间制作忆影，拒绝将自己的情感用作试验品，因为它们是私人的、专注的，是她独一无二的真实经历。

螺旋形楼梯的台阶越来越狭窄，最后到了一只脚必须横过来才能踩住的地步。林亦溟抓住扶手，一级一级利索地往下走，总算来到了楼梯底部。

打开门，外面漆黑一片。这里本应是古宅庄园的入口，但虚拟的树林同古宅里的装饰一样已经消失不见。她朝着记忆里的方向走了一会儿，看见不远处的暗光里有一个灰色金属搭建而成的立方体。就连她这个曾经的主人也不知道，庄园树林的空间感是由弯弯曲曲的林间小路所营造出来的假象。

走进屋里，回忆再度泛滥。

那天，她一改平日里的温婉可人，决定和丈夫严肃地谈一谈。她指责他将所有时间都用在《陌影》上，好像走火入魔；她控诉他仿佛变了一个人，不关心现实，更不关心家人。

然而沟通失败。她愤怒地打开摄忆机的储藏盒，将里面的记忆薄膜拿出来撕得粉碎。她当时还不知道瞿峰的死刑已经执行，就这样，那段记忆永远消失了。

然而，真正被撕毁的不是薄膜，而是许霖对她摇摇欲坠的信任。自怀孕以来，她慢慢放下了自己的完美主义，越来越诚实地面对自己，但许霖的完美主义却没有丝毫改变。两个人的心就这样渐行渐远。

"她在哪里？"

他握住林亦溟的手臂，使出的蛮力令她吃惊。她不知道发生了什么，只能拼命挣扎，撞倒了书架，还拿起放映机去砸他。这些反常的行为彻底激怒了许霖。

"你不是她，不可能是她……把她还给我！"

他们在楼梯口僵持不下。这时，许霖拿出了那把美工刀形状的引导器械，它的用途是迅速且强制性地激发人的熟悉感，主要是为了对付像瞿峰那样有暴力倾向的记忆者。

她知道，只要被这把刀在后颈上刺破一个小创口，记忆就会在意识迷糊的状态下任人审视。她就算死也不要经历这种毫无尊严的时刻，即便对方是与她相濡以沫的丈夫。

于是，她出其不意地用手肘用力顶撞他的胸口，"美工刀"顺势落下。他弯下身去捡，她抓住机会想跑，他回过头来阻止，面目狰狞。拉扯之间，她一脚踩空摔下了楼梯，剧痛伴着咆哮般的海浪声袭来。

林亦溟的思绪回到眼前。书房的门半掩着，她透过空隙看见吴琪正安然地躺在摄忆用的长沙发上，脑袋上满是神经刺激连接线，胸口还挂着她设计的记忆项链。许霖在一旁的主机上忙碌着，仪器上昏黄的指示灯将局部照亮。她隐隐约约看见那把"美工刀"就放在他身后。

摄忆机的输出屏幕上闪着雪花点，还伴随着均匀的白噪音。这说明吴琪在碰到"美工刀"之前就已经吓晕了。大脑在昏迷状态下就像一个混乱的线团，要将它理顺才能引导出清晰的记忆。

因此，许霖正在全神贯注地调试仪器，嘴里还念叨着："她们俩到底被带去哪儿了？告诉我，告诉我，告诉我……"

他的侧脸在屏幕光线的映照下显得格外苍白，面容虽没改变，神色里却藏着另一个人格。他渴望穷尽世人的所有真情，却因此失去了属于自己的实感。这一次，林亦溟不再觉得恐怖，只觉得分外可悲。

"骗子！"他突然失心疯似的吼了起来，"骗子！"他握紧拳头，将无处宣泄的愤怒砸到身旁的墙面上，发出一声闷响。

卡普格拉妄想症患者有着很强的暴力倾向，这也许是他理智的最后挣扎。再这样下去不知道他会做出什么来，于是林亦溟采取了行动。

她缓缓推开房门，尽可能用平和的语气对他说："我回来了。"

许霖回过头来。有那么一瞬间，他的眼中充满了思念，好像在注视着一个半透明的幽灵。如果他的熟悉感能被激发起来，或许他就会相信眼前的人真的是他失踪多年的妻子。

他的双眼就像大门上的光点一样扫描着她的面容，那漫长的几秒钟里，大脑拼命地搜集信息，在情感与理智之间痛苦地博弈。但突然，他认准了某一个点，可能是一颗痣，也可能是一个细微的表情纹，他相信自己找到了破绽。

"你们果然是一伙的！"他咬牙切齿地说。

希望的火苗被浇灭了。林亦溟飞快地扫了一眼吴琪的状态，她依旧昏迷不醒，现在即使给她做脑部唤醒刺激，也需要几分钟时间才能起效。在她清醒之前，两个人一起逃跑的可能性几乎为零。

"我通过了门禁系统的检测，这足以说明我没有被任何人替代。"她觉得讽刺，人会忘记另一个人的外貌，机器却记得精准。

"脑学社要骗过系统，轻而易举。"

"你仔细想想。"她边说边向他靠近，希望这些话能搅乱他的思维，"世界上怎么可能存在两对长得一模一样的人，还都出现在了你的面前？况且，'脑学社'这三个字，你不觉得很古怪、很幼稚吗？"她离他只有一步之遥，"我从前也以为真有那样的组织，但有一天突然想起来，那分明是你在大学时参加的社团名称。"

许霖愣了一下，她趁此机会钻到他身后，拿起"美工刀"划向他的后颈部。他一闪躲，划开的口子并不深。但是当他充满怒意地还手时，拳头落下来却绵软无力，药剂已经发挥作用了。

他陷入迷迷糊糊的状态，无力地瘫坐在一旁的单人沙发椅上。

林亦溟赶紧在摄忆机上调整刺激参数，启动唤醒模式，按下确认键。

　　"这些年，我虽然没去什么脑学社，但为了明白你脑中发生的事，也自学了不少知识。"

　　在等待吴琪醒来的间隙，她需要稳住许霖。

　　"起初，我以为你是被卡普格拉妄想症患者传染了。可是这种病建立在明确的病理之上，没有类似的脑部创伤就不可能产生。"她紧张地关注着吴琪大脑的情绪图谱，发现吴琪的意识恢复得非常缓慢。

　　"后来我发现，你的症状其实更符合'情感淡漠症'，它是钝化症的一个分支。由于过度的脑部刺激，你的神经突触发生变异，在面对亲密的人时也无法产生强烈的情感。这让你与卡普格拉妄想症患者产生了共鸣。"

　　许霖的神情有些抗拒，但似乎又在侧耳倾听，或许他思维的一部分已经理解了她的意思。

　　"这种情况下，我怀孕期间的性格变化导致你更大的心理落差。你说我不可能是'她'，因为'她'不会那样无视你，拒绝你。你说'她'是那样纤弱、忧郁，需要保护，而我却只会和你无穷无尽地争吵下去。

　　"你就像导演让演员试镜一样，为我预设了完美的标准。于是，当你用画家的记忆夜以继日地制作《陌影》时，也渐渐开始以他的思维逻辑解释自己的遭遇。"

　　他的眼里流露出一种悲伤。熟悉感应该已经产生，他会逐渐认出她的声音、她的轮廓。林亦溟心中的希望有些许复苏。不料这时，他从口袋里掏出了米粒一样的一个小东西。

　　不！

　　她想去阻止，可是根本来不及，他已经将小"米粒"贴在了自己后颈的创口上。那是清醒剂，能够阻断熟悉感的产生进程。许霖总是随身携带着很多分装试剂，以此来应对记忆者的各种特殊情况。她竟然忘了这一点。

这时，吴琪的手指动了一下，摄忆机的输出画面起了变化。雪花点消失，取而代之的是像泼墨油画一般混乱的颜色。纷繁杂陈的色彩中间藏着一个可怕的人影，它越来越大，如同一个椭圆形的黑洞不断逼近。这是她在昏迷前看到的许霖。

由此，林亦溟想到一个对策。她打开角膜屏幕，在自己的相册里翻找起来。

"你想要我们自证身份，这没问题。"她做出调停的手势，说道，"但我们和你有着相同的顾虑。我们怎么知道你是不是许霖？"

他显得十分诧异。

"你也应该向我们证明。"

他警惕地从沙发椅上站起来，受药效的影响，整个人晃晃悠悠的。

林亦溟挥了挥手，将相册里的内容投射到他面前，那是瞿峰当年被捕时的影像。他们在确定这位记忆者之前仔细审视过。画面里的男人眼圈发黑，脖子前倾，身体僵直。那模样叫人背脊发凉。

"你说过，一个人的自我源自他的记忆，你却拥有无数记忆。"她挪动了一下屏幕的位置，将它与吴琪的记忆画面投射在一起，"那么，现在站在这儿的你又是谁呢？"

两个死气沉沉的身影几乎完全重合，唯独不同的是面容，它们叠加在一块儿，就像观看忆影时将熟悉的人代入陌生的角色。

对此，许霖的反应是拼命否认："我就是我，不需要证明！"他用力摇头。

"你这么说，我就不得不产生怀疑了。"林亦溟耸耸肩说，"许霖对我至死不渝，可你却轻易爱上了年轻可爱的女孩。"

这似乎触到了他的痛点。"别模仿她的样子跟我说话！"他咆哮着冲了过来，愤怒地拉起蒙眬状态的吴琪，用刀子抵着她的下巴，"别以为我不知道，这张脸皮底下还有一层皮！"

被疼痛惊醒的吴琪睁大了眼睛，恐惧令她不敢出声，也不敢流泪。她头上的连接线散落到地上，摄忆机被切断了信号来源，许霖狰狞的面目在屏幕上出现卡顿，显得更为恐怖。

"必须镇定。"林亦溟告诫自己。

"看看她的耳环。"她假装对吴琪的安危毫不在意，"那可是他送给我的信物，你却轻易为她戴上了。"

"不是，不是这样的。"他的手颤抖起来，"我对吴琪没有感情。我早已无法爱上任何人。"

"那就给我看你的记忆。"林亦溟指了指摄忆机，模仿着他的语气说，"只有记忆不会撒谎。"

"我是许霖，我是许霖。"他像是受到电击般抽搐了一下，"我是……许……霖？"他陷入了自我怀疑。

这时，一个名字从林亦溟嘴里脱口而出："安杰。你的名字是许安杰。"

他魔怔般地重复道："安杰……我的名字是……许安杰……"

"除了我以外，没有人知道你的真名。"

刚才注入的两种药剂好像在他的体内打起架来。他痛苦地皱着眉，左侧和右侧的脸颊肌肉做出不同的表情，看上去非常扭曲。

过了一会儿，他哀伤地问道："亦溟，是你吗？"

她不知是惊喜还是惊吓，一时之间没法回答。

"真的是你吗？"深情的那一面在他体内暂时获胜，但手上的尖刀就快要刺破吴琪的皮肤。不能掉以轻心。

"你心里早就没有了我。"林亦溟面带愠色地说，"我对你很失望。"

语气、神情、姿态，不知是哪个细节打动了他，使他确信眼前人就是失散多年的爱人。

"这都是为了保护你！"他好像一转眼变成了彷徨无助的少年，急切地解释自己的真心，"我用拍摄忆影的方式，将对你的情感记忆替换成了那女孩。没想到，移植比想象中的还要成功。尽管我很清楚这感情的来龙去脉，但还是会不自觉地想要和她在一起，这样一来，脑学社便不会产生怀疑。"

这话如晴天霹雳一般令吴琪脸色惨白。她忘了脖子上的刀子，开始失声痛哭。

林亦溟也怔住了。事情竟然和自己的猜测完全相反。许霖的行为出乎意料，并不是因为他移情别恋，而恰恰是因为他对她爱得太深。

原来，他们三人演的是三场互不相干的独角戏。

这时，他察觉到哪里不对劲儿，问道："如果你真是我的妻子，那么我们的孩子呢？她在哪里？"

林亦溟顿时感到一阵剧烈的耳鸣，天旋地转。

与此同时，吴琪趁其不备，在许霖手臂上用力咬了一下，等他稍一松手，就从他手掌心里逃了出来。只是，她还是四肢绵软无力，差点儿跌倒，林亦溟扶住了她。

站稳之后，吴琪想到的第一件事就是取下胸前那条备份记忆的项链，准备将它狠狠地扔在地上，不料用力过猛，项链不小心钩住了左耳上的珍珠耳环，两者一同掉了下来。它们碎裂之时，不仅摄忆机屏幕上的人影消失了，感官记录仪里的监控画面也一同湮灭了。

眼前只留下了活生生的现实。

林亦溟拉着悲愤的吴琪夺门而出，身后传来许霖狂躁的怒吼：

"骗子！你们这群骗子！"

她们冲向一楼大门，发现门被反锁了。林亦溟点开门禁系统的面部识别功能，正面，侧面，靠近，离远，焦急地试了许多次，大门依旧没有动静。看来，许霖已先一步把她的信息从门禁系统中删除了。

她们已经成了瓮中之鳖。怪不得，他没有马上追下来。屋子里静得出奇，只听见吴琪不住的抽泣声。林亦溟轻轻捂住她的嘴巴说："现在不是考虑感情问题的时候。"

当——当——凌晨两点的钟声响起。

许霖缓缓走出书房，念诵的声音回荡在空旷的屋子里——

"爱情之所以不可能永恒，大约正因为回忆不可能始终真实，因为生命就是细胞的不断更新。①"他的声音温文尔雅，好像又变回了平日里的自己。

虽然楼梯的虚拟表层已被关闭，但林亦溟仍然听到了"咯吱咯吱"的声响，仿佛从上面走下来的是个史前巨人。

经过刚才一番抗争，许霖认准了她们是间谍，不会再有心情查看她们的记忆了。这也意味着她们已经走到了绝路。吴琪背靠着门坐下，放弃了抵抗。

只能赌最后一把了。

林亦溟起身，向着楼梯的方向决绝地走去。

"你刚才问我孩子在哪里。她就在你脚下。"

许霖放慢了脚步。

"回想一下，你为什么要给这里铺上地毯？"

他疑惑地低下头，脚步停在了离地面还剩两级台阶的位置。

---

①引自《追忆似水年华》，[法]马塞尔·普鲁斯特著，许渊冲、周克希、徐和谨、李恒基等译，译林出版社 2012 年版。

"是为了逃避什么？"

突然，他露出了惊恐万分的表情。

"看见了吧？那块暗红色的印记。是她在这世上留下的唯一痕迹。"林亦溟一边说，一边感到自己的心脏扭曲、拧紧，开出一道裂缝，然后狠狠地撕裂开来。

"你是说……她死了？"许霖的声音轻得只剩气息。

"从未出生，从未见过这个世界。"

"是我……杀了她？是我杀了她？"重复的疑问渐渐变为陈述，"是我杀了她。是我，杀了她。"

奇怪的是，这声音不像是从他口中说出的，更像他脑海里的回声。

"是我……"

"是你。"

"你是许安杰。"

"是我杀了她。"

"许安杰。"

"她是我杀的！"

这时，迟到的警察破门而入。场面陷入一片混乱，最后归于无边的黑暗。

Part 2
忆　影

梦有如那骗子，梦者本人就是那国王。

——西格蒙德·弗洛伊德

1

总算结束了，吴琪舒了一口气。

她挥挥手，唤醒了选拔比赛的界面，看到上面显示——

引导用时：143 小时

已提交人数：38 人

是否提交至宏海影业评审平台？

点击"是"。

忆影传输中。首次上传需一定时间，请稍等。

吴琪紧张地盯着屏幕，既盼着结果快点出来，又希望结果来得越晚越好。因为作品的初步筛选由 AI 完成，达到标准分数线以后才会转交人工评审，若几分钟内便得到回复，基本就是被 AI 淘汰了。

她十指交叉握在胸前，小声地祈祷起来。要是过了这一关，她就能成为一名专业的忆影引导师了。为了这一天，她背井离乡地来这儿苦读四年书，在学校里可没少吃苦。

　　即便进入了决赛，成功的希望也很渺茫。这些年宏海影业把版图越扩越大，已经成为世界文娱产业的巨头，人们都削尖了脑袋想要加入。引导师的选拔自然是一场腥风血雨。这个职位差不多就是电影编剧和催眠师的结合，前者看起来没什么门槛，后者则过于玄乎。

　　吴琪按下扶手上的按摩键，皮革椅背向两侧展开，几十颗滚珠帮她舒展着僵硬了一天的肌肉。她幻想着加入宏海影业后的生活——住在和这间引导室一样宽敞明亮的高级宿舍里，还有喝不完的高级纯净水。

　　想到这儿，她赶紧打开一瓶水咕咚咕咚地喝了起来。标签上写着这是纯天然的雪山冰川水，富含多种矿物质与维生素。吴琪不确定世界上还有没有干净的雪山，但听说有钱人都喝这个，准不会错。

　　耳边"叮咚"一声，界面上出现一个系统弹窗。

　　真是怕什么来什么！吴琪捂住眼睛不敢看，心想，要是到了最后才栽跟头，还不如一开始就让她死心。

　　回顾这一路，初选，复选，淘汰赛，能走到这一步已不知是撞了什么大运。从贫民窟的孩子到精神病患者，遇到的每个记忆者都与她配合默契，引导出的作品自然也不赖。就这样，她稀里糊涂地被请到总部大楼参加决赛，可运气在这儿也到了头。

　　这一次，她分配到的记忆者是许安杰。这位昔日的大导演，如今成了业界最高产的记忆者，也是所有引导师的终极难题。

　　吴琪重重地叹了口气，觉得自己在这轮已经算是超常发挥了。当 R3 突然切入林亦滨视角的时候，她心里一阵惊喜，因为前两章的紧张气氛在那儿得到了缓和。逆浪潮团队的故事是这部忆影中少见的以轻快笔墨呈现的部分，成员们拍出的几部"戏中戏"她看得津津有味，差点儿忘了自己还在参赛。

哦对了，古宅褪去装饰的那一幕也很不错。从哥特风格到后现代工业气息的剧变，在视觉冲击力方面应该加了不少分数。所以这段故事虽然逻辑上有些漏洞，她还是保留了下来。

那么，问题到底出在哪儿呢？她闭起眼睛一蹬腿，在旋转椅上转了几圈。

要说最大的破绽，肯定是林亦溟说出"许安杰"三个字的那段，当时她心里就"咯噔"了一下。只是复查的时候权衡再三，还是没舍得删去，因为如果重新引导一次，她没有信心能再交出更让人满意的答卷。

除此之外，还有一个原因让她不想再继续折腾了。吴琪的视线不自觉地落到那扇窗户上，很快又移开了。

"还是赶快做个了断吧！"她自言自语地点开系统弹窗，上面显示：

影片时长未达规定，请再接再厉。

引导用时：143 小时

已提交人数：39 人

原来是虚惊一场。

电影界的潮流总是轮流转。几十年前有过短视频时期，就像许导脑中的回忆那样，感官电影被压缩到一分钟、几十秒，一年上百万部鱼龙混杂的影片令人目不暇接。

之后，一批专业人士站了出来，批评这种做法太过肤浅。恰好观众也看腻了，潮流便转向另一个极端。现在的影片如果不能达到一定时长，就会被说成没花心思，沉浸感不足。

影片风格的改变也像个轮回。当年所谓的真实忆影就是追求未经修饰的真情实感，最盲目的时候只要宣传语里加入"真实"二字，就能吸引无数观众买单。

后来呢？大家发现有趣的灵魂越来越少，真实的记忆也不过如此。于是，引导师这个职业便应运而生。

他们负责写出各种各样的剧本——不需要很详细，但要注重戏剧冲突并符合市场口味——然后用类似催眠的技巧把它灌输到记忆者脑中。而记忆者会和引导师共同承担过去导演所做的工作。

宏海挑选的记忆者各有特点，要么经历特殊，要么想象力非凡。他们将剧本与自己的回忆融合，在引导师的步步引领之下，在脑海中细腻地描绘出画面与情感，引导器再对这些画面与情感进行解析并导出。

这一系列程序看着高级，实际运作起来却是效率高、成本低的流水线模式。让不同风格的引导师与记忆者搭配可以达到排列组合般的效果，内容可谓取之不尽用之不竭。因此，两者的合作被视为忆影走向工业化的标志之一，是近几年业界的一个巨变。

吴琪如释重负，从椅子上蹦了起来。宽敞的引导室很适合舒展筋骨，她忍不住手舞足蹈了两下，但是一想到房间里可能有监控，立马又站好。

看看时间，已经连续工作了十几个小时，她顿时感到闷得慌，决定出去溜达一圈。

她平时住在蜂巢式的宿舍区底层，从不敢踏入总部大楼半步。之前听说在这儿随时可能遇上宏海的高管，而自己又没头没脑的，容易说错话，要是不注意得罪了他们可就前途未卜了。

没想到，总部里面并没有想象中那么高大上。走廊上灯光幽暗，墙壁用的仿木质材料，其余部分没有过多装饰。大概是老电影看多了，吴琪觉得特别失望，这和旧时代的人所展望的 22 世纪真是差了一大截。

好在墙角缝隙里射出的几束光线还挺有趣。灵动的光线会跟随行人的脚步同步移动，当电梯门打开时，它们就会融作一团点亮无人的电梯厢。所到之处，仿佛都有一个温润的光环指引着。

虽然那场核灾难已经过去了恰好一个世纪，可是造成的资源匮乏和环境污染仍然影响着整个世界。这样的设计既节能，又有一种沉静的禅意，不可谓不高明。

电梯门打开，忆影部前台周围一片漆黑，中间灯光下站着一个年轻的女孩。她身穿黑色套装，漆面的高跟鞋踩在红色地毯上。第一次看到这身打扮时，吴琪吓得不敢说话，没想到过了几天她们就成了好朋友。

"进展怎么样？"前台女孩关切地问。

"没什么灵感。"吴琪伸了个懒腰往那儿走去。两人相遇时，也是两个光环的相遇。

她问过女孩的名字，女孩说叫她"薇薇"就行。凑近了看，她的脸颊上有几颗小雀斑，面容可爱又亲切，一点也不适合那身黑色的装束。穿上这样的工装，大概是为了契合大楼的整体风格。

"你可以讲给我听听，虽然我也帮不上什么忙。"薇薇温柔地说。

参赛守则上写着引导师必须对忆影情节保密，但吴琪忍不住想要倾诉。进入宏海附校以来很难找到和朋友面对面交流的机会，同学们毕业后的目标都是宏海影业，因此他们一开始就是竞争对手，没有人愿意袒露心扉。

从卡普格拉妄想症，到真实忆影和逆浪潮的斗争，吴琪讲了一大通，不知道薇薇听没听明白，反正她已经把自己说糊涂了。

想来引导师的地位真是很被动。记忆者的大脑可不是一团橡皮泥，想怎么捏就怎么捏，很多时候要做的就是等待。等待合适的时机，等待恰到好处的情绪，最重要的是等待记忆者的大脑进入想象力活跃的状态。

说白了，这份工作就是看运气。没人知道你能从奄奄一息的老人那里引导出些什么，比如说……在古宅里被追杀。

想起那一幕，吴琪有些后怕：许安杰醒来会不会真想把她给杀了？当然，前提是他还能从鬼门关里回来。

吴琪不禁哆嗦了一下，问薇薇："我还能再要瓶纯净水吗？"

"当然。"

吴琪接过水，如饮琼浆玉露般喝进肚里。

"目前的结局是由许导自己的意识导向的。"她抹了抹嘴说，"要我强行拉长，可真没把握。"

"别担心。"薇薇拍了拍她的肩，"许安杰导演的创造力超乎我们的想象。"

的确，大家都这么说。自从许导昏迷以来，每年都有上百名引导师申请用他的大脑制作忆影。之所以这样趋之若鹜，是因为他拥有忆影界最不可思议的大脑，一生创作了无数深入人心的影片。可以说，他的作品就是一代人的"记忆"。

即便是从他昏迷的大脑中引导出的忆影，也能带来巨大收益。影片中的他依旧年轻，林亦淏依然美艳动人。故事有的甜蜜，有的哀伤，有的惊悚，但都夹杂着挥之不去的负罪感。观众们醉心于故事里的古典味，以及如今罕见的浪漫与悲情，加之每隔一段时间都会有媒体炒作说这颗珍贵的大脑即将停止运转，这自然引发了一阵又一阵的唏嘘慨叹。

不过，这些引人瞩目的成品可是建立在无数人的失败之上的。因为无法交流，引导师们只能绞尽脑汁引入创新的故事元素，希望能引出他的不同反应。然而，大部分影片都会进入相同的死循环，即许霖因种种原因而误杀了他的妻子。

"有传闻说许导的大脑最近频繁进入边缘状态，这种状态下产生的忆影混乱模糊、毫无逻辑，分配到他的很多引导师都因此被淘汰了。"吴琪扶着额头，说着说着就焦虑起来，"估计我就是下一个。"

"别担心，你有过人的天赋。"女孩认真地安慰道，"近两年他的忆影大都以林亦溟的视角进行叙述，很少出现他自己。今年公司破天荒地把他交给参赛者，就是希望由更多新鲜血液来唤醒他的视角。"薇薇的声音特别轻柔，像毛茸茸的小宠物，讲起正事来有点反差的可爱，"而你不仅做到了这一点，还植入了'吴琪'这个全新的视角，足以让人刮目相看。"

听见自己的名字，总觉得有点怪怪的。"你可别夸我了，我这人容易飘飘然。"吴琪不好意思地挠了挠后脑勺。

自己没什么天赋，这点自知之明吴琪还是有的。正是因为想象力有限，她才植入了一个和自己差不多的人物，这样就不用愁人物性格和背景设定了。本来是个特没骨气的保守之举，没想到却歪打正着，把主线剧情变了个样。

"其实对许导，我心里特别过意不去。"她悄悄对薇薇说，"一般人的大脑在两个视角里切换已经很辛苦了，而我却植入了三个。在引导过程中，我可以明显感觉到他的排斥。"

这话憋了太久，总算倾吐了出来。"每次视角切换到林亦溟和我……我指的是故事里那个'吴琪'的时候，他就非常容易出戏。比如在精神病院里的那一段，林亦溟像幽灵似的飘来飘去，差点儿变成恐怖片。而且很奇怪，片子里经常出现'哗嘀——'的声音，不管什么提示音都这样……"

刚说到一半，一个声音打断了她。

"不用担心。"

吴琪一回头，只见迎面走来一名举止有些做作的女性。她头发高高盘起，戴着金闪闪的耳环和项链，口红里带有金粉。

"李主管，您好。"薇薇礼貌地向她打招呼。

吴琪也赶紧有样学样："李主管好。"说完发现少了个"您"字。

光环跟随着她一起往这儿移动，一个人的亮度远远超过两人的总和，还带着星星点点的闪烁，足以看出这位主管在公司里的地位。吴琪暗自感慨，从前台到高管都那么年轻漂亮，像她这样的普通人就只能有一颗百折不挠的心了。

"你说的那些瑕疵，后期制作会帮你自圆其说的。"

这下完了。刚才的话都被她听见了，自己说不定要被取消参赛资格了。

"把精力集中在情节的创新上即可。"主管对她微微一笑，离开了。

吴琪脸色煞白地看着薇薇。薇薇安慰道："别担心，李主管很看好你。"

吴琪诚惶诚恐地回到引导室，决定发愤图强。很快，两个小时便过去了，引导出的片段加起来总共五分钟，她看了个开头就马上按了删除键。

垂头丧气之下，她喊了声"森林"，引导室的墙幕很快就营造出了森林一角。有鸟儿在树枝上鸣唱歌谣，有虫子在花瓣上将朝露滚落。

这功能的本意是让引导师身临其境地创作，但吴琪喜欢"滥用职权"来给自己放松。结果嘛，通常是越放松越没灵感。

她百无聊赖地在房间里转了几圈，每次经过房间里那扇窗时都刻意避开视线。她不愿想起自己是在给一个昏迷不醒的人引导记忆，这相当于把对方当作试验品，而不是一个活生生的人。

可最后，她还是在窗边停下脚步，犹疑着朝里面看了看。一张满是皱纹的脸映入眼帘。

许安杰躺在古董样式的大床上，盖着丝绸质地的被子，除了身边维持他生命的一大堆器械之外，整个房间的风格都和忆影里的古宅特别像。据说，这儿一五一十地复刻了他昏迷之时所在的卧房，包括地上打碎的那座机械钟。钟面上的指针停留在两点，那是他忽然倒下的时刻，也是他告别现实的开端。

吴琪凝视他的时间超过了十五秒，角膜屏幕上自动显示出这位名人的官方介绍：

> 许安杰导演生于 2030 年，肄业于中央医科大学神经生物学专业，2052 年推出世界上第一部忆影《迷魂记》，开创了行业先河。

这位百岁老人一生中经历了忆影技术的数次迭代，至今仍在为行业做着贡献。

卧房里的荧幕上循环播放着黑白电影版的《蝴蝶梦》，靠近窗户这侧的床头柜上放着一本翻到一半的书。吴琪想看看上面写了些什么，于是脸贴在窗玻璃上，眯着眼睛读了一句：

"一个人睡着时，周围萦绕着时间的游丝，岁岁年年，日月星辰、有序地排列在他的身边。①"

看这文风，应该和他在忆影中念的是同一本。不过书名一下子想不起来了。

宏海这么精心布置，是为了让许导醒来的那一刻毫无违和感，

---

① 引自《追忆似水年华》，[法]马塞尔·普鲁斯特著，许渊冲、周克希、徐和谨、李恒基等译，译林出版社 2012 年版。

好像他只是小睡了一会儿。但可惜，他昏迷以后就再也没好转过，反倒是好几次濒临死亡。公司每次都不惜高薪聘请名医把他救回来，为他配备最先进的生命维持机。

这件事在宏海对外宣传时被描绘得感人肺腑，但私底下却流传着另一种说法：

十几年前许安杰导演就想退休，每次申请都被宏海以各种理由驳回，直到九十岁高龄，公司才终于批准。没想到，消息刚在内部流传就导致宏海影业股价下跌，很多专业人士预言忆影产业会因此崩溃。宏海只好一再隐瞒这件事，直到两年后他在家中突然重病昏迷……

"别多想，这是工作。"吴琪对自己说，"考虑别人之前得先养活自己。"

她走进引导室里专配的盥洗间，将手淋湿，往脸上拍打了几下，希望自己可以清醒一些。除了这届比赛的参赛者以外，能够接触到许安杰的都是顶级引导师，从这儿的设施就能看出公司给他们开出的优渥条件。

吴琪并不奢望这些，但非常需要一份稳定的收入。

吴琪抬起头，端详了一会儿镜子里的自己。短发、鹅蛋脸、小鼻子，比她向许安杰大脑里导入的形象差了一点点，但自己觉得还看得过去。而且论智商，应该比那个"吴琪"强点儿。

要是早出生一个世纪，她，会遇到爱情吗？就算只是影片里那种短暂的假象也好，她也想要体验一下和恋人相互依偎的温暖。

老师在引导课上说过，男女的情感模式有着本质差异。女性大脑内多处血流速度高于男性，尤其是在前额叶皮质和边缘系统两个区域。前者与注意力、冲动控制力有关，后者则与心情、焦虑感有关，因此女性对事物更专心、更富有同情心，同时也更容易焦虑。

这样的性别差异，使得一般的记忆者很难代入异性视角。可许安杰却能将女性人物表现得惟妙惟肖。在他的忆影中，吴琪时常分不清那些少女心思是出自她的引导，还是他的自发想象。

这种奇妙的想象力充斥着影片的每个角落。从人们的着装、建筑风格到科学技术，几乎都是不同时代的混搭。年轻观众看了觉得新颖，年长观众则觉得怀旧。

故事里的一切亦真亦假，却又环环相扣。他的大脑好像已将制造影片变成一种习惯，在潜意识状态下都能做到滴水不漏，叫人钦佩。不过，艺术层面的事还是让那些评论家去评判吧，她和普通观众一样，只是好奇许安杰和妻子之间的事有多少是真的。

不行，又在胡思乱想了。吴琪急匆匆地改变水龙头的角度，对着自己的脸狠狠冲了一把。不料，一不小心把水冲进了鼻子里，呛了好一会儿。

狼狈地回到引导室，吴琪警告自己不能再这么拖延下去了。提交的时间虽不是最重要的得分项，但在竞争激烈的决赛里不容忽视。

"古宅客厅。"

一声令下，环境变成了事先设定好的样子。她静下心来坐在引导器前，这个白色的管状设备既像话筒又像显微镜。戴上专用耳机，会听到 AI 读取出的记忆者的心声，就像电影中的独白。

深吸一口气后，吴琪缓缓地说："你在警局里逗留了一会儿，冷白光的灯非常刺眼。"言语通过引导器转译为相应的神经信号传入许安杰脑中，"闭上双眼，你觉得心里一片空白。太多事纠缠在一起，反而化作了一片空白。"

引导的语气需要根据剧情和人物性格来调整，重要部分可以重复多遍，确保它在记忆者脑中逐渐成形。

老师总说吴琪在氛围和情感的描述上浪费了太多时间，并强调最重要的是情节与对话。但她觉得，一个想象力丰富的记忆者只要了解自己处于怎样的氛围与心境，会自然而然做出相应的个性化反应。

引导师的工作是"引导"，而不是"操控"。因此，她喜欢等对方表现出一些细节之后再顺藤摸瓜，这样的作品才够自然。

话虽这么说，可是半个小时过去了，许安杰脑中的那片"空白"仍然没有什么变化，他的大脑就好像一台卡壳的机器。记忆者睡去了，可以唤醒，但是空白就意味着大脑在以一种消极的方式进行抵抗。

眼看着故事无法进行下去，引导师的重要性便体现出来了。引导师最关键的是学会倾听，就像心理咨询师一样，从前情中找出记忆者的意识导向。

"没过多久，宏海影业的人就过来接你了。尽管舆论压力很大，他们还是通过一系列手续将你保释了出来。"

要是判断错误，记忆者的脑内就会产生排斥反应。一定程度的冲突是好事，大概率能引发新剧情，但太过强烈的排斥就会让故事走向进入死胡同。

"你独自待在家中，过着行尸走肉般的生活。你不知过去了多少天，直到某个夜晚，事情有了一些变化。"

引导器的屏幕上，AI通过脑电波信号模拟出他脑中粗略的画面。引导师可以从中了解记忆者的基础反应、情绪状况、入戏程度，并以此来调整接下来的引导语。待故事完成后，会有专门的画面制作部门来填补细节并做进一步的优化。

"你觉得脑子像宕机后重启的电脑一样，总感觉缺了些什么，于是来到盥洗室里将双手淋湿，拍了拍自己的脸。接着，你坐在客厅的沙发上，感到一阵落寞。"

屏幕上的画面越来越清晰，"许霖"开始了行动。他翻开桌子上一本名为《电影新浪潮》的书，没看两眼就放了回去。他显得坐立不安，似乎有着无处宣泄的焦虑。

一旦具体的画面成形，吴琪就尝试把主导权交给对方，不对情节发展做过多干涉。她转而开始用抽象思维来进行引导，比如，"你感觉自己分崩离析，与世界的联结被一把白色的匕首切断了。你该如何将自己重新拼接起来？"

抽象引导必须分段进行，每次不能给予过多信息。最成功的情况，记忆者会以为那是他潜意识里的声音，潜移默化地将它演绎下去。

屏幕里，许霖孤独地站在客厅中央，双手操纵着屋子里的虚拟装饰，让这里一点一点恢复往日的景象。不一会儿，昏黄的烛光便重新照在了他的侧脸上。

"你决定尝试一些新的事情来分散注意力。"

到这里，剧情应该开始推进了。

"先干些什么好呢？"

她循序渐进地引导着。可许霖却面无表情，一动不动地坐在那里，仿佛时间已经停止。

老师说过，剧情推进需要制造新的矛盾冲突，最简单的办法就是增加角色。在贫民窟孩子的忆影里，吴琪曾增加过一个老顽童的角色，让孩子体验到欢笑与爱。这是她的强项。

但是，许安杰潜意识里的排斥让这件事变得很困难。

R1的第四部分出现过一个传统电影博物馆的接待员，那就是吴琪塑造的角色。她的本意是想增加一条剧情支线，夹带一点小私心，给故事里的自己安排个年龄相仿的朋友。没想到还没引导两句，这个角色就变得狰狞恐怖，好像不论什么东西到了许安杰脑袋里都会披上一层阴暗的面纱。后来，她就再也不敢凭空增加角色了。

引导进展得极其缓慢，吴琪不得不打起持久战来。不知又熬了几个钟头，她眼皮奄拉下来，摸了摸口袋里的提神药瓶，发现只剩空瓶。

看来，醒着的人终究还是耗不过睡着的人，她只好先灰溜溜地打道回府。

三平方米的胶囊宿舍被装点得格外温馨，天蓝色的墙壁上挂着尾巴摇来摇去的猫咪款时钟，书桌上放着小台灯、迷你日历，还有一个细高的玻璃花瓶。这些虚拟装饰都是吴琪在商城做活动的时候买的，看上去和她大大咧咧的性格不太相符，但她偶尔也想抒发一下少女情怀。

终于可以舒舒服服地睡一觉了。她张开双臂，"啪"的一声倒在床上然而却根本睡不着……

应该是提神药片的副作用，光觉得困却无法入眠。她两眼直直地盯着天花板，心想人类发展到了这地步，各种药物还是殊途同归。它们都打着救人的旗号，却又将人硬生生地往另一个深渊里推。

不过没关系，她还有一种灵丹妙药，那简直是古人留下来的最伟大的遗产。

她打开网上书城，在琳琅满目的书架里翻找起来。有时候失眠不算严重，找书这件事就能让她感觉到睡意。不过今天的问题比较棘手，明明已经累得精疲力竭，大脑就是停不下来，她必须找一本足够催眠的。

这时，她看到了那个熟悉的书名——《追忆似水年华》。前两天出于好奇搜了一下这本书，系统就一直把它放在了推荐位里。之前听许霖念的时候就她经常昏昏欲睡了，这时候它出现得真是恰到好处。

点开书，跳着页码翻看起来，一段艰涩难懂的话吸引了她：

"我们的生活漂泊不定，我们的记忆却深居简出。我们不停地冲刺也徒劳无益，我们的回忆被牢牢地铆住在我们早已离开的那些地方。①"

她酝酿着，酝酿着，终于打了个哈欠。

"再也没有比存在于人的衰变和回忆的不变之间的那种对比更令人痛苦的了。②"

不知为何，她想起了许安杰那张苍老的脸。

吴琪感觉心被揪了一下，顿时睡意全无。

①②均引自《追忆似水年华》，[法]马塞尔·普鲁斯特著，许渊冲、周克希、徐和谨、李恒基等译，译林出版社2012年版。

2

"这大概是我的最后一瓶纯净水了。"

"为什么？"

"今天要是再没有进展，我准备弃权。"吴琪丧气地说。

"你还是在意他的排斥反应？"

"说实话，我觉得许导并不是完全昏迷，他好像知道我们在对他做什么……"发现自己又多嘴了，她忍住没往下说。

"不用担心连累到我。"薇薇很善解人意，"我想知道，你为什么会有这种推测？"

"直觉吧，我也说不上来。"吴琪环顾四周，确定没人才小声说，"其实我有一种猜想。或许他一直在试图和外界对话，只是从没有人倾听他。"

"我第一次听说这种想法。你果然很有天赋！"

"别安慰我了。"吴琪摇摇头说，"我知道自己几斤几两，压根儿不适合当引导师。还是赶紧去找个打杂的岗位靠谱。"

说着，她闲不住地往前跳了两步，围绕着她的光环有点跟不上，出现了延时。她放慢脚步又退后两步，此时光环与她的身体就十分合拍了。这才是适合自己的步调，她心想。虽然好不容易进了决赛，但或许就此放弃才是解脱。

"只要能留在电影行业，让我做什么都行。"

"你要想清楚，收入会差很多的。"薇薇不假思索地说中了吴琪最苦恼的事。

无论谁，只要进了宏海这样的超大型企业，生活就得到了保障。就算工资微薄，但这儿提供免费宿舍，还有基本的压缩食品和维生素，剩下的需求就和钱关系不大，只和另一种报酬——虚拟币有关了。从食物的美味程度到每天的娱乐生活，全都取决于你付出的虚拟币。宏海在发放这部分的报酬时很看重员工绩效，不论什么岗位，只要足够勤奋就能得到相应的收获。

然而，两年前父亲的钝化症加重，吴琪为了方便照看把他接来宏海集区，从此便不能只考虑自己。她陷入沉思，周围的灯光好像也暗了下来。

正如忆影中林亦淏所预测的那样，钝化症已经成了严重的社会问题。越来越多的重症患者令医院不堪重负，于是医学界针对这种慢性病发明了一种感官治疗舱。它把一个个病人单独隔开，并提供最低程度的生活所需，然后通过长时间的、温和的感官电影防止他们产生抑郁情绪。

用感官电影治疗被感官电影毒害的患者，真是可笑。

父亲就在那样的治疗舱里日复一日地生活着，眼神变得越发呆滞。偶尔脱离一会儿舱室，他就像个瘪了气的皮球一样歪起脑袋、半张着嘴，时不时地念叨着"结束吧""没意思""再也不"之类的"三字经"。

尽管如此，吴琪还是一有时间就去探望他，同他说话。自从接触了许安杰，她话语里就多了几分苦恼，常常对父亲诉说自己心里的不安。然而，要想赚够钱给父亲升舱，赢得这场决赛是她唯一的出路。

所谓的"升舱"，就是从感官治疗舱升级为忆影治疗舱。后者是诊疗中心提供的最新服务，因为运用了最尖端的忆影技术，自然价格不菲。至于治疗效果，医生只说临床案例不足，但应该相信科技。

"你觉得，忆影能救人吗？"

吴琪不知是在问自己，还是在问眼前这个看着比自己还年轻的女孩。

"能，也不能。"薇薇一脸严肃地回答。

吴琪愣了一下，接着"扑哧"一声笑了出来："你这口气像极了那些高管！"

"说不能，是因为忆影的发展速度正在减缓，近几年很少有突破性的作品出现。"

吴琪觉得她是在开玩笑，刚才的愁云一扫而空，嗔笑着伸手挠她痒痒。

"说能，是因为忆影的衰落归根结底是人才匮乏，而此次选拔赛制定新规则，就是为了找到像你这样有创造力的引导师。"

见薇薇纹丝不动，吴琪扫兴地收手。记起小时候哥哥总说她疯疯癫癫，掌握不好人与人之间的距离感。

想到哥哥，她的思维飘散开来，薇薇的话也听不太进去了。

当父亲被宣告钝化症晚期时，家人的反应和她的大相径庭。母亲和哥哥都认为到了这个地步，父亲已经无可救药，任何治疗方式都是医院骗钱的花样，不如让他自生自灭。

哥哥说世界卫生组织的报告指出：没有明确的实验数据表示钝化症可以被逆转，唯一可能有效的方式是让患者感受到爱意。然而，钝化症晚期患者对爱的感知力比常人的低得多，更何况在这个时代，人们表达爱的能力已经极度匮乏。

"珍惜爱的能力，太多人没有这份幸运。"吴琪喃喃自语道，这是她在引导时常用的一句话。但其实，她从没细想过这句话的意义。

"有了！"她兴奋得跳了起来，一头撞上了天花板，但是不疼，感觉软绵绵的，这才知道走廊的层高如此之低，暗色的氛围大概只是为了掩盖空间的局促。

"我应该改变自己的引导方式。要让许导知道我不是他的敌人！"吴琪握住薇薇的手，向她道谢。

"可我什么也没帮到你。"薇薇一脸困惑。

"你的手真冷！"吴琪说着，用自己的双手帮她搓了几下，"你肯听我唠叨，就是对我最大的帮助了。"

薇薇的手很快热了起来，她对吴琪腼腆地笑了笑。吴琪心里泛起一股暖意，迫不及待地想去试试自己的新方法，并给接下来的章节取了个肉麻的名字——

R10　爱的引导

"这是警方给的探视许可，我软磨硬泡了好久，他们才同意发给我的。"吴琪对着门禁上的摄像头，努力摆出笑容，"可以让我进去吗？"

等待了一会儿，大门打开了。走廊与楼梯的衔接处多了一道激光门，那是警方安置的看守系统，可以确保许霖在案件调查阶段不会随意外出。

尽管整栋屋子都在警方的严密监视下，但吴琪还是对一个月前发生的事心有余悸。她拿出许可证扫了一下，胆战心惊地走上二楼。

这段时间，宏海影业不遗余力地对外宣称，之前的事件是一场恶作剧——黑客入侵频道并伪造了直播，一切报道都是假新闻。这种荒谬的解释虽然一开始受到抨击，但过了几周热点便转移到了别的事情上，相关的信息也被清扫一空。对公众而言，这事就好像从没发生过一样，只有当事人除外。

楼梯上重新铺了柔软的地毯，屋子里的各个角落也都恢复了最初的典雅华贵，但吴琪知道这里的主人生活在怎样的虚无中。

"我来，是想借用一下你的摄忆机。"她说。

许霖静坐在书房里的单人沙发上，久久没有回应。

她又重复了一遍："请让我借用一下……"

"不重要了。"他用沙哑的声音回答道，"无论你是不是吴琪，都已经不重要了。"

心被刺痛了一下，吴琪只能用勉强的笑容来掩饰。"但对我来说很重要。"她上前一步说，"我不想再做原来的吴琪，请把我对你的感情替换掉。"

许霖抬起头，茫然地看着她。

"就像你对自己做的那样。"说完，她躺在了他身旁的长沙发上。

回想起林亦淏突然造访的那一天，吴琪不禁感到惆怅。许霖曾独自在这个房间里待过一段时间，出来之后就像变了一个人一样，对吴琪关怀备至。他应该就是躺在这儿，移植了对林亦淏的情感。

"成功以后，你也会得到你想要的东西。"她看着许霖的侧脸，觉得他就像一个没有灵魂的木偶，"想想看，如果我对你的所有感情突然消失，再次见到你的时候会是什么感觉？"

这句话好像一颗火种，点亮了他的眼眸。

"你一直寻找的就是这种感觉，不是吗？你对感情已经麻木，自己无法实现，但我却可以帮你填补《陌影》中缺失的那部分。"

气息变得明显，仿佛天神对着他吹了一口气将他唤醒了。"这将是最后一块拼图。"他的舌头仍有些僵硬，"我需要它来完成。"

许霖着手准备起来。

播放冥想音乐，连接摄忆机，再为吴琪戴上装有记忆薄膜的项链。她心跳加速，好像被抬上了手术台，刺眼的灯光照下来，她即将失去身体里重要的一部分。

吴琪试图打破这冰冷的气氛："跟我说说，记忆移植是怎么做到的？"

许霖忙着调试各项参数，心不在焉地回答："首先，集中注意力回想，尽量别遗漏任何细节。摄忆机会将你的记忆拆分为两个部分，即视听信息与情感信息。情感信息无法篡改，但视听信息可以，接下来的过程就和摄制忆影类似。"

他似乎把这当成了一项普通的工作，机械地做着解释："当放映机开始反向播放视听信息时，你要在脑海中想象出另一个人，就是你希望移植的目标对象。情感信息会在此时稳定释放，我也会通过'引导处理'帮你代入。因为本就是你自己的记忆，熟悉感的产生会比一般忆影更迅速，效果也更强烈。"

吴琪并不想听这些，她期待更诗意的解释。但没办法，谁让自己喜欢上的是这样一个古板的男人呢？想到这里，她的脸上浮现出一抹苦笑。

"你给自己移植的时候，挑了你们之间的哪些回忆放到我身上？"

他躲开了她的眼神。

"我希望是些朴实温暖的回忆。"

话音刚落，摄忆机就运作了起来。一旁的许霖如同法师，吟起魔咒："心灵留下的那些影像多么易于被心灵抹去。新的影像取代旧的，不再具有那种起死回生的能力。①"他停顿了一下，好像在记忆中搜寻那本书上的片段。

与此同时，吴琪也在记忆的宝库里不停翻找。他的微笑、他的愁容、衬衫上的淡淡烟味、镜片上的朦胧雾气，还有他对现代通讯一无所知的傻傻的样子。谁会明白这些对她来说有多么珍贵？

没有惊天动地，也没有海枯石烂，藏在宝库最深处的，是他在雨夜为她戴上耳环的那个瞬间。

"如果儿时喜欢的童书还在，我绝不会看一看它。"许霖像是重新接通了电源一样，继续诵读下去，"因为我会非常害怕，太怕书中渐渐掺入我今天的印象，望着它就此变成一件现时的物品……孩子认不出它的口音，不再答应它的呼唤，从而永远埋没在遗忘之中。②"

不知不觉中，吴琪被自己的泪水淹没了。她在脑海里紧紧抓住那些美好，可是痛苦的潮水汹涌而至。忧虑

----

①②均引自《追忆似水年华》，[法]马塞尔·普鲁斯特著，许渊冲、周克希、徐和谨、李恒基等译，译林出版社2012年版。

与猜忌、无助与心酸，这些同甜蜜的时刻一样，都是感情中珍贵的部分。

其实，她一分一毫也不想失去。

此时，许霖停止念诵，唤了一声她的名字。他的声音有些颤抖，似有千种情感在心中交融，"你既然已经知道了真相，为什么还对我……"

"没错，就是这样！"吴琪对着屏幕一脸得意。

作为一个一直单身的新时代青年，她很可能一辈子也谈不成恋爱，但这并不妨碍她在忆影中书写浪漫。听说世上最经典的爱情小说之一《傲慢与偏见》就是由一位终身未嫁的女作家写的。

"许霖意识到眼前的真爱，决定抛下过去。"她比了个胜利的手势，期待故事迎来圆满结局。

"我也觉得不可思议。"吴琪平躺着，觉得内心特别宁静，"爱情就是这样难以理喻吧。"

许霖的手悬在半空中，迟迟没有进行下一步操作，这种犹豫让她心存一线希望。

他说过，大脑中有无数个神经元。神经元上的轴丘汇集了所有突触的信息，它们就好像民主投票的计票站一样，以飞快的速度统计出两种信号：兴奋性信号和抑制性信号。当其中一方达到一定强度并胜出时，决定性信号就会被传递给所有突触。

她的愿望很简单，很简单，只要他对自己的感情并不完全是伪造的，至少有一小部分不是，就够了。

"我知道，你是一个温柔的人。只是太多故事存在你脑中，让你不敢确定自己的真实想法。"

比起语言，许霖似乎觉得摄忆机上的图像更有说服力。他可以从大脑伏隔核判断是否撒谎，从纹状体看出情感的强烈程度，但吴琪只希望他能看着她的眼睛。

之后，是一段漫长的沉默。他俩就像站在世界的两头，却被某种力量吸引着慢慢靠近。

屏息凝神，极度的安静让她听见了许霖的心跳声。那声音越来越急促，就像将死之人穿过黑暗隧道，突然回光返照。

"谢谢你。"他用低沉的嗓音说，"但很对不起。"

她的心跳仿佛骤然停止。

"我必须完成那部作品。"

怎么可能？！

屏幕前的引导师大惊失色，她和故事里的女孩一样，心情跌到了谷底，好一会儿才缓过神来。

"幻想破灭是件令人安心的事。"她无可奈何地对着引导器说，"它意味着这世界还是你熟识的那个世界，不必惊慌。"

随着一声"哔嘀——"的提示音，系统切换完成，刚才的记忆在她脑中反向播放了起来。只是这一次，许霖的面容变得模糊不清。

迷糊中，她听见他又神神道道地念了起来："当我们发觉在我们的内心中显得那么美好的东西再也不可能在外界接近它，再也不可能接近激起我们的欲望……①"

---

①引自《追忆似水年华》，[法]马塞尔·普鲁斯特著，许渊冲、周克希、徐和谨、李恒基等译，译林出版社 2012 年版。

一次，两次，吴琪努力回忆起许霖的脸，试图将散落的拼图重新拼回。但每次完成后拼图又会立刻被打碎。她知道，幕后操控着的正是他本人。

"*再也没有比存在于人的衰变和回忆的不变之间的那种对比更令人痛苦的了。*①"

她死心了。

她试着在头脑中描绘另一个人的形象。大学时暗恋的学长，还是小时候崇拜的明星？不，他们都无法代入这个故事，没有人可以。

这时，吴琪想起了 Rebecca，那个从未在影片中露过脸的角色；想起了未知和留白；想起了那种只有鱼人才明白的无望的酸楚。

大脑放空。在每一个许霖出现的记忆画面里代入一片空白，将他变作一个没有脸的虚无缥缈的形象。

就这样，她曾以为刻骨铭心的感情化作了一场白日梦。

剧情完全偏离了计划。吴琪在椅子上蜷成一团，看着屏幕中的画面变回了灰暗的基调。

原来，人心并不像她想象的那么简单。她完全不了解许安杰这个人，就想用自以为温暖人心的引导方式来打动他，未免太自大了一点。

万念俱灰之时，忆影中的画面悄然发生了变化。废弃的摄影棚里，逆浪潮的成员们正在有条不紊地配合着。

---

①引自《追忆似水年华》，[法]马塞尔·普鲁斯特著，许渊冲、周克希、徐和谨、李恒基等译，译林出版社 2012 年版。

吴琪觉得不可思议。这位一直在抗拒的记忆者竟主动切换了视角，就好像他从她手中接过了笔。

R11　留白

这是逆浪潮团队在那次直播事件后的第一次重聚。

一个多月的时间，发生了很多变化。随着逆浪潮频道走红，团队里最才华横溢的双胞胎姐妹成了大忙人，邀请她们的剧组层出不穷。

陆勇鼓起勇气给儿子打了电话，告诉他自己想通过逆浪潮弥补从前的过失。他一反常态的坦然态度让儿子也学着吐露心声。一天，他儿子看完他的作品说"爸爸，我为你骄傲"时，一向以冷血性格出名的金牌制片人顿时热泪盈眶。

至于朱云明，还是一样的沉默寡言，依然在虚拟世界中变换着面具。借着直播事件的余温，他发起了几波成功的推广，让逆浪潮频道涨了几百万粉丝。对此，他故作深沉地说："宣传的最高境界不是制造热点，而是将热点半遮半掩。因为人们只会对自己挖掘出来的'真相'深信不疑。"

看着一个个鲜明的人物在林亦溟的视角中逐渐成形，吴琪振奋起来。

在此之前，每次视角转换都需要做很长的铺垫，从语气变更到环境塑造，一步也不能少。即便这样，结果还是以失败居多。记得一开始，她费了好大力气才将视角从"吴琪"身上转移开。

由此看来，刚才的尝试没有白费。许安杰或许感受到了她的善意，正在以自己的方式做出回应。

林亦溟给 Anti 讲了配乐要求，他点了点头，样子比一个多月前沉稳了不少。她心想，陆勇教导年轻人还真有一套。

这时，有个人影闯了进来："对不起，我搞砸了！"

林亦溟定睛一看，是吴琪，她比预料中更生龙活虎。那天的事，林亦溟以为她不会原谅自己，没想到她却反过来感谢相救，还主动提出要回逆浪潮剧组。

Anti 过来倒了杯水，林亦溟让吴琪先坐下歇一歇。吴琪喘了口气，急忙讲起了刚才的经历。

完成记忆移植以后她觉得一身轻松。痛苦消失了，悲伤也不见了，那些撕心裂肺的记忆都化作了泡影。她站起身来，觉得轻飘飘的，好像回到了小时候的暑假，有种无所事事的感觉。

然而，她在看到许霖的那一刻，真正体会到了那位画家的感受——眼前的面容看上去非常熟悉，每一个细节都与印象中的完全吻合，可就是感受不到一丝一毫的亲切。

她本来相信，感情是一种不可名状的、神秘的存在，不会被一台仪器轻易地消除。可是此刻，许霖就只是那个曾把刀架在她脖子上的人，其他的什么都不是。

她惊叫起来，失魂落魄地往外跑去，穿过那迷雾一般的森林。她明白了，感情只是一串脆弱的脑电波信号，机器可以像打蛋机一样将它打碎，放进各种模具里，再塞进烤箱，烘焙成"导演"想要的模样。

"都是我的错。"吴琪忐忑不安地说，"许霖完成《陌影》后，对社会的影响会很大。"

"别急着下结论。"林亦溟摸了摸她的脸，"瞧瞧你脖子上挂了什么？"

她低头一看，发现自己还戴着那条项链。吊坠是由玻璃制成的心脏模样，表面还能看到血管式的纹理，藏在里面的记忆薄膜因为角度变化而折射出五光十色。

"觉得讽刺吗？一生中最强烈的情感都被记录在这个项链里，就像影片中随时可以忽略的一帧。"

"可是许霖却愿意为了这一帧放弃一切。"吴琪难过地说。

"人要活下去，往往需要有一个执念。"林亦溟从她脖子上取下项链，放在手上摆弄，"越是痛苦的人越会抓住执念不放，就像在苍茫大海中抱住一块浮木。"

"那我的执念大概就是……"吴琪皱了皱眉，似乎又想到了那个冷酷的恋人，转而问道，"你的执念又是什么呢？"

林亦溟不假思索地回答："把他的浮木彻底击沉。"

之后几天，逆浪潮成员集合在摄影棚里，一起工作至深夜。双胞胎姐妹推掉了许多肥差，陆勇也暂时戒了酒。他们仿佛回到了旧时的集体生活，一群人天天面对面，竟没有感到腻烦，反而分外踏实。大概是因为他们抱有共同的理想。

这次的短片和之前的逆浪潮作品都不一样，剧情极其简单——

观众变成一条金鱼，在鱼缸里愉快地游动。突然，这条鱼脑袋撞到了玻璃上，它觉得很疼，于是傻愣愣地看着前方，看着玻璃镜面上映出的自己。

这时，一种诡异的情感切进来，金鱼觉得自己的影像熟悉又陌生。起伏的水面将光线搅乱，玻璃上的影像也被扭曲成千奇百怪的形状。它开始认不出自己了。

画面就此凝固，漫长的一分钟里没有任何变化，这占据了整部影片三分之一的时长。与这种静态形成强烈对比的，是它心中翻江倒海的陌生与惊慌。

没错，这里用的正是项链中的情感记忆。这份被许霖誉为世界上最复杂的情感，却被林亦淏用在了如此单调又荒谬的故事里，用在了一条金鱼身上。

至此，感到陌生的对象从他人变成了自我。

一分钟过后，玻璃上的影像起了变化。金鱼身体的金色变成了深灰，鳞片变成了面料质感，鱼肚里长出了手脚，最后轮廓也慢慢变形成了一个人的模样，一个半躺着、蜷缩着、颤抖着的人形，而且看不见面容。

镜头慢慢靠近，画面上鱼缸里的鱼消失了，只剩下玻璃上的人影。近一点，再近一点，原来那个人头戴着忆影放映机，而那古怪的姿势正是人在观看忆影时的正常反应。

每一个在忆影中体验惊心动魄场景的人，在旁人看来就像个无缘无故挣扎抽搐的傻子，所以才需要搭建私密性更高的感官舱。

影片到这里就结束了。朱云明试图用简短的文字进行介绍，但文案怎么写都很绕口："在这部忆影中，你将看到鱼在鱼缸里审视自己的影子，就像你在感官舱里审视正在观看忆影的自己。"

最后，他决定采用更直白的表述："看完你一定会问，这是我吗？这难道是我的生活吗？"

不过，影片的真正魅力被他"半遮半掩"着，等待

观众去发现。第一批逆浪潮发烧友观看许多遍这部忆影
后发现了玄机，之后，越来越多的人开始在网上传播、
转载：

其实，从金鱼变成人的那一刻起，这部忆影就停止
播放情感记忆了。这就好像电影的背景音乐戛然而止，
观众却完全没有察觉。

这是因为，当他们看到正在观看忆影的"自己"时，
内心自发地产生了陌生、震惊、迷茫等情感，无须再
依赖放映机。是逆浪潮唤醒了他们心中独一无二的真
实感受。

妙啊！吴琪激动地拍了两下手。

不知不觉又在引导室里待了好几个小时，她忍不住出去溜达
了一圈，顺便把影片的进展分享给薇薇。

"'留白'是传统电影的常用技巧之一。"她兴奋地解释道，
"上课的时候我听过很多技巧，当时觉得毫无用处，因为传统电
影的表现方式有局限性，需要想尽办法来'欺骗'人脑。剪辑啊，
转场啊，还有镜头移动，都算是欺骗伎俩。比如上一个镜头是主
角走进电话亭，下一个镜头是他出现在巨大的太空舱里，观众就
会产生联想，认为电话亭里发生了时空穿梭。"

薇薇微笑着，对她的啰唆表述展现出十足的耐心。

"但我怎么也没想到林亦溟会把这一招用在忆影里，直接来
了段'情感留白'，让观众自行发挥。"

"后来呢？公众什么反应？"薇薇问道。

"褒贬不一，有人觉得找到了生活的真相，有人怒斥这是骗
钱。宏海本就对林亦溟的所作所为非常不满，于是趁此机会把整
个团队解散了。不过这也不是什么坏事。他们本来就是年轻人心

目中的叛逆英雄，这么一来反而更有人气了，还出现了越来越多模仿他们的自媒体。"

说到这儿，吴琪沉思着摸了摸下巴。

"我一直在揣测许安杰导演想要表达什么。他的脑中是否存在清醒的意识？他是否已在引导的剧本和真实的回忆里迷失？于是，我去查了查逆浪潮的历史，结果更让我惊讶。"

"现实中，逆浪潮团队其实是由许安杰一手创建的，和林亦溟无关。你指的是这件事吗？"

原来薇薇早就知道。她在这儿接触了那么多许导的引导师，理应知道不少。

"嗯，然后我又分别查了他俩的个人信息，当年他们可都是大名人。可找来找去只有一点官方介绍，有关私人感情的事根本查不到。就算是那个年代盛行的社交软件，他俩也都不爱用。"

"你有什么想知道的？我或许可以帮到你。"

"真的吗？你可以把你知道的都告诉我吗？"吴琪又握住了她的手，她的手和上次一样冰冷。

"我尽力。"她微笑道。

"他们真的拍过那部《陌影》吗？"

"许安杰的作品名录里有，但从未上映过。"

"所以，忆影中的故事可能确有其事？很多版本里，他都亲手杀了自己的妻子……难道，这也是真的？"

薇薇想了几秒钟，回答："没有此类记录。"

"那么，林亦溟还活着？"

"找不到她的死亡记录，但她在宏海的所有信息都停留在了2059年。"

"2059……"吴琪重复道，"就是许安杰在忆影中反反复复度过的那一年。"

3 /

　　逆浪潮团队在宏海的最后一天，林亦淏和吴琪从摄
影棚里硬邦邦的地铺上醒来。她们觉得浑身酸痛，决定
出去走走。

　　虽然网络世界对逆浪潮作品反响强烈，但她们对此
的感觉还是不够真实。当她们走回宿舍区，路过感官电
影室的黑色帐篷时，有一件事触动了她们。

　　在帐篷门口，一个小女孩牢牢地拉住母亲，不让她
进去，嘴里嘟囔着："那东西会把妈妈吃掉。"

　　母亲解释了好几次："短片里说的地方不是这儿。"
女孩却难过地哭了起来。母亲没办法，只好摸了摸她的
头，牵着她的手离开了。

　　见到这一幕，林亦淏和吴琪相视一笑。

　　故事还在缓慢进行着，一个画面有时要停留好几分钟才会有丁
点变化，好像每一帧画面都是年迈的许安杰颤抖着手画出来的。

等待中，吴琪又上网搜索了起来。胡乱翻找一圈后毫无收获，毕竟是七十年前的事，在这个信息爆炸的时代早已变成了尘埃。

可越是找不到任何信息，她的好奇心就越重。她两眼紧紧盯着角膜屏幕，不知道滑看了多久，头昏眼花，但就是停不下来。

人沉迷在虚拟之中，并不关心这世界上发生过什么，又正在发生什么。如果不是亲眼看到许安杰，她也不会意识到统治了忆影界几十年的王者竟是这样一个孤独无助的老人。

这时，她的余光瞥见一个标题，好像"逆浪潮频道"几个字。她手快，已经翻过了十几条信息，于是又倒回去，反复滑动了几遍才找到了那个老土的视频标题——"众人皆醉我独醒？试试加入逆浪潮！"

点击后出现一段短片，简单讲述了几位年轻人以自己的方式拍摄忆影，上传至频道并找到同好的经历。由此看来，现实中的逆浪潮频道更像是一个扶植新人、提供展示机会的平台。

短片的最后，一只鹦鹉扑扇着翅膀飞了过来，吴琪顿时觉得亲切极了。这些天没日没夜的引导让她和现实脱节，反倒是忆影中那几个人物像是她患难与共的战友。

鹦鹉一身鲜艳的色彩，上身和尾巴处是红色羽毛，腹部是蓝色的，喙是明黄色的。它活泼地晃动脑袋，问需要什么帮助，像个 AI 客服。

一时不知该问些什么，吴琪就问它要来了逆浪潮的大事年表。从中，她梳理出一些脉络：

2059 年，逆浪潮团队由许安杰、朱云明等人创建。创建之初便势不可挡，先是在特立独行的小众群体里走红，接着感染到越来越多的年轻人，促使其加入创作，最终激起大众潮流。当时的人们相信快餐文化已走到了尽头，接下来将是文艺复兴的时代。

逆浪潮的鼎盛时期持续了二十年，最辉煌的时候一部影片的点击量超过十亿，可谓家喻户晓。受到影片故事的鼓舞，越来越多的人提倡"走出虚拟，回归现实"。此前流行的感官电影、沉浸式忆影都成了明日黄花。

不过，任何奇迹都有谢幕的一天，逆浪潮也逃不过时代的洪流。

21世纪90年代，也就是距今三十多年前，逆浪潮团队正式解散。年过花甲的许安杰在蛰伏了一段时间后重新回到宏海工作，条件是公司必须严格按照他制定的安全标准来拍摄，将忆影对人脑的不良影响降到最低。

他们终究没能撼动宏海帝国，但这也算是逆浪潮斗争的成果之一。

"怪不得年轻人都不太了解逆浪潮的事。"吴琪自言自语道。看来，忆影中有关逆浪潮的部分应该不是假的，只是故事里将功劳都归予林亦溟，还让她扮演起拯救世人的英雄角色。

虽然人在做梦的时候常常张冠李戴，但吴琪总觉得许安杰是在有意丑化他自己，让"许霖"看起来像一个不折不扣的反派。是她想多了吗？

带着越来越多的疑惑，吴琪给R11部分做了简单的剪辑和收尾调整。此时，画面切换到了这部忆影中最罕见的那个视角。

R12 记忆的香水瓶

"85%……99%……100%。"

笼罩在摄忆机发出的绿色灯光下，许霖感觉到前所未有的放松和喜悦。

最后的压制工序结束，《陌影》终于完成了。

几分钟前，李沐虹来电告诉他这部影片不可能重新上映了，因为逆浪潮团队已经抢先推出了一部反对忆影的短片。短片时长只有三分钟，却让人们体验到了自发的情感，更令他们意识到忆影乃至当今的娱乐业是如何步步蚕食这种情感的。舆论风向已经彻底改变。

他平静地说，自己并不在乎。

她不解地问："你为什么一定要完成《陌影》？"但是没等他回答便挂了电话。

许霖看着镜子里的自己，神情变得忧伤。

他没有想过这个问题。应该说，是从未觉得有必要去想。这件事就好像流淌在血液、扎根在骨髓、编码在基因里的一个信念，就像机器人被输入的第一条不容置疑的法则。

"因为，这是她的梦想。"

什么？！吴琪惊诧不已。正当这时，系统弹窗跳了出来：

影片时长已达到规定，请尽快提交。
引导用时：224 小时
已提交人数：98 人

半个多月的拉锯战终于结束了，她应该高兴才对。如果现在提交，说不定还能得个高分，可是她不想打断许导难得一见的主动表达。

"对不起。"许霖自言自语道。

他踏出古宅大门，穿过蜿蜒的庄园小道，离开他为妻子建造的世外桃源。

"那时的我太软弱了，无法包容全部的你。"

庄园外面并非那个千百栋大楼连成的庞大集区，而是一个普普通通的产业园区。几十栋参差不齐的楼房用原始的廊道连接起来，窗外还能看到破落的废墟。百废待兴，仿佛穿越了时空。

"如果，我愿意用余生去忏悔……"

眼看着时间一分一秒地流逝，完成比赛的人数不断增加，吴琪却迟迟无法按下提交键。为了缓解焦虑，她选择继续和鹦鹉对话。

"你知道逆浪潮是怎么创建的吗？"

"是在 2059 年……"虽然知道鹦鹉的背后只是 AI，但总感觉它的声音有点像朱云明。

"我是指更详细的情况。"吴琪补充道，"比如，真是在一个废弃的摄影棚里创建的？"

"对。"它顿了顿，"你怎么知道？"

第一次被 AI 反问，吴琪有些惊讶，张了张嘴，却说不出口。于是她随便编了个理由，说自己是逆浪潮的狂热粉丝，正在为了写论文搜集资料。

"哦，那真不容易。是的，非常准确。就是在一个废弃的摄影棚里。"鹦鹉打开了话匣子，鸟喙快速地一张一合，红冠也随之抖动了几下，模样煞是可爱。

"许安杰这么大名鼎鼎的导演，竟然召集了我们这群被边缘化的小人物，说是要开创一种新的拍摄忆影的方式。我们当时都以为他是悲伤过度、精神失常了。所以，一开始没人愿意配合。"

"抱歉，我想打断一下。为什么他会悲伤过度？"

"因为他的妻子——林亦溟，那会儿刚刚失踪。"

失踪？！原来这件事也是真的。

"我们磨合了好长一段时间。许导是个非常细心的人，愿意倾听每个人的想法。"鹦鹉的语气很是动情，"他花了很多时间搜集大家的背景资料，把我们那群融不进时代的人聚集到一起，试图力挽狂澜。后来，每个成员都心甘情愿地为他拼命。"

这些话佐证了吴琪的猜想。"他是不是经常对你们说些鼓舞人心的话？"她想起球场边林亦溟和朱云明对话的那一幕，"比如'只有尽力为别人活过，才能无愧于心'。"

没想到，对方竟笑出了声："那倒没有，他不会那么肉麻，说的都是非常质朴的话。"

吴琪低头想了想，也许忆影也像传统电影一样会在细节中加入戏剧效果。

"有个问题我不知道该不该问。"

"请随意。"它说，"这个频道不知多久没人访问了，说实话，我可寂寞了。"

"你……是朱云明本人吗？"吴琪觉得对方的反应太过生动，实在不像 AI。

"没错。"

她倒吸了一口冷气。听这年轻的声音，难道有什么返老还童的技术？

"但只是我很小的一部分，这是我在去世前所做的一个尝试。将记忆以数据化的方式取出，再加上过去我在各媒介上使用过的语言，模拟出我的人格。尽管团队已经解散，我也不在了，但这个频道还是能支持想要投身逆浪潮的新人，为他们答疑解惑。"

原来，朱云明已经去世了。

刚找到的线索又断了，吴琪感到很失落。她抬头看看引导器的屏幕，忆影画面变得越发超现实了。

"亦淏，原谅我，好吗？"

许霖穿过廊道，进入一栋方方正正的宿舍大楼。

打开门，纯白的屋子，象牙白花瓶里放着一束永生花。一个穿着白色连衣裙的女孩背对着门口。

"原谅我，好吗？"

她摇了摇头，似乎在生闷气。

"原谅我。"

她回过头，露出青涩的模样，双手放在身后摆动着，炯炯有神的眼睛里充满了对世界的好奇。

"你最喜欢谁的电影？"他发现自己也变回了年轻时的声音，语气里带着羞怯和按捺不住的期待。

"希区柯克。"

"最喜欢的台词呢？"

她的大眼睛转溜了一下，回答道："我希望能发明一种瓶子，把记忆像香水一样装在里面，让它永远不消失、永远保持新鲜。"

他慢慢向她靠近，迷离的声音盘旋耳边。

"记忆像香水一样……"

周围的光线暗了下来，画面淡出，只剩声音。

"永远不消失……"

吴琪来到窗户边上，望着那位雪鬓霜鬟的老人。不知是不是心理作用，他的眉间好像比平时更皱了一些，仿佛正在努力思考着什么。这能表明他有意识吗？

她陷入了两难。这些混乱的画面和对话无法作为成品的一部分，拖延下去只会拉低比赛分数。可要是就此结束，或许就再也没人能听见他的心声了。

但凡他的大脑有一秒钟的清醒，那一秒钟便是孤独的深渊。

她不敢细想。

"还有什么我能帮你的吗？"鹦鹉向前探探脑袋，好像对着她的角膜屏幕啄了几下。

吴琪觉得心虚，转身离开了窗边。虽然"朱云明"看不到她所看到的景象，也并非有血有肉的真人，但她总觉得它是和许安杰同甘共苦、联结至深的灵魂。要是让它知道自己是许安杰的引导师，不仅对这位老人的状况不闻不问，还不停地压榨着他的脑细胞……这么一想，愧疚感更是灌满了她的心。

"你刚才说要写论文，主题是什么？"鹦鹉问。

她结巴起来："主……主题是……"她对逆浪潮的全部了解都来自忆影，再多说两句估计就会穿帮。于是，她急中生智地回答道，"是许安杰的感情生活……"

"啊？"

"对他作品的影响。"她急忙补了一句，"是他的感情生活对他作品的影响。"

"你是指林亦溟？"

"嗯，如果他只有这么一个对象的话。"不知是紧张还是好奇心作祟，她的心怦怦直跳。

"就她一个，但……"

"怎么？"

"其实，许导很少提起他们两人的私事。"

"他这么忙，是不是对家庭不够重视，所以两人渐行渐远？"

"恰恰相反，"鹦鹉斩钉截铁地说，"林亦溟才是个工作狂。"

吴琪一惊，这时才意识到忆影中的两人不仅身份有点错位，就连性格也可能如此。

"众所周知，她是个谜。有人觉得是她成就了许安杰，也有人坚信是她毁了他。虽然我消息灵通，但既然许导不想公开，我就不去碰。这是我们之间的默契。"

她像个提错问题的孩子，诚恳地点了点头。

"不过，如果你有兴趣的话，我倒是可以告诉你他们在工作上的一些分歧。"

吴琪的眼里冒出光来，像追星族一样不放过偶像的任何信息。

"这可能有些复杂。"鹦鹉说，"如果说林亦溟相信'绝对的完美'，那么许导就是在追求'不完美的真实'。"

她眨巴着眼睛，表示在认真倾听。

"许导一直在避免人类沉溺于幻想。他认为，一个人的记忆皆为虚幻，只有社会的共同记忆才有意义。人脑有着复杂的记忆功能，就是为了让人适应社群生活。

"发明忆影，是为了阻止人们迷醉在感官电影中。而当忆影越来越逼真的时候，他希望收手。因为这会剥夺人们的创造力。一个没有创造力的社会必将走向衰落。"

这一股脑儿的阐述没给吴琪喘息的机会："我不明白，忆影这么丰富，怎么会剥夺人的创造力？"

"好问题，这就是两人分歧的关键。"鹦鹉扑了扑蓝色的翅膀，"许导的想法是，如果整个社会都在享用同样的人造记忆，不管多么丰富多彩，大众的思维模式乃至人格都会趋于相同。这违背了人类生命存续的关键——变异与进化。

"而林亦溟则站在他的对立面上，相信这恰恰能拯救世人贫瘠的灵魂。她认为，只要能将作品做到完美，覆盖整个情绪图谱，就可以刺激人类日益钝化的大脑，促使人类'进化'。"

"问题是，这种'进化'的成功率能有多高，每个人的承受极限又在哪里？"吴琪想起 R7 里的台词，鹦鹉学舌般地说，"除非林亦溟将人类视为整体。只要一百个观众里能有一个人成功，剩下的九十九个人都可以做牺牲品。这就是所谓的……"

"伊甸园计划。"红色鹦鹉睁大了眼睛瞪着她。

吴琪抿了抿嘴，觉得难以置信，现实中真会有人提出如此极端的想法。鹦鹉却说，就连许安杰也认为这个想法本身没错，只是他觉得人类还没有到穷途末路，还有更好的办法。

"更好的办法，指的就是逆浪潮？"

"是。"听到那三个字，鹦鹉的眼睛竟湿润了起来，"我们经历过成功，也面对过失败。世界的发展速度越来越快，但我相信任何一个时代都会有逆流，进而汇成巨浪。"

吴琪觉得自己好像也亲身经历了那场电影革命，感慨万千。可是，有个疑问很快打断了她的情绪："既然如此，许导为什么又回到了宏海呢？"

"为了完成林亦溟的遗愿。"它低着头，露出些许哀伤。

"遗愿？！她也已经……"

"那年林亦溟失踪，就再也没回来。虽然没找到她的遗体，但警方默认她已经去世。"

　　当画面的光线再度亮起时，镜头也切换回了古宅。许霖似乎从一开始就没有走动过，一直看着镜子里的自己。

　　只是，那张脸呈现出十足的疲态，皱纹像树的年轮一样一圈又一圈地往外蔓延，松弛的眼睑把眼睛遮住了大半，头发也变得干枯灰白。接着，他挺直的身子佝偻下来，腿脚也变得孱弱无力。最后，他倒在了病榻上。

　　"你想要保存记忆的瓶子，我就发明了忆影。"他的眼里含着泪光，"我知道每个人都需要梦境，却不知道你会陷得如此之深。"

他费尽力气从床上爬起来，拖着沉重的步子走到客厅。壁炉里燃着旺盛的火焰，他用火钳从中央夹出一根木柴，缓缓地举向空中，点燃了厚重的窗帘。

"如果……没有真实的记忆将我们联结……"他用嘶哑的声音低语着，"人类将活在各自的故事里……永远没有交集。"

镜头一转，一辆老爷车正在驶向庄园的路上。

吴琪一眼就认出了这个画面，她在许安杰卧房的荧幕上见到过这个场景，那是《蝴蝶梦》的结尾。

天空反常地亮了起来，好像早起的太阳渐渐上升，想要吵醒安睡的人们。然而，那光芒反常地摇曳着，灰黑色的烟雾从树林背后飘然升起。原来，那不是太阳，而是火光！

老爷车加速驶向曼德利庄园，但抵达的那一刻，古宅已经陷入熊熊烈火。刹那间，一扇哥特式窗户发生爆裂，耀眼的火光好似一头贪婪的巨兽，掀开砖瓦铺盖的房顶，直冲天际。

所有场景在烈火中发生扭曲，此时宛如一个长镜头，沿着旋涡形的轨迹拉近，突然一个人影出现在二楼西厢的落地窗内。

他仿佛察觉不到大火的存在，站在窗后落寞地眺望着远方的大海，像是在等待谁的归来。

"真正的天堂，是我们失去了的天堂。"

这是他最后的独白。

啪啪啪啪……

一阵掌声将吴琪从令人震撼的结局中唤醒了。她发现自己的脸上挂着泪珠，赶忙擦拭干净。

"有趣，有趣！"不知何时，引导器屏幕上出现了一个工作人员，"这还是我第一次见到许安杰的忆影里火光四起，有如此壮观的画面。"

吴琪仔细一看，这不就是前两天见过的李主管吗？她今天的妆容淡了些，五官显得更真实，让吴琪觉得有些眼熟。

"怎么了？"见她一直发愣，李主管关切地问道，"影片十分钟前已经自动提交，你却坐在这儿一动不动。是哪儿不舒服吗？"

"哦，没有，刚……刚才……"吴琪紧张得舌头打结。

再仔细看了两眼，她发现李主管眉宇间有点像忆影里的李沐虹，只是因为年龄和身形的差异而不太明显。她们都姓李，该不会是亲戚吧？

"你的作品我一直有关注，很不错。"她语气中有着充分的肯定。

"我有希望赢得比赛吗？"吴琪按捺不住内心里的激动。

"需要等领导的最终审核。"

"那……"

"还有什么想说的？"

"我想提一个小小的要求……哦，不是，是建议，小小的建议，呃……"

"说吧。"

吴琪犹豫了一下，同时想起哥哥以前说她这样多嘴的性格将来一定会吃亏。

可是，如果这位李主管真的是李沐虹的亲戚，甚至是她的孙女，应该不会对许安杰的痛苦视而不见。于是她鼓起勇气说道："我觉得许导已经不堪忍受了。"

"嗯？"

"他不停地说自己已经'枯竭'，用混乱的逻辑和台词来抗议。刚才那壮烈的画面也很可能是在表示……"

"我想你一定是搞错了。"李主管面带微笑，语气却严肃了起来，"许安杰的主治医生说他现在处于重度昏迷，在非引导状态下意识极其稀薄。拍摄忆影不仅对他无害，还对苏醒有一定帮助。"

"可是，我和他的记忆相处了数百个小时，能明显感觉到他的压抑和绝望。"发现主管并不想听，吴琪焦急起来，"你注意到他最后的眼神了吗？他看着镜子里的自己慢慢老去，眼里又是惊恐又是仇恨。他让自己葬身火海，似乎是在竭力告诉我们，他已经意识到了真相，他希望以死解脱！"

"想象力很丰富。"主管轻描淡写地说，"不过还是谢谢你的建议。我们会对他的状况进行仔细观察的，希望你也能做好你的分内事。"

吴琪的心沉了下来，明白对方的意思是让她不要多管闲事。

"你很有天赋。"李主管读出了她沉默的意思，转而赞美道，"作品里人物形象饱满，引导节奏恰到好处，剧情走向超乎寻常。假以时日，或许你能成为忆影界的新星。"

吴琪礼貌性地表示了感谢，然后起身准备离开。

"前提是要收起你的好奇心，"主管目送着她说，"别入戏太深。"

这恐怕很难做到，吴琪心想。她从小就因这种性格吃了不少亏，母亲也因此更偏爱哥哥，但她从没想过要做出改变。

走出引导室，她觉得头晕目眩。天昏地暗的两周过后，现实生活反而令她有点不习惯。

来到休闲区的楼下，她以为自己会进员工食堂，然而并没有。

她也不想立刻回到那个狭小的宿舍，于是径直走向大楼后方的虚拟花园。说是花园，其实就是个二十平方米左右的玻璃棚，白天这里有不同植物和蝴蝶的影像，到了晚上则会闪烁起人造的星光，让千姿百态的花卉笼罩在银白色的光芒之下。

可惜的是，愿意来这儿休憩的人越来越少，疏于管理的"星空"也越发黯淡。对年轻人而言，这些星星和在感官电影里触手可及的星球比起来逊色太多，他们并不觉得浪漫的事物必须真实。

吴琪开始怀疑，自己的职业选择是不是一个错误。她学习引导是想丰富人的内心，而不是将它封闭。如今的忆影，不过是在有限的想象空间中不断模仿过去，再也不会产生新生事物。

那些哗众取宠的套路可以吸引眼球，却无法感动人心。许导的忆影之所以无人替代，是因为故事里蕴含着真实的经历、真实的感情、真实的痛苦。

她坐在虚假的花草之间，深深呼吸，仿佛能闻到清新的芬芳。这时，她打开角膜屏幕，回到刚才的窗口，点了点静止的鹦鹉头像。它抖了抖身子"醒"了过来，浑身的羽毛变得油亮。

林亦溟的死，是许安杰造成的吗？

吴琪很想这么问。若非如此，便很难解释为什么他过了几十年仍处在愧疚中，即便昏迷不醒也要在忆影中赎罪。然而，鹦鹉就算知道答案也不会告诉她。从忆影里看来，朱云明是个信守承诺的人。

于是，她换了个问题。

"你刚才说林亦溟的'遗愿'，指的是那部《陌影》吧？为什么网上找不到片源？"

"因为林亦溟设想的真实忆影太过超前，那部影片并没有完成。"鹦鹉转过身，将翅膀摆在身后，像领导似的走了两步，"以目前处理器的运算速度，要完全模拟人脑还远远不够。本质上来说，只要我们无法破译大脑，就无法造出真实忆影所需的摄忆机。她当初是怎么计划的已经不得而知，但许导研究多年，还是以失败告终。"

"怎么可能？"吴琪吃惊地说，"真实忆影不是几十年前就有了吗？"

"那是宏海推出的残次品。虽说有残缺，商业上却极其成功。为了区别于真实忆影，我们一般将宏海的残次品统称为'新忆影'，它们主要通过人工智能的深度自学来研究人脑，再用扫描的数据来模拟记忆和情感。"

吴琪明白过来，新忆影才是她所学的忆影类型。引导器对于人脑的描摹就像画画，而林亦溟所设想的摄忆机应该更像在摄影，要完完整整地记录人脑信息，不加任何主观臆断。

怪不得她一直觉得许安杰所描绘的《陌影》像是次世代的产物，于是感叹道："林亦溟的理念竟然超前了七十年，哦不，等真正发明出来的时候或许已经过了一个世纪。"

"不是理念超前，而是发展停滞。"鹦鹉展开双翅，做出起飞的姿势，"记得我之前说的'剥夺创造力'吗？许导担忧的事已经发生了。在我们看不见的深处，钝化的影响已经不可挽回，甚至制约了基础科学的突破。"它不停地扇动翅膀，脚却停留在原地，"说不定在未来的人看来，过去几十年是人类艺术的最后一个高峰。他们长久地沉浸在那些精彩绝伦的忆影里，但因为不是亲身经历，他们无法从中得到成长和升华，也无法在年长后的回顾中得到新的感触。"

这时，鹦鹉好像突然想起了自己的双脚，于是把脚收拢、抬高，做出飞行的姿态。可因为背景画面空无一物，所以不管怎么飞翔，看上去都像是在原地踏步。

"放弃《陌影》那天，许导对我说，他终于明白大脑只有在人的躯体里才能发挥完全的美，任何脑机连接方式都无法超越神的造物。"它的语气充满了无奈，就和那飞翔的姿势一样。

"他说：'任何一部虚拟作品都来自艺术家自身的真实体验。可是下一代、再下一代，不被虚拟世界浸染的人只会越来越少。最终，富有创造力的艺术家将成为一种稀缺资源。那时，不知他们会有怎样的遭遇。'"

听到这里，吴琪倒吸一口凉气，咳了几声。许安杰早就料到了这样的未来，却没有料到自己也是其中一员。

"你还好吗？"鹦鹉停止了飞翔，关心地啄了啄屏幕。

吴琪又咳了几声，大脑好像短路了一样。

"抱歉，跟你说了这么多无趣的话。"它眨了眨眼睛，"很惭愧，我当年自誉为'八卦之王'，却没帮到你什么。"

想起忆影中又黑又壮的朱云明被揭穿是"鹦鹉"那段，吴琪咳着咳着笑了起来。她平了平气息，对他表示感谢，并说论文资料的事不用担心，她会继续搜集。

"你能问的人恐怕不多。"它说，"许导生前接触过的人很少。逆浪潮团队解散后，各成员散布世界各地，继续追逐各自的理想。我听说陆勇和儿子团聚，得以安享晚年；Anti 成了音乐人，还组建了一支神秘乐队。至于那对古灵精怪的双胞胎姐妹后来做的，我都搞不清是什么艺术。总之，和许霖一直保持联系的只有我……啊，对了，还有李沐虹，我给你找找她的联系方式。"

吴琪点点头，但没抱太大希望。照忆影里的情节来看，李沐虹对许安杰的私事应该也不甚了解。

"奇怪，查无此人。没有退休记录，也没有死亡记录。"

"没有死亡记录……和林亦溟一样？她们会不会只是离开了

宏海集区？"

"不，世界上的所有集区应该都有信息联网。况且，李沐虹在宏海一直顺风顺水，这样的保守派没理由选择离开。"

鹦鹉静止了一会儿，似乎在进行更大范围的搜索。吴琪不好意思打断它。不知不觉中，她已经把它当真人看待了。

"还是没有。"它思考了一会儿，"啊！我知道了，她有可能悄悄改了身份。宏海有些高管就爱干这事，决策错误时为了逃避责任，宁愿大费周章地换个身份。毕竟李沐虹也常常被当枪使，上司还是那个不按常理出牌的家伙。"

"你是说白龙？"

"噢，你连他都知道？真是做足了功课。"鹦鹉又静止了一会儿，突然怪声怪气地说，"呵，他倒是活得好好的，钝化症晚期，在艺区精神卫生诊疗中心待着呢。"

吴琪听到"晚期"两字一下子泄了气。和许安杰同时代的人都已经百来岁了，即便活着也会因严重的钝化症而难以交流。尽管如此，鹦鹉还是将白龙的名片发给了她，并祝她好运。

它说："要是那小子，哦不对，那老头儿还能说话，肯定比我更啰唆。"

4

嘟——嘟——

视频电话接通，屏幕上出现一位金发碧眼的美女。吴琪忙说自己拨错了，挂了电话。过了一会儿她才意识到，以白龙的地位，有个秘书帮他接电话再正常不过了。

她咬咬牙，厚着脸皮再次打了过去。

"您……您好。"她吞吞吐吐地说，"冒昧来电，我想找白……白先生。"她知道白龙不姓白，但查不到他的真名，只得将错就错。

"你找我什么事？"金发美女发出了壮年男性的声音，听着和忆影里白龙的声音有点像。

吴琪有些摸不着头脑。难不成现在有钱人都流行把记忆移植给 AI，然后挑出来的形象还都和本人完全不一样？

这时，她发现美女头上有几根头发，像触碰了静电球一样竖起来，长长地通向她的背后。四周是浅粉色糖果质地的墙面，几朵棉花云悬挂在半空中，像个古时候的婴儿房。

"咳咳，换这个声音是不是好多了？"金发美女的声音从壮年男性转变成了年轻女性，并侧过身来让吴琪看她的背后。

那儿有一张高级病床，上面躺着一个老人，头部连接着许多根细丝。恐怖的是，这些细丝与美女头上那几根竖起来的头发接连在了一起，还在空中上下飘荡！吴琪差点儿尖叫起来。

"你找我什么事？"美女又用回男性声音问了一遍。

"别怕，别怕。"吴琪自我安慰道，"多看几眼，就没有那么触目惊心了。"

自己好歹是个引导师，平时接触的也是一流的脑科学装备。眼前的 AI 技术其实和引导器差不多，都是从人脑采集数据后分析处理，还原出他脑中的语言、画面等。只不过，这种 AI 大多只是个程序，只有有钱人才会硬要做个人形来。

"我是林亦溟的影迷，想来请教一些关于她的事。"这话说得连吴琪自己都觉得可疑。谁会无缘无故关心一个几十年前的女演员？她想了想又说："如果不方便的话……我就先挂了。"

"请稍等。正在做出积极反应。"AI 美女用女性声音回答。她的瞳孔泛灰，连接两"头"的金色长发如波浪般规律地起伏，像在互相传递信息。一边是机器对白龙的大脑发出刺激，一边是白龙向机器缓缓地发送脑电波信号。过了好几分钟，她才重新开口。

"你可以问十个问题。"

"十个？"

"是的。主人认为这个话题令他愉悦，所以给你十个问题的限额。"这句话听着更像是 AI 美女的解释，而非"主人"白龙的原话。

"现在开始，第一个问题。你有五秒钟时间。"

什么？五秒！吴琪还没搞懂现在是什么情况，脑袋里乱成一锅粥。

应该问些什么？直截了当地问林亦溟的情史吗？白龙就算退休了也是她的前领导，要是发现她的参赛者身份……

"两秒。"

"林亦溟！她……"吴琪哆嗦了一下，飞快地想了一圈问题，可是想问的一个也说不出口。来不及了！

"她最喜欢的电影是什么？"这几个字刚从嘴里蹦出来她就后悔了，"其实我知道，是《蝴蝶梦》。"吴琪一脸尴尬地说，"自己答出来的问题可以收回吗？"

金发美女投来一个鄙夷的眼神。"希区柯克？许安杰的老土口味……林亦溟可受不了那种无处不在的'男性凝视'。"她的声音慢慢切换成了男声，语速也随之变慢，"她喜欢的电影……有很多，非常多……一定要说一部的话……《穆赫兰道》吧。"

吴琪记得忆影中提到过这个片名："那是一部关于梦的电影。"

"没错……影片上映于2001年，是'惊奇世纪'的开端。嗯，一个令人惊奇的世纪……美梦、噩梦、金子、垃圾、科技、灾难、希望、绝望……啊哈哈哈……"

声音又变回女人的："21世纪最初的20年是个百花齐放又良莠不齐的时代，是过往的坟墓，也是后现代的摇篮。人们意识到信息革命将导致社会深远变化，却无法预料爆发的科技将带文明去向何方。"她的声音又渐渐变粗，好像意识在那飘逸的发丝间来回游走，"就和林亦溟一样阴晴不定，是个十足的矛盾体。"

"第二个问题。"女人的声音说。

白龙的回答让吴琪有了一些准备时间。她问道："林亦溟一开始是情感演员吗？"

美女微笑着，用手指给她打了一个对勾表示正确。屏幕上出现一些闪闪亮亮的浮夸特效。

"她是个性格沉闷，不爱和人交流的人吗？"

对方两个食指交叉，嘴角朝下，表示否定。

这么看来，她和许安杰在现实中的形象与忆影里的并非完全相反，而是复杂地纠缠在一起，好像你中有我，我中有你。吴琪思量着，提出了下一个问题："林亦溟是否患有情感淡漠症，也就是钝化症中的一种？"

美女漫不经心地摆弄着她的指甲："你的问题都太无聊了，主人决定减少额度。"

"什么样的问题才不无聊？"吴琪惊讶地问。没想到，白龙都这个岁数了依旧是个老顽童。

"有趣的问题。"女人回答，"告知一下，你又用掉了一个额度。"

"我还没问真正想知道的事呢！"

"唉，太慢了，现在只剩下最后一个问题了。快问吧。"

这下，吴琪脱口而出："林亦溟和许安杰之间究竟发生过什么？"

"问题太过宽泛。"

"许安杰有没有做出什么伤害她的事？精神上的，或者……肉体上的。"她说不出"谋杀"两个字。

这时，电话那头传来一阵像轮胎漏气一样的"噗噗"声，这声音拖得很长，到最后变成了几声"咯咯咯"，吴琪才发现那竟然是笑声。这谜一般的声音显然不是 AI 能够模仿的，而是来自病床上那位老人。

"看来你还有很多问题，我就不逗你玩了。"金发美女再次发出了白龙的声音，"只是，在我回答你之前，你先回答我一个问题。"

视频通话的镜头给了老人面部一个特写。如果不是他面带微笑，吴琪根本看不出他那苍老的脸和许安杰有什么差别。人到了那个年龄，眼睛都完全陷在了皱纹里，像沙漠中的最后一点绿洲，隐隐地透露出背后的灵魂。

"你就是那个令人瞩目的参赛女孩吧？"

吴琪一听，吓得立马挂了电话。

一周后，她接到通知，要去李主管的办公室进行面谈。在那里，她被告知获得了选拔比赛的优胜，已经被宏海录取为引导师。

梦想成真，她却一点儿也高兴不起来。因为公司派给她的第一项任务是在一个月内为许安杰引导五部忆影，他们会从中挑选最好的一部进行公开发行。

"对不起，我做不到。"

李主管苦口婆心地劝她："你的共情能力很强，这是你的天赋，不要将它用在无意义的地方。"

"无意义？"她气愤得手不住地颤抖。

"吴琪，听我说。"主管握住她的手，"你正在经历一种叫作'替代性创伤'的心理病症，这在引导过程中偶有发生。你高强度地接触记忆者，体验到大量的负面情绪，因此自己的精神也产生了负担。这个时候你应该学会分清，什么是忆影、什么是现实。"

"我明白了，你一点儿也不关心许安杰，这里所有的人都不关心他！"她的情绪有些失控。

"那么，你又能做什么？所谓的关心，就是去挖掘一些几十年前的事？"

吴琪愣住了。这就是找她来会议室面谈的原因，像她这样的小员工入职其实只需要发个信息就够了。主管一定是从白龙那里知道了她在调查真相的事。

"能说的我都说了。"李主管挥了挥手，办公室的门自动打开，"你好自为之吧。"

说完，薇薇走了进来，作为接待员将她领出门外。等门一关上，吴琪深深叹了一口气，告诉薇薇她们刚才的对话，可薇薇却说："李主管让我通知你，工作时间从 10 点开始。"

"我才刚离开办公室，为什么她还要让你转达？"吴琪不解地问。

薇薇面无表情："我会在你上班之前给许安杰导演完成睡眠清洗。"

"睡眠清洗？什么意思？"

"让记忆者快速进入深度睡眠模式，关闭大部分神经元活动，改变大脑里的血氧浓度，然后让脑脊液涌入大脑，完成一波清洗。这样可以保证你在引导的时候，他的大脑里不会有上一个故事的残留。"

吴琪想问她这是怎么了，为什么这么冷漠，她却急匆匆地往许安杰房间的方向赶去，留吴琪一个人站在小小的光环中，面对着黑漆漆的走廊。

"睡眠清洗"，光听解释就让人毛骨悚然。难以想象，宏海是这样想方设法压榨一个毫无抵抗能力的老人的，就连睡眠也变成了一种需要缩短时间的"工序"。吴琪无法静静地在休息室里等候。

许安杰的卧房就在李主管办公室的下面几层，吴琪选择走楼梯和薇薇错开，在她进入设备间准备的间隙，蹑手蹑脚地走进了无人的引导室。吴琪躲在窗边，这儿不仅能看见他的病床，而且因为角度关系，薇薇走进卧房时应该也看不见她。

此时，两个房间都非常安静，她侧着耳朵能够听到那边医疗器械运作时的"嘀嘀"声。过去那段时间，她就是伴着这样寂寞的声音独自工作着的，接下来，这种生活或许还要持续很久。为了生存，为了救父亲，怎样的辛苦和空虚她都能够承受。但她不能失去了解真相、说出真话的权利。

突然，卧房的门打开了，但不是那扇古色古香的木门，而是病床侧后方墙壁上隐藏的机械门。这让吴琪猝不及防。

她看见薇薇一脸冷酷地朝她走来，急忙想要解释，没想到薇薇快走到窗边时一转身坐在了许安杰的床头。原来，窗户是只能单向透视的玻璃。吴琪松了一口气。

可是很快，她又感到不寒而栗。薇薇看着昏迷中的许安杰，嘴角上扬，但脸上其他部分不带丝毫笑意。这让她想起了忆影中那个自称"引导师"的接待员。

下一秒，病床旁机器的显示屏自动亮了起来，上面显示一张大脑的截面图。只听一声熟悉的"哔嘀——"声，薇薇的短发竖了起来，并快速往外延伸，然后连接到了许安杰的大脑上。

吴琪惊恐地捂住了嘴巴。怎么可能？连她最喜欢的朋友也是机器人？！

有传闻说宏海会在三年内用 AI 取代所有底层工作人员，或许是真的。这意味着如果她只是个打杂人员，三年以后就会被扫地出门。

这时，许安杰的大脑截面图出现了变化。红色血液快速流出，将薇薇一半的头发染得鲜红。与此同时，她另一半的头发里则流淌着蓝色的液体，这应该就是她说的脑脊液。

这些液体涌入他脑中，把原本属于血液的空间填满，迅速进入又迅速回撤，将前一晚的记忆全部清理了。因为那些记忆已经被筛选并制成了高价商品，妥善地储存在忆影库里，无须再占用这位伟大导演的脑容量。

随着又一声"哔嘀——"，AI 与他断开连接，很快离开了卧房。这个特殊的信号声循环反复地在许安杰的耳边响起，让他意识到自己正毫无尊严地活着。

每个人都是这台庞大机器上的一颗小小螺丝钉，是无意义的存在。

想起李主管用高高在上的态度阻止她继续调查，吴琪便怒不可遏，随即拨通了白龙的电话。

"我是吴琪，是忆影比赛的参赛者。怎么样？你们如果想辞了我就明说，别把人玩弄于股掌之中！"

"呵呵……你还是那么精神。"不知为何，之前那位金发机器人并没有出现，床上的白龙发出缓慢而沙哑的声音，"别担心……公司的事……早就丢给我那群蠢孩子了……不会……把你的事告诉别人。"

看他说得那么吃力，吴琪不禁有些内疚。年事已高的他应该不会说谎。

"有多少钱啊……都比不上有一个倾听者。"他的脸上浮现一丝微弱的笑意。为了支撑起这一笑，他面颊上的肌肉都在颤动。"林——亦——溟——"

说到这儿时，似乎有半口气没吸对位置，他又咳嗽起来。"提起这三个字……我心中就充满感伤。"他非常艰难地吐出这句话。

吴琪连忙说她可以等他方便的时候再打过来，可白龙却吞了吞口水，努力把话说完："见过她的人啊，再也无法爱上其他人……"

就这样，吴琪和白龙开始了断断续续的交流。

白天，吴琪不得不承受着巨大的心理压力，对许安杰进行忆影引导；晚上回到宿舍，第一件事就是打开白龙的录音，听他一天中时梦时醒的回忆。

一开始，白龙的声音模模糊糊，没说几句就得停下来歇息。语言支离破碎，要拼凑起来才能听出个大概，然而他的讲述和吴琪的提问没什么关系，如同一个寂寞老人，自言自语地追忆着故人。

他说，林亦溟是个天生的创造者，热爱所有新潮的事物、新奇的技术、新鲜的情感。

情感演员本是一种高危职业，普通情感演员往往擅长表现某一种情感，但是接多了同类型的戏，很快就会对那种情感产生钝化。这就像过去的小童星和喜剧演员一样，幕后真实的模样往往与台前形象截然相反。

然而，林亦溟却不知疲倦地演绎着各种角色，任何新入库的记忆她都想尝试一遍，好像一天感受一种人生才能填满她的心。她喜欢实验派的传统电影，强调场景、光线、感受本身，也酷爱先锋音乐，那些迷离的、荒谬的、如梦似幻的作品。她每一天都在改变。如果几日未见林亦溟，就需要从爱好谈起，重新认识她。

这种空泛的描述持续了好多天，到最后吴琪都不知道白龙描述的是一个人，还是奇人异事的集合体。令人欣慰的是，白龙的说话时间在这过程中逐渐变长。

说起林亦溟和许安杰的关系，他觉得两人根本就是两个星球的人，不知道是怎么走到一起的。由于许安杰不爱社交，将所有与工作相关的接洽都交给了妻子，因此林亦溟和白龙的接触机会不少。白龙得意地说，自己比任何人都更了解林亦溟真实的一面。

"她爱他……也恨他。"白龙说。这对夫妻经历了数次分手和复合，一开始是大新闻，后来媒体也不怎么报道了。她敢爱敢恨，渴望体验一切能够体验的事，然后死去。然而，也许再狂躁的灵魂也需要避风港吧。兜兜转转，她每次还是会回到许安杰的身边。

过了快一个月，白龙已能和吴琪直接通话了。

"你上次……是不是问过我什么问题？"

她再问了一遍，他又发出了和上次同样的笑声。

"伤害……这可说来话长咯……"他缓缓地从被窝里伸出一只手，哆哆嗦嗦地放到眼睛边上，揉了一揉。这还是吴琪第一次见他动弹。

"林亦溟不甘心只做演员，认识许安杰以后就学起了他的看家本领来。那些和大脑相连的设备……名字我全忘了，她经常拿自己做实验。人们都说许安杰伟大……但其实，他只是紧紧跟着她的脚步。"

白龙伸了伸食指，枕边的仪器马上将一根管子送到他嘴里，为他补充水分。喝完，他说："噢，抱歉，我又忘了你的问题。"

吴琪重复了一遍。

"哦对，我想说的是……两人的想法慢慢出现分歧，有一次发生了严重的争吵，而导火索……"他再次发出了"噗噗"的笑声，"是一本古书。"

"古书？"

"里边全是晦涩难懂的长篇大论……说是关于记忆的，洋洋洒洒写了几百万字……那段时间和林亦溟通话简直是噩梦，每次都会给我读上一大段。"

"那本书的名字是不是叫《追忆似水年华》？"

"啊，好像是这个。"

这下，吴琪明白了"许霖"总在念叨那些话的原因。

"看完以后，她就常常感叹旧时人们的思想丰硕。那句话，她好像是这么说的……"白龙想了很久，没想起来"那句话"，这次通话只好作罢。

又过了几天，他才把林亦溟的原话想了起来："那样的辉煌已成往日，人类文化步入了暮年。"他磕磕绊绊地复述道，"而我，想给人类留下一个伊甸园。"

又是"伊甸园"，吴琪心想。此前，她觉得这个词背后藏着一个危险的计划，而现在却听出了无限的惆怅。究竟哪一方更正确？

"接下来，一个记忆者的出现打破了两人之间最后的平衡。我想，这段故事你应该非常熟悉。"

"卡普格拉妄想症……"吴琪立刻明白了他的意思，"真有那么奇特的病人？"

"世上无奇不有。从那以后，光宏海集团就收集了不少特殊的记忆者。从稀有的精神病例，到被判重刑的罪犯，还有一些无法动弹的老人，是他们支撑着忆影这个表面光鲜的行业。"

"因为这些人可以任人摆布。"吴琪愤愤不平地说。

白龙沉默了一会儿，用凹陷的眼珠子盯着她，似乎看出了什么。

吴琪又问道："你知道我熟悉这段故事，说明已经看过我引导出的忆影。你不觉得这位病人的记忆很奇怪吗？"

白龙的头微微动了动，不知是点头还是摇头。

"我看过他的年龄，他出生于核灾难发生以后，可他的记忆里出现了很多现实中早已不存在的事物。比如海边的古镇、实体的娃娃、下雨的街道，还有画家这种早已消失的职业……"

"所以？"

"我认为那个故事与现实中的卡普格拉妄想症患者无关，而是许安杰导演痛苦的投射。"吴琪抿了抿嘴，"对不起，我不该说这些。"

"小姑娘。"白龙又吮吸了一口水，"我在听。"

短短几个字，却让她有些感动："这纯粹是我个人的理解。"她担心自己有点过度解读，视线不自觉地离开了屏幕中的倾听者，"当那位患者撕去肖像画上的脸时，我感觉到强烈的象征意义。因为面容是一个人的特性，撕去它之后带来的陌生感，就是这个时代人们最强烈的体验。这在片中多处有所提及。"

她等待着白龙的反应，可能是不屑，可能是嘲笑，她有心理准备。可是对方却什么都没说。吴琪忍不住看了看屏幕中的他，发现那双眼睛又在盯着她发愣，不知他心里在想些什么。

过了一会儿，他缓慢地眨了两下眼睛，眼皮变得越来越沉重。可能是今天说得太多，他疲惫地睡了过去，最终也没对她的分析给出什么回应。

白天的生活冰冷而机械。为了达到一个月五部忆影的指标，吴琪没法再像比赛时那样放任自流，甚至不得不套用那些烂大街的剧本框架。没想到毕业才一个月，她就被迫成为过去最讨厌的那种"社会人"。

唯一值得期待的，就是即将到来的发薪日。由于繁忙的工作，她已经很长时间没去探望过父亲了。她希望过几天能带着升舱的好消息去，并对父亲讲述这些忆影背后的故事。虽然对眼前的不公无能为力，但至少世上还有她能去爱、能去帮助的人。

白龙歇了几天，又开始与她通话："噢，说到孩子……没错，在他们制作《陌影》的节骨眼儿上，林亦溟怀孕了。"

看得出，病榻上的生活令他无比寂寞。即便是如此富裕之人，也难逃人心隔阂的苦海。

"我相信，孩子对她而言是最大的累赘……"他皱了皱眉，表情比刚见到那会儿生动了不少，"一个天生的创造者，不需要靠创造生命来证明她的价值。"

原来，得知怀孕后许安杰希望她安心养胎，她却不愿放缓《陌影》的进度。两人争吵了多次，许安杰妥协了，只是要求她一定要按时去医院做全身检查。不料，就是在一次普通的身体检查中，林亦溟露出了破绽——她早已患上了钝化症。

许安杰对此非常震惊。堂堂大导演、脑科学家的他，在摄制忆影时能够全程监控演员的大脑，却丝毫没有察觉出妻子的变化。

经过一次彻底的谈心，他发现林亦溟的大脑里仿佛有个开关，当切换到演员身份时能流露出层出不穷的情感，而一回到现实生活中，她就变得极其淡漠。这可能才是她需要用不停工作来充实自己的原因。

许安杰第一次强硬地禁止妻子参与任何工作。本来会导致两人更激烈的矛盾，但此时，林亦溟的研究也遇到了难以逾越的瓶颈。具体是什么问题，白龙也说不清。

吴琪结合鹦鹉的说法，估计是硬件技术上的局限性，使得林亦溟无法得到所需的全部数据。于是，林亦溟破天荒地同意在家静养。

然而，事态并没有因此而得以好转。

停止工作的林亦溟，精神状况每况愈下，说自己变成了一台工具，人们只在乎她肚子里的孩子，不关心她的个人价值。

渐渐地，钝化症引发了抑郁症。她从对世界的不感兴趣，变成了对自己的厌恶。医生说她有伤害自己的倾向，除了去妇产科以外，也要定期去精神诊所进行检查。

"听上去是个老掉牙的家庭悲剧，对吧？"白龙对着镜头，露出意味深长的笑容，"如果这么无聊，她就不会在我脑海中挥之不去啦。"

他动了动身子，像是想要坐起来，但无力的四肢还是将他死死地钉在了床上。

"七十年过去了，我仍然会想……如果我没说出那句话……一切是不是会不一样？"

这时，"失踪"了好些天的金发美女突然出现在他身旁，说感官治疗的时间到了。

"你对林亦溟说了什么？"吴琪追问道。

金发机器人瞥了她一眼，一把将这位佝偻着的老人从床上抱起来，朝病房外走去。画面显得好笑又有几分不堪。

她走动时视频镜头刚好带到了床背后的那面墙。吴琪看到病床上方有一个皇冠形状的床幔，熠熠生辉的金色花纹沿着床幔蔓延到枕头边上，好像古时候帝王睡的地方。

老年人喜欢金闪闪的风格，这也能理解。可这种装饰配上满房间的糖果粉色又是怎么回事？

只能说有钱人的世界，她看不懂。

5

沮丧指数：7分。

失眠指数：5分。

反应延迟：8分。

麻木指数：9分。

······

仪器上显示出父亲的钝化症评量表。

最后一项，死亡意愿：9分。

"这意愿持续多久了？家属告知一下。"

吴琪紧张地咽了咽口水："没出现过什么轻生行为，就是口头说两句。"

医生不耐烦地说："我问你，意愿持续多久了。"

"我······我记不清了，如果只是嘴上说说，那有挺多年了。就像口头禅，我平时也没太在意。"

"持续时间较长，加1分。"那位中年女性医生在仪器上按了两下，"总分92分，A级。"

"等等，我只是说我记不清了，实际上……"

好不容易带父亲来到著名的艺区精神卫生诊疗中心，情况却不如她想象的那么美好。这儿的医生见过太多的钝化症病人，对待他们就像对待流水线上的一颗螺丝。

"升舱服务费4600元，一次性诊疗费25300元，每月舱位费3000元，食宿服务会另外给你表格勾选。如果选择基础套餐，全年优惠价72000元，可12月免息分期，每月6000元。"

这笔费用恰好相当于吴琪一整月的工资，才刚拿到手，能得到的却只是最低配的服务。那些选择了各种增值服务的富裕病患，可能一天的住院花费就不止这点钱。

"决定后，在这里扫描面部确认。"医生皱着眉，催促道，"今天剩下的舱位不多了。"

吴琪看了看身旁的父亲，他两眼无神地坐在那里，如同一块石头。可每当对他提到"升舱"二字的时候，他总会有些许反应。他涣散的目光会稍稍聚拢，看着她有时还会露出若隐若现的微笑。虽然只是很短的一瞬，他立刻又会变回面无表情的状态，但吴琪相信父亲明白她说的话，只是失去了表达的欲望。

年轻的时候，父亲也不爱说话。他好像什么都懂，可就是不懂得表达自己的心情。儿时的吴琪还以为父亲这样做是一件非常酷的事情。

现在，她没有什么太大的愿望，就想听他说说话。哪怕父亲主动对她说一句，一句就好。

她将脸凑到面部扫描仪的绿光上，系统判定生效，款项立刻从她的账户中扣除。如果想要更多增值服务，她就需要更努力地工作，但这也意味着更用力地摧残许安杰的大脑。

"OK，接下来是诊疗说明。"医生的态度比刚才稍好一些，

"第一，忆影治疗舱是最新科技成果，即时疗效已有临床数据支持，但长期疗效尚未可知；第二，基础套餐的隐私细则可以自行查看，简而言之，病人的一切治疗反馈都会被传至大数据中心进行分析；第三，忆影通过更改病患的记忆达到治疗目的，过程中会剔除导致病症的有害记忆，比如重大打击、沉迷过程等，与之勾连的无害记忆也可能受到波及。"

医生列举完后总结道："重症患者在诊疗期间会遗忘很多人和事，可能包括家属，比如你。剔除的记忆，我们会保留并进行净化，待病人好转时再将净化后的记忆传输回去。同意？"

吴琪不情愿地点点头。这些她都事先了解过，虽然听着可怕，但也必须搏一搏。她只是不明白，付款以后再问她意见有什么意义。

这时，父亲突然出声了，一个劲儿地重复着"不要，不要"，瞪大了眼睛，目光却依旧呆滞。"不要，不要。"

"你们需要统一意见。"

她只能赔着笑说："我父亲一直是这样的。这句话只是他的口头禅。"说完，她把脸再次伸进绿光里做了立体扫描，以示确认。

见此情形，医生挥挥手示意吴琪可以离开了。

她忧心忡忡地往门口走去，又不放心地回头看了一眼，发现父亲正一个劲儿地摇着脑袋。医生毫不客气地按住他，强迫他进行面部扫描。

"没关系，马上就好。"吴琪安慰道，可医生的眼神让她不敢再多逗留一会儿。

走出诊疗室，吴琪怔怔地望着光洁的人造大理石墙面，一时不知该做些什么。

流线型的空间设计让等候大厅看起来像一只巨大的海螺，目之所及都是弧形的。在这样的空间里，静止站立会有一种在大海上晕船的感觉，只有不停地往前走才能够保持平衡。据说，这是为了让病人多加走动而做的设计，但她宁愿选择原地坐下。

"这是为他好，为他好。"吴琪在心中默念道，努力忘记父亲那无力抵抗的模样。

这时，她想起最近几天为了赶工，许久没有和白龙通话，打开留言记录一看，果然积累了不少录音。她看到一线希望，或许它们能帮她熬过这漫长的等待。

"自打林亦溟在家安心养胎，我就和她没了工作来往，有两三个月完全没了联系。有一天，我从别人那儿听说了她的抑郁情况，于是打电话去慰问。没想到视频里的她显得格外平静，说她一切安好，还说许安杰放下所有工作陪着她，让她很是感动。

"我好奇地打量了她几眼，发现她剪了利落的短发，小腹微微隆起，穿着质地舒适的孕妇服，完全素颜出镜。我从未见过她露出那样安详的神情，宛如圣母，宛如天仙，但就是不像林亦溟。

"于是，我以一贯的玩笑语气说：'这真不像你，八成是大导演在你脑袋里动了手脚。'

"她慈祥地笑了笑。没错，就是这个词，'慈祥'。她的笑容让我觉得自己是在和一个洗尽铅华的老太太说话。

"'要真有这种手脚倒好……'她说，'幸福就像玻璃一样，平时从未察觉，但稍稍改变看的角度，就会映照出光芒。'

"她指了指自己的耳朵，说刚才照镜子的时候才想起丈夫送她的第一份礼物，就是这对珍珠耳环形状的感官记录仪。

"你在忆影里应该也见过，真是那个时代才有的玩意儿。内置面部识别功能，扫描到对面是许安杰的时候就会自动开启，记录两个人相处的点滴。

"林亦溟说，这副耳环她戴了整整十年，早已忘了它们的存在。她边说边滑动手指，好像在角膜屏幕里浏览着耳环记录下的影像，脸上充满了甜蜜和期待。

"'我也想让更多人体会到这种幸福。'她对我说，'想让你也体会到。'

"'想让你也体会到……'说真的，那可能是我这辈子最感动的一秒钟。

"这话听上去像是烂大街的心灵鸡汤，但她不一样。听着她说出的话，看着她的眼神，我不知该怎么形容心里的感觉。嗯……不是'欣慰'，也不是'希望'这种抽象的东西。是'嫉妒'，对，应该说是一种嫉妒，一种被人背叛了的感觉。我们明明是那么相似，她却先我一步得到了幸福。这是一种带着甜味的嫉妒。

"然而，她只是表面看上去平静，实则内心暗潮翻涌。我的那句玩笑话也许触动了她内心的潜意识，播下了怀疑的种子。她翻阅感官记录仪里的影像，看似为了证明我的错误，其实也是想证实我的猜测。

"可惜，世间从来没有什么奇迹。她的笑容渐渐消失、僵硬，最后面容变得惨白。"

录音又一次在关键时刻戛然而止。不知道的人还以为白龙是在故意卖关子。最近，他的康复情况似乎不错，说话逻辑也日渐清晰。要是父亲也能得到这样的治疗该有多好。

不知不觉，一个小时过去了，吴琪想看看父亲的情况。可是，身后的病房却被封得严严实实，什么也看不到。她靠在门上，听着里面机器运作的"嘶嘶"声，心想，也许父亲现在和许安杰躺在病床上的模样差不多。这里的医护引导师肯定比她专业，可是会不会和她一样，尝试用爱的引导法去对待病人呢？

大概是种奢望吧。

无论如何，只要一次性诊疗能够顺利进行，父亲就会进入心理康复阶段，后边的治疗技术难度就没这么大了。医护引导师会通过忆影治疗手段给他注入积极乐观的情绪，再逐步灌输近些年的时事新闻、生活知识等，让他能够重返社会。

由于每个人的心智情况不同，这一阶段要花多长时间还不得而知。但一旦完成了这一步，进入最后的生理康复阶段，便胜利在望了。吴琪脑中浮现出父亲康复出院的样子，想知道他看到自己的忆影作品后会说些什么。

这时，她收到了来电通知，白龙竟然主动给她打来电话。

"吴琪，你好呀。"

"你好，白……"她想了想措辞，听说他是宏海的董事，可又不能叫"白董事"。

"不用讲究，就叫我白龙。"

"嗯……平时这个时候您不都在做感官治疗吗？"

"哈……哈哈，别跟我用敬语。"他说话比之前顺畅了不少，但笑起来还是有点吃力，"和你聊多了过去的事啊，脑筋就动了起来，疗效比那些什么感官治疗好多了。"说着，他瞥了一眼身旁的金发机器人，像被家庭老师看管的孩子，"我也想快点接着说下去，不然吊你胃口，我也憋得慌。"

机器人将他扶坐起来，在他背后加了一个舒服的靠垫，还给他准备好了热茶。老人家被伺候得舒舒服服的，面色也红润了。

他说，与林亦溟的那通电话结束后很担心她的心理状况，但许安杰不允许任何人去他家拜访，自己只能干着急。没想到，第二天林亦溟竟主动找上门来，脸色憔悴，以泪洗面。

"我怎么都想不到……那会是我和她的最后一面。"

吴琪竖起耳朵，离"真相"终于只有咫尺之遥了。

原来，林亦溟翻看感官记录仪的记录时发现许安杰曾多次把她带去书房。进去以后漆黑又安静，不知发生了什么。从感官记录仪的条目上看，这件事几乎每天都会发生，就这么持续了一个多月，而她却对此毫无印象。

顿时，她觉得自己被卷入了海底深渊，一个无穷无尽的恐怖循环。于是，当许安杰再次出现在她面前时，她万分警惕。

"来，跟我去一下书房。"

"什么事？"

"给你看点东西。"

听到这话，林亦溟转身就跑。

接下来的场景和忆影中的有点相似：他抓住她的手臂，她拼命挣脱，差点儿从楼梯上摔下去。僵持之下，他强行给她注射了镇静剂。然后……逃跑失败……她在书房里醒了过来。

耳边是丈夫连声的、充满愧疚的道歉。他说："对不起，我没有办法，但我必须删去那些记忆。这是为了保护你。"

她想要挣扎，可是全身无力。

"别担心，不会有任何伤害。"他悲伤地说，"我只是希望你忘记《陌影》，忘记卡普格拉妄想症，忘记那些强烈到令你麻木的情感……我保证会循序渐进，不影响到你现实的经历。除了这个时刻以外。"

可他并没有意识到，妻子有多么可怕的意志力。为了阻止这次记忆净化，她给自己的大脑竖起了铜墙铁壁。加之镇静剂的作用，平静的表象骗过了这位脑科学专家。净化结束后，她以出去散步为借口逃了出来。

"说完这些，林亦溟崩溃地大哭起来，让我不知所措。"白龙声情并茂地描述道，"她哭喊着问我：她是谁？为什么要继续活着？就好像她的人格、她的自尊都被践踏得体无完肤。这就是许安杰对她造成的伤害。"

情况和想象中的完全不同，吴琪理了理思路说："他的做法并没有错，和现在针对钝化症的治疗方式很像。"

"你是说最新的'忆影治疗'？噢，那可是天壤之别。"白龙一脸嫌弃地说，"医院里那种粗鲁的记忆净化就像注射抗生素一样，把好的坏的一网打尽。"

吴琪心里"咯噔"一下，只觉白龙"何不食肉糜"。

"许安杰采取的疗法要比这细腻得多。据林亦溟说，他完全是通过人工的方式一条一条地筛选记忆，剔除的都是她非真实的记忆，比如观看忆影、拍摄忆影、体验记忆者的记忆等。因此，关于现实生活的一切，从很久以前的记忆到最近一顿饭吃了什么，似乎不见任何缺漏。"

"那就更不能说是伤害了。"吴琪的语气中带着羡慕，"这简直是治疗钝化症最理想的方案。那些过度的虚拟体验就像压在患者心头的大石块，阻碍着他们正常生活。许安杰所做的就是推开那些石块，这不仅可以让她轻松愉快地活下去，也是在帮她还原真实的自我，这样不好吗？"

"好不好我不知道，至少当事人不这么认为。"他挑了挑眉，接着大致复述出了林亦溟当时的倾诉。

"我的记忆被迫发生了改变，这是一种科学的暴政。在这种情况下，改变的尺度无论是大，还是多么微小，都变得不再重要。因为谁都无法证明记忆的真实性，也无法证伪。

"说不定，所有记忆都是假的，从很多年前开始就是，甚至从我和他刚刚相识的那一天起就是。谁能保证呢？如果真是这样，我能做什么？只是离开他？没那么简单，没那么简单……

"我失去了对自己记忆百分之百的确信，也就失去了对自己思维方式、行为逻辑的信任。我开始怀疑一切，因为我不再是自己了。

"所谓的'自我'，究竟来自真实的经历，还是它与虚拟经历的集合体？如果他从记忆中删去了我喜欢的影片、我热爱的音乐、我读过的书籍，那么随之萌生的梦想、观念、情感，是否也已消失殆尽？

"白龙，你知道吗？纵使只有一小段记忆被篡改，只要齿轮开始运转，就再也停不下来。因为，我的大脑将永远无法判别真假，永远失去了对'自我'的认知。"

对此，白龙尽力安慰。可是林亦溟就好像丢了魂魄似的，没有什么话语能够安抚她。

"很不幸，几天后我就得知了她失踪的消息，从此她再无音讯。"

吴琪听完，长叹了一口气。虽然不完全理解林亦溟的想法，但也从字里行间感受到她的心死。

"她去了哪里？警方没有调查过吗？"

"有，当然有。开始那几年，许安杰想尽一切办法去寻找，但都无功而返。"

"如果她想自杀……应该会选择安乐死吧，我听说有些集区是允许的。所以，发生意外的可能性更大？"

"啧啧啧。"白龙咂起嘴来，"我的想法和你的不同。我觉得她要是想自杀，就会选择葬身大海。"

"可是，这附近没有海，要是乘坐长途交通工具肯定会有记录。"

"的确，从这儿走不到水聚成的大海，但到处都是沙聚成的'大海'啊。"

"你是说，她去了辐射区？"

"嗯，那里有她最后的踪迹。"

吴琪一时无言以对。

她终于明白了许安杰长达大半个世纪的愧疚，明白了他在R9结尾时说的"是我杀了她"，这句话可能不只在说孩子，而是一尸两命。

"怎么样，听完这些回头再做引导，心里该好受些了吧？"

这是一根诱人的橄榄枝。握住它，相信许安杰是个罪人，吴琪就可以洗去自身的负罪感。可是想了又想，她还是诚恳地回答："许导不该背负这么深重的遗恨，更不应该经受那上千次循环往复的自责。就算他采用的方式不对，也是出于好心。"

"肆意剥夺他人的灵魂，也算是好心？"

"不是，不是这样的。"她想到父亲刚才被迫扫描面部的情形，"一定是病情发展到不可挽回的地步了，他才会这么做。你也说他当时很不情愿、很悲伤。或许，林亦溟的死亡意愿已经达到了峰值。"

"真是个善良的女孩。"白龙低着眉轻叹一口气，"等你到了我这个年纪就会明白，不希望对方死也是一种自私。"

吴琪被戳到了痛处，心狂跳起来。恰好此时，诊疗室的门从背后打开，她见着医生赶紧询问父亲的情况。

"这儿又不是急诊室，急什么？你仔细看看我发给你的流程，每一步的说明都在上边写清楚了。"医生把她推到一边，嘴里念着，"别瞎操心，赶紧回去。"

这个陌生人当然不会明白，自己等这一天等了多久。医生刚走远，她就悄悄钻进了诊疗室，看见父亲在里面那间病房里慢慢苏醒。他的表情前所未有的平静，就和白龙描述的记忆被净化后的林亦溟一样。

"爸爸。"她眼含泪水走了过去，握住父亲的双手。

他警惕地看着她，眼中充满疑惑。看上去，他应该是认不出女儿了，可就是这种疑惑的表情也让吴琪感到欣慰。只要不是那迟钝发愣的双眼，只要他对这个世界能重拾好奇，一切就都还有希望。

"没事的，爸爸，不用担心。我们慢慢来，一切都会变好的。"

他仿佛有无数个问题卡在喉咙里，看着她，打量了好一会儿。固有的谨慎性格，让他收起了双手，也收起了差点儿说出口的话。

吴琪起身帮他打点起来，调节温度、湿度、亮度，她知道什么环境能让父亲心情变好。可能是这些熟悉的举动触动了他，他嘴里吐出一个"琪"字。

听到这个字，吴琪感动得泪流满面。父亲即使经历了高强度的记忆净化，依旧记得她。

他伸出手帮她擦拭眼泪，叫着："吴……琪……"

这么一来，就不用担心之后的心理康复期，不用忧虑父亲何时才能想起自己了。就在她感到安心的同时，他的眼中突然出现了恐惧。

他大吼道："吴琪！不要，我不要啊！"

无论吴琪怎么安慰他，询问他怎么回事，都于事无补。父亲的情绪越来越激动，当他发现自己被固定在病床上时，他撕心裂肺地大叫起来："吴琪！快点结束这一切，让爸爸解脱吧！"

他是否知道了自己多年来一直活在那种混沌无知的状态里？

可是现在好不容易通过治疗有了活力，他却只有抱怨和牢骚，这让吴琪感到又怨恨又委屈。

听到动静，刚才的医生也赶了过来，一把将她从病床旁拉开，利索地给父亲注射了镇静剂。

"治疗期间，不得入内！"关上门后，医生在病房外斥责道，"给了你说明书，为什么不看？第一周所有和原记忆相关的人都要隔离！你这么一折腾，我们还得重新做记忆剔除，得删得更彻底！"

想起和白龙刚才的对话，吴琪谨慎地问道："删去以后，记忆真的还能复原吗？"

"最受不了你们这种选基础套餐的人了！有那么多问题就去付钱找顾问。我可不负责这些。"

吴琪急切地拉住医生："请你告诉我，净化后如何确保'无害记忆'都留下来？你们是如何区分无害和有害的？"

"唉。"医生被她烦得没办法，只好说，"现在技术刚出来，当然没法进行完美区分。只要有勾连，最好的办法就是一起删，至于保留多少……你要是不放心，可以选择'家属参与'服务，和我们的引导师一起筛选。"

"我就是引导师。"她亮出了自己的工作牌，"我想知道，医护引导师使用的技术和我们的差别在哪儿？据我所知，普通的引导器械并不能导入细腻完整的记忆。"

"没什么差别。"医生不耐烦地说，"既然你自己就是引导师，那不更简单吗？到时候把套餐里的引导服务去掉，申请一点退款，然后你自己把记忆输进病人脑子里就行。"

"可这不就是随意篡改记忆吗？"

"唉！你有完没完啊？我还有事要忙，别挡着我。"

争吵过后，候诊室归为宁静。吴琪站在纯白的海螺里，觉得自己如同漂浮在苍茫大海中的一片树叶，孤独、迷茫、渺小。

不，这不是她的错，她和许安杰都没有错。

她一直抱有希望，期待父亲变回本来的面貌，即使父亲会有很长一段时间不记得她也没关系。为了目标而努力，这不是在害人。

父亲和林亦溟，都是虚拟世界的受害者。他们被无穷无尽的脑电波刺激毒害，上瘾沉迷之后的行为不再出于他们原本的意志，这些相关的记忆理所应当要被剔除。

她想念年轻时的那个父亲，沉迷感官电影之前的那个父亲，那才是真正的他。许安杰一定也是这么想的。她和许安杰都只是希望所爱之人幸福，结果却不被当事人理解。

吴琪想要大叫宣泄，或者大哭一场，甚至是大笑，可是病房之外的空间明亮又宽敞，没有半点隐私。她不停地往前走，想寻一处隐蔽之所，却迷路了。海螺大厅一个接着一个，各不相同又差不太多。这个场景令她感到似曾相识。

无奈之下，她找到诊疗中心的接待台，点开虚拟屏寻求帮助。这时，屏幕右上角的标志引起了她的注意—— 一颗由数条蛇盘踞而成的大脑，一根贯穿其间的权杖……和忆影中的一模一样！

仿佛是上天的怜悯，让她不用戴上放映机也能忘记现实，穿越时空，再次进入 2059 年的那段故事。影片里提到过，这是一家传奇的诊疗中心，汇集了全世界的疑难杂症。这座大楼中，曾经有一个五六层楼高的硕大房间，里面黑水晶般的高墙会随着人的移动而闪耀光芒。

从现实角度考量，当林亦溟因工作与怀孕的冲突而心力交瘁之时，她接受诊疗的地方应该也是这儿。只不过，忆影中的此地需要乘坐露天列车才能到达，而随着宏海集区的不断扩张，今天的它已经被完全吞并。

这么说来，这家诊疗中心应该存着林亦溟的病历？

吴琪心血来潮，想要一探究竟。

她在虚拟屏上切换选项，搜索病人资料，输入名字。屏幕上果然出现了林亦溟的条目。虽然没有显示照片，但光是那三个字就足以令吴琪兴奋，好像这个无比神秘的人物已经触手可及。

"请出示病人或者家属证件。"

她试着点击左下角的"证件遗失"选项。

"请输入您的姓名。"

她犹豫了一下，输入"林亦溟"。

下一步，面部扫描。一次，两次，三次，都出错。她不知道自己在干什么。第一次撒这样的弥天大谎，她对着机器都吓白了脸。

"检测到用户年龄较大。若因长期未更新面部信息而导致登录失败，可调取旧密码系统。"

"现在收手还来得及。"吴琪对自己说。她的手指因为颤抖而不听使唤，神经系统正在举行一场投票，兴奋性信号和抑制性信号展开了一番大战——如果能证明林亦溟当时已经病入膏肓，就说明许安杰和自己的选择完全一致，他们都没有错。吴琪心中的负罪感就能减轻。这份救赎的诱惑实在太大，刺激着她的大脑飞速运转。

最终，"按下确定"的信号胜出，屏幕上显示出了熟悉的旧系统界面。

密码，密码，密码……她记得忆影中有过类似片段，林亦溟画了一个简单的图案，便顺利通过了。她在记忆中拼命搜索，焦虑让脑袋陷入一片空白。

吴琪背对屏幕，想让自己先冷静一会儿。她想起引导理论中有一条：记忆的特性在于信息互相勾连，有意义的信息群会比无意义的片段好记得多。

于是，她开始回忆忆影中的情节——她们在诊疗中心的电梯里，氧气不断减少，林亦溟却不紧不慢地描述着"伊甸园计划"。她说……这是一个漫长的计划，真正的影响要到他们那代死后才会显现。还说在这个计划里，人们就像破茧而出的……

对了！蝴蝶！

林亦溟的病情页面被顺利打开。她直接拉到最下方，屏幕显示：

> 2059 年 9 月 3 日，确诊为情感淡漠症。
> 2059 年 9 月 9 日，复诊，无显著变化。

2059 年 9 月 17 日，复诊，并发重度抑郁症。

接下来 9 月 23 日那一次复诊记录带有星标，点开标记可以看到这样的备注：患者擅自离开诊疗室，以宏海影业工作人员的身份会面一名重症患者，编号 325。

吴琪惊呆了。重症患者……难道是那位名叫瞿峰的画家？他的编号在忆影中出现过，吴琪记不清了，但的确是 3 字打头。

继续浏览下去，她发现这个条目里竟还留有一段监控录像，压缩以后只能看到模糊的剪影。一间看上去是诊疗室的房间，比一般病房宽敞。画面中有两个人，一个坐在椅子上，另一个人站在旁边。那个纤长背影的人应该就是林亦滨。只可惜，她背对着监控摄像头，看不见真容。

她弯下腰，从病人的脸上取下什么东西，然后举到灯光下看了看。虽然监控没有声音，但从姿态来看，她好像在感叹着什么。

吴琪联想到忆影中那个对着摄忆机两眼放光的许霖，他便常常对神奇的脑图赞叹不已。但奇怪的是，这段监控中的病人并没有连接任何线路，身边也没有什么摄忆器材，林亦滨似乎在凭空想象。

切换到下一条记录，日期是 9 月 30 日。这一次，两人正在交谈。林亦滨鬼鬼祟祟地交给他一些类似证件的东西，不知在商量什么计划。离开前，她又回头叮嘱了两句，不料那名病人突然发狂，冲上来掐住了她的脖子。

吴琪诧异地发出小声惊叫。她怕被人听见，转头张望，却发现自己身后早已站着两名身着白色制服的医护人员，两人二话不说就从两边把她架住了。

"我不是坏人，请听我解释！"她用力挣扎，可是丝毫推不动那两个人。他们非常强硬，应该也是机器人。

"我只是好奇！不是窃取什么资料。"她惊恐地喊道，却被一只手捂住了嘴巴。

"请保持安静。"

她意识到自己即将为好奇心付出代价，忆影中的噩梦降临在了头上。

只是这一次，没人能救她，甚至没人认识她。到目前为止，她交流过的对象不是 AI 就是死者的记忆，或是躺在床上无法动弹的老人。吴琪这才发现自己的存在其实是那么的虚无缥缈。

就算终其一生，她又在几个人的记忆里留存过呢？已经忘记了她的父亲，曾与她断绝关系的母亲……这么一想，她便失去了抵抗的斗志。

医护人员架着她乘坐电梯，来到诊疗中心的顶层。这儿看上去非常高端，走廊两侧摆放着 3D 立体的虚拟盆栽，气味也格外清新。

富人们享受着无可比拟的安逸生活，即便得病了也宛若活在天堂。鱼人的生活则因人而异，要是他们乖乖待在原地不到处乱窜，也许还会过得不错，但一旦碰触到鱼缸的玻璃外壁……

她被带进房间，低头等待命运的审判。

"我们终于见面了，吴琪。"

吴琪抬头一看，眼前站着一位身穿病号服的老人，房间四周是糖果粉色的墙面和金光闪闪的装饰品。

"白……白龙？！"

他点点头。

"这是怎么回事？我还以为诊疗中心的人要抓我。"

"他们的确准备这么做，幸好我先一步得到了消息。"

第一次当面见到白龙，感觉和视频通话里的样子不太一样。当远程通信时，你能看到一个人的脸，看到他的表情，听到他的声音，却感觉不到他散发出的气场。白龙的气场说不清道不明，但就是和普通人不太一样。

"有消息说有人冒充林亦溟在查询资料。"他仿若古代的算命先生般，掐了掐手指说，"我一想，除了你还能有谁？于是派手下先一步去处理，这才没有酿成大祸。"

"对不起。"吴琪羞愧地低下了头。

"没事。"他慈祥地说，"我只是没想到，你会为了许安杰做这种事。"

"我不是为了他，我只是……"

"既然你这么在意，我也应该告诉你全部的真相。"他走到病房里的餐桌旁，虽然动作非常缓慢，但那双眼睛显得比视频中更有生机，不像是濒临死亡的钝化症患者。

"最后那次见面，林亦溟说她已经找到了突破瓶颈的办法，可以将那名卡普格拉妄想症患者的记忆完美扫描。但许安杰不相信她的话，没有人相信她。所以，她只能趁每次复诊的时候，偷偷去找那名患者进行研究。"

餐桌中央升起一个圆盘，里面摆满了色彩多样的水果，其中好几种吴琪都从没见过。

"她申请延后他的死刑，但被驳回了，因为当时所有人都将她看作休假中的孕妇，觉得她只是情绪不稳定。然而，那可是林亦溟，多么死性子的一个人哪。谁也无法阻止她。"说到这儿，白龙嘴角带笑，仿佛脑海里有万千回忆来不及讲述。

"你猜怎么着？"他拿起一个古怪的玫红色水果，看上去就像捧着一团燃烧的火焰，"她竟然自己策划了一场越狱。"

"她想一个人带着瞿峰逃走？"吴琪问。

"哈哈哈，有趣吧？我无从得知计划细节，但听诊疗中心的人说，她本来完全可能得逞的。失败的原因，是那个画家突然发病。"

　　吴琪心想，这应该就是 9 月 30 日监控视频里发生的事。

　　"那个精神病人死死掐住了她的脖子，幸好许安杰发现了她的行踪，和保安一起及时赶到。救下她以后，许安杰抱住她，安抚她，她却一直在念叨着一个词——'核心'。"

　　"核心？"

　　"嗯。这个词她重复了好多次。"白龙剥开水果的外皮，里面是多汁的白色果肉，上面镶嵌着芝麻似的小黑点。

　　"什么核心？"

　　"听上去像是某种脑科学技术，这是她亲口对我说的。因为，她自己也不记得那是什么了，与之相关的记忆很可能在之后几天的'净化'中被连带清除了，她只能根据感官记录仪里她和许安杰的只言片语来推断。"

　　"会不会根本不存在什么核心？只是她自己的臆想？"吴琪向白龙描述了刚才看到的监控画面，林亦溟看上去是在凭空对病患做着"研究"，出现了幻觉。

　　"若真是如此。"吴琪接着分析道，"那她就像梦游症患者一样不知何时会陷入险境，许安杰是为了她的安危……"

　　对于她的话，白龙未做表态，只是慢悠悠地一片一片剥下火焰似的水果外皮。

　　"所以，记忆净化是许安杰逼不得已才做的决定。你之前为什么不告诉我？"吴琪又问道。

　　"我很欣赏你对真相的执着，可是人有时候应该远离真相。当你撕下面具，看到的却是模糊的血肉时，你会发现还是留着面具好。"

　　"我没听懂。"吴琪直白地说，"我并没有看到什么不好的真相。"

"刚才说的是普遍情况。至于这件事嘛……"他将完整的果肉留在盘子里，切成小块，"我只是不希望你陷得太深。"说完，他招招手让她来品尝。

吴琪从没吃过那么清甜可口的食物。这种由嗅觉与味觉引起的实实在在的喜悦，将她从那遥远的往事中唤醒，回到了自己的现实生活。

接下来的几个月里，吴琪开始遵照医生嘱咐的频率探望父亲，每一次都能看到他的气色更好一些，神态也有了患病前的样子。

只是，他记不起女儿，吴琪也下不了决心去灌输记忆。正因为她是引导师，她才清楚地知道，在人的大脑里随意画上记号是件多么罪恶的事。

一天，她如往常一样对着治疗舱门刷了一下探望证。舱室自动开启为时五分钟的"忆影淡出"程序，让父亲慢慢地从康复治疗用的影片中苏醒过来。等到程序结束、舱门开启，门板就会拆分转向，变成一个供人聊天的小吧台。

见到她，父亲和蔼地说："谢谢你啊，经常来探望我这个老头子。现在这年头，你这样有爱心的年轻人真是少见了。"

看来是把她当成了社工。吴琪尴尬地笑了笑。

"你几岁了？"

"二十二。"

"哦，那和我女儿差不多大啊。"

第一次聊到这个话题，吴琪不知怎么接话。她想了想，说："您女儿在哪儿？"

"她挺能干的，就是主意比较大。"他的口气听上去很无奈，脸上却带着几分自豪，"现在在一家龙头影视企业里打拼，一年才来看我一次。"

他们就这样聊了下去。父亲的记忆残缺不全，就像曾经的世界难题阿尔茨海默病一样。吴琪并不知道父亲的记忆中留存了哪些片段，又有哪些是他通过已有信息自己编造出来的。医生说两者都有可能，因为他们做的只是剔除"坏的"，而建立"好的"则是引导师的工作。

尽管如此，吴琪和父亲还是聊得很开心，仿佛回到了过去。吴琪觉得，只要这样就够了，只要能这样一直持续下去，她的愿望就实现了。

过了一会儿，父亲说："好姑娘，你能帮我一个忙吗？"

吴琪欣喜地点了点头。一个人需要别人帮忙，就说明对生活有了要求，有了希望。只有钝化症的家属明白这句问话的价值。

然而，父亲的神色却突然凝重起来："等年底我女儿来看我的时候……"他放低了声音，抿了抿嘴说，"要是我不在了，你能帮我给她传句话吗？"

"不在？为什么你会不在？"

"我觉得你和我女儿有缘，就偷偷告诉你吧，可你千万别告诉别人啊。"他闭上嘴，鼻子轻轻喷气，好像一个心虚的小孩，"这儿每次发营养剂的时候，我都会藏掉一部分。"

"为什么？！"吴琪的心猛地抽搐了一下，"难不成你想自杀？？"

"嘘，嘘，小声点儿……"父亲左顾右盼，似乎很怕事情败露。

她无法冷静——治疗失败了，父亲遇到了庸医，从他的记忆里删除了女儿，却没有删除死亡的念头。

她试图劝说道："你少吃这些也没用啊，只会很饿、很难受。"

"这倒不必担心，肯定有用。我计算过，他们提供的营养量是按照我的身高体重年龄计算的，不多也不少。"对此，父亲拿出了以前工作时的严谨态度，"况且我患病这么多年，身体机能早就退化了，估计再过个大半年，不死也会得大病了。"

"为什么？"吴琪忍住泪水，"为什么就算用那么痛苦的方法，你也要寻死？"

她的悲伤触动了他，让他意识到这个请求对别人而言是残忍的。于是，他像泄了气的皮球一样靠在枕头上，两眼无神地望着治疗舱里低矮的天花板。

"说实话，我也不知道。只是脑子里一直有这个想法，每当静下来，耳边就有个声音让我这么做。或许，这就是空虚吧，没有来由的莫名的空虚。"

"你会好起来的。"吴琪安慰道，"给自己一点时间。"

"你看看这一层的人，都是和我一样的病人。"他指了指两边。

这是一层专属于忆影治疗的楼层，由于每个病人都被安置在单独的舱室内，外部空间没什么设计感，空空荡荡的，就像以前建的展览中心。

"他们出来走动的时候，看上去都挺好的，对吧？但是等他们躺回舱里以后，再看看他们的表情，你会发现他们眼中的东西都是一样的，"他顿了顿说，"都有那种空虚，那种丧失感。我们有时候会交流，会知道自己在治疗中失去了一些东西。可能是记忆，也可能是别的什么。"

她发现父亲的目光澄澈明亮，好像心灵彻底被洗涤了一遍。她本以为这样就可以帮他找回幸福，唤醒生的意志，没想到只是拨开了层层迷雾，让他看清了他的内心。

"我们不知道自己失去了什么，这比知道更加痛苦。就像一个无止境的黑洞，我一直在寻找各种出路，但无论怎样都只是朝着反方向越行越远。"

吴琪双手颤抖地捂住眼睛，心中的悲伤如同泰山压顶。泪水冲刷着她混沌的思绪，那一分钟宛若整个春夏秋冬一般漫长。

她明白过来，或许在患病初期，甚至更早的时候，从母亲带着她和哥哥离开的那天开始，父亲心中的"黑洞"就已经产生了。只是，在他健康的时候他选择把什么都藏在心里，到得病以后才向她吐露。那些"结束吧""没意思""不要啊"的"三字经"，都是他发自肺腑的呼喊。

然而，她却觉得父亲只是病了，假装没有听到父亲的呼唤。她时常倾听许安杰那样的老人，却忽视了最亲的人的心声。

吴琪缓缓移开双手，认真地注视着父亲："好，我答应帮你。"她尽可能保持平静，但嘴唇还是止不住地颤抖，"如果我……遇到你的女儿，"她差点儿发出呜咽声，又用力憋了回去，"你想对她说什么？"

父亲垂下眼帘，没有什么犹豫，好像已经在镜子前把这句话练了无数遍：

"对不起啊，吴琪。爸爸真的尽力了。"

6

　　"这事与我无关，要商量找你哥哥去！"

　　吴琪早就料到母亲会这么说。

　　母亲憎恨父亲，并发誓她的人生与他再无半点瓜葛。对于女儿的感情观，母亲也不敢苟同，说都已经 2129 年了，还等待什么一生的真爱。然而，二十年前的母亲不是这样的。

　　母亲曾是一名优秀的律师。出身律师家庭，爷爷奶奶都是著名法律集区里的元老，因此她拥有很高的社会地位。本来，母亲也应该在集区里找个门当户对的人在一起。这样，两人感情好的时候可以相濡以沫，感情不好了也没关系，孩子的教育和抚养都能得到集区的支持。

　　没想到，从小听话懂事的母亲却在感情上违背了家人的意愿。她和父亲是在网上认识的，为了爱情，她不远万里搬到了父亲所在的集区。那是一个从设施到文化都与法律集区完全不同的地方，到处都是冷冰冰的电子设备和说着程序语言的人。

　　年轻的她觉得这些都无所谓，因为父亲和他们不一样，是个有血有肉的人。

时间长了，问题慢慢显现。

在这个新集区里，母亲过去的才能、履历乃至家境相当于被清零。她所面临的不仅仅是她要从头开始，而且她将永远无法回到高位。无论智商多高、多么努力，公司也不会给她出人头地的机会，因为她没有科班出身的资历。

例如在宏海集区，几乎所有高管都是"土生土长"的电影人，外面人想要进来也必须考进宏海附校。要是错过了上大学这唯一一次改头换面的机会，通过社会招聘进来打拼的人基本只能干一辈子杂活儿。

于是，整个家庭的重担就落到了父亲肩上。他是个老实人，不懂得阿谀奉承，只会勤勤恳恳地工作。生了两个孩子后，母亲对他的能力不再有耐心。她终于看清，他永远都不可能得到自己曾在法律集区拥有的地位。

封闭的集区有助于抵御核辐射等环境问题的侵扰，但也使得人们的社交圈子固化，找到真爱的概率变得更小。不知是出于嫉妒，还是出于一种奇怪的自豪，集区里的人对母亲这样的"外来媳妇"充满了歧视和恶意。这些事都让她透不过气。

负面情绪不断积累，没有合适的宣泄口，最后演变成了夫妻间琐碎的争吵。木讷的父亲不懂得表达，母亲觉得他们之间已经没有了任何共同语言。

终于有一天，她爆发了，带着两个孩子回到了熟悉的法律集区。只是十多年过去了，那里也已经物是人非。靠着家里人的帮助和自己的努力，她又摸爬滚打了好多年，才从助理做回了独立律师，可地位仍旧大不如前。

母亲对年轻时的选择后悔无比。曾对区域概念不屑一顾的她，现在却根深蒂固地相信儿女应该承袭她的事业，在同一个集区内爬上顶峰。儿子满足了她的愿望。出乎意料的是，那愣头青似的女儿竟在高考前偷偷报考了电影专业，将她一手夺回的人生版图再次撕开一个裂口。

吴琪盘坐在空无一物的宿舍里。因为大部分虚拟币都花在了父亲的忆影菜单上，房间里那些温馨的虚拟装饰都已经到期撤下了。墙上只剩一面镜子，她照了照，觉得镜子里的自己和那个四年前刚离家远行的女孩判若两人。

回想起与母亲的道别。吴琪当时竭力地解释着何为"梦想"，母亲却没有兴趣解释何为"现实"。沟通最后变成了讽刺和指责："不愧是那男人的孩子，我没你这个女儿！"

从那以后，她们就很少联系了。

吴琪转而拨通了哥哥的电话，向他说了一遍自己的提议。不出所料，他比母亲更不假思索地拒绝了。他是一名天生的律师，反应迅捷、思维缜密，小时候她从来都不敢和他斗嘴，不然就是自讨苦吃。

但是这次不一样，她必须迎难而上。因为，这是她能为父亲实现的最后一个愿望了。

四年来她第一次踏上了回家的旅程。长途列车的模样和许安杰忆影里的差别不大。老旧的车身用了几十年，就连上面的感官电影系统也是原来那套系统。用不惯的年轻人只好将就一下，总比呆呆地看窗外的风景好。

说到风景，这是列车里唯一有明显变化的地方。两侧没有玻璃窗户，取而代之的是屏幕，乘客可以随意选择风景主题。这听上去挺人性化的，但这些主题的供应商和办公休闲区风景主题的其实是同一家，所以不管你移动到了哪里，是在通往另一集区的列车上还是在封闭的办公楼里，看见的都是同一个海岛或者悬崖。

这么一来，再美的风景也没有意义了。

吴琪用手指在"窗户"的控制面板上滑动了几十下，找到一个没见过的新主题，名称颇为讽刺——"废土"。

这不就是窗外本该有的景象吗？她想着，又滑动了一下。飞扬的黄色尘土遮天蔽日，高耸的大楼伫立在雾霾的暗影之下。

她好像又一次回到了忆影里，坐在林亦溟的后排，想要从漫天的沙尘中看出什么意蕴来。此刻，她倒是读出了一些东西：明明外面就是真正的"废土"，却被制成虚拟主题供人欣赏，这说明什么？或许，外面的真相比这更加惨不忍睹。

历史书上写道，那场全球性的核灾难造成了巨大恐慌，是几家高科技公司研发的集区建筑拯救了人类。这种建筑就像一个巨大的钢结构保护罩，将人们与核辐射隔离开来，作用类似于过去核电站爆炸之后封上的"铁棺"。只不过，这一次是辐射在外面，人在里面。

高科技公司为封闭的集区内部建造了生态循环系统，人们就这样躲进了一个完全人造的世界。最初以为这只是暂时的解救之道，没想到集区越扩越大，越建越高，外部的环境却无人治理。辐射蔓延、土地沙化、全球变暖、垃圾堆放，集区外的世界成了真正的废墟。

哥哥所在的法律集区离宏海集区不算太远，但吴琪乘坐列车也需要两天时间才能抵达。

吴琪不愿意使用感官电影服务，这是她眼中的万恶之源。于是，唯一解闷儿的办法就是继续和白龙聊天。

这位百岁老人现在说起话来好像七八十岁的样子，他不太咳嗽了，偶尔还能拄着拐杖走走。由于身体机能的好转，他开始展现出自己的个性，讲话越发幽默。说完了许安杰和林亦溟的往事，话题转移到了他自己身上。吴琪喜欢听他说话，因为有旧时代的影子。

聊起自己患钝化症的经历，老人打趣道："钝化症就像个勋章，证明一个人已经体验过人脑所能承受的快乐的极限。"他不知道吴琪父亲的事，所以毫无顾忌，"我从懂事起就纵情声色了，没想到六七十岁了才和这病搭上了边，这是我人生最大的挫败。"

第二天，下午两点，列车准时进站。吴琪在车上没有找到防护服，心想这里应该是和宏海集区一样已经扩容了，把本来建造于室外的露天站台容纳进了集区内部。

踏出车厢，空间顿时开阔起来。这个新建的大型车站采用了大量玻璃结构，支撑用的钢材也有一定的透光性，看起来上下几十个楼层都被打通在了同一空间内。除了她乘坐的地上列车，所有城际与集区内的地下交通也都在这个站点来回穿梭，加上纵横交错的玻璃电梯，这里俨然一副未来世界的模样。

和富庶的法律集区比起来，宏海集区引以为傲的设施瞬间逊色了。几年没回来，已然落伍。

吴琪循着记忆来到自家所在的宿舍大楼前，按指纹，门没有打开。看来，母亲说要断绝关系的时候真把她的指纹记录删了。母亲就是这种说到做到的人。

门禁系统询问她要找哪一位，吴琪报了母亲的名字。

"请提供房间号作为核对。"

"403。"

"房间号与人名不匹配。"

一个家庭对集区所做的贡献，会成为其获得家庭住房的考量标准。吴琪的离开降低了他们家的整体评分，但与此同时，事业有成的哥哥又能给家庭带来优厚待遇。在这几年间母亲的房间号或许不止有过一次变动。

"所以，我报的号码是四年前的，请再次核对。"吴琪向半懂不懂的 AI 解释着这个问题。这时，哥哥突然打来电话。

"老妈说你在她家楼下？"他气急败坏地说，"有什么事不能电话里讲？"

吴琪这才意识到，系统其实已经给母亲发去了呼叫通知。原来是母亲不想见她。

她理解母亲的回避。当年受了太多苦，母亲很害怕再回到过去的生活。要是别人知道他们家出了个搞艺术的，说不定昔日的歧视又会重现。尽管核灾难已经过去了一百年，仍然有不少人看不起艺术从业者，觉得他们是拖后腿的，只会浪费社会资源。

"这件事很重要。我想我们还是应该当面谈谈。"

"我不是跟你说了吗？不可能！"

"可是，我不希望爸爸再继续受苦。只要有两名亲属共同签字，安乐死程序就能很快执行。"

"不许再提那三个字！"哥哥的声音有些慌张，深呼吸了一下，克制着情绪说，"听着，你就待在那里，我来找你。别乱走，知道吗？"

吴琪觉得自己就像瘟疫。

她跟着哥哥来到一间咖啡馆。这种店在宏海集区很少见。每个顾客都面向半墙，坐在单人位上，面前摆放着一杯加入了人造咖啡因、香精和色素的热水，但很多人并不喝，只是放在那儿当作摆设。

他们来这儿是为了让客户感到放心。在这远程时代，伪造大公司的律师身份非常方便，而大部分人也不可能远道而来实地检验。于是，律师们选择在咖啡馆里和客户开视频会议，把其他上百个同样西装革履的同行当作背景。此外，咖啡馆作为休闲文化的符号，能给人一种官司稳赢的笃定感。

吴琪环顾四周，店里没有二人位，看来律师之间并不需要坐下来聊天。于是兄妹二人并排坐在两个单人位上。她不知该不该看着哥哥说话。

"爸爸他……"

"我说了，别提那三个字。"哥哥一上来就打断了她的话，"这在法律上是一个盲区。"他皱了皱眉，"那个男人，你让他怎么样都行，就是不能让他死。"说到"死"这个字的时候，他只发出了"嘶"的声音，"因为一旦你把这事揽到自己身上，法律就要判断究竟是他自己的意愿还是你的个人行为。大多时候都说不清楚。"

"可是，医生说只要……"

哥哥的语速快得让她没有说完话的机会："现在是没问题。可将来要是有人想害你，就会利用到这一点。你希望我们都摊上事吗？"

"谁会害我们？"

"人生这么长，谁知道呢？现在这个社会，所有信息都被记录了下来，几十年以后也能旧事重提。"他认真地看了一眼吴琪，"你要学会保护自己。"

"可是，不能为了我们自己就让爸爸受苦，他现在的情况我在电话里也说了……"

"我们对他已经仁至义尽了。"他的表情严肃起来，好像上了法庭，"法律规定，在不同集区生活的子女只需支付额定赡养费。我早就把二十年的费用一笔付清了，那些钱足以保证他的正常生活，等到二十年以后……"

"但他是个重度钝化症病人。"换吴琪打断他了，她知道那笔钱早已被父亲花完，"是我们没能照顾到他的情感需求，情况才会发展到不可挽回的地步。"

"是他自己决定不来法律集区的。"

"妈妈没有给他这个选择。"

两人的音量节节攀升。哥哥整了整领带，将语气切回到一开始的冷静："吴琪，你的格局太小了。这不是他们两个人之间谁的问题，也不取决于我们之间争论的结果。这是时代变迁中必然出现的淘汰。"

四年未见，哥哥像是被母亲的幽怨附身一般，说出的话比她的更冷酷、更决绝："那个男人被淘汰了，如果我们只想着过去那些所谓的道德、所谓的感情，我们也会很快被淘汰的。"

但吴琪还是从他眼中看见一丝温情。

他叹了口气，对妹妹恨铁不成钢地说："你也已经二十二了。有些话不解释清楚，我想你也很难接受。"

于是，他讲述起自己眼中的社会变迁——

2030年，核灾难彻底改变了这个世界。在核污染的大背景下，自然资源匮乏，土地紧缺，致使人们不得不集中生活在高科技笼罩的一个个集区里。久而久之，集区里产生了高度集中化的巨型企业或者产业集群。它们之间通过互联网与地下物联网连接在一起，对企业而言物理距离不会有太大影响。

普通人的生活则需要依附于这些企业。最基本的就是能在集区里安居，在此之上则是满足各种生活与娱乐所需。与之相应的是居民对集区的贡献，也就是为企业工作。因此，在现代，某个集区里的"居民"和"员工"其实是一个概念。

员工在企业里工作，居民在集区中消费，形成一个良性的闭环。而加速这种循环的，是企业的忠诚度制度，即一个家庭为企业的贡献越多、越久，得到的优惠福利也就越多。这样，就可以最大程度地节约人才培养的成本、彻底解决通勤问题，并通过统一的食宿服务降低工资支出，让企业保持高效运转。

这对民众而言当然有不少缺点，比如，更换居住地、更换职业的成本极高；收入在很大程度上被替换成了只有集区内部通用的"虚拟币"；还有退休后的养老问题等。

但各大集区也在不断升级着居民的生活体验，促进虚拟娱乐产业的蓬勃发展。过去的一切需求，从餐饮到起居，从舒适到隐私，从娱乐到文化，如今都能在一栋大楼里实现，帮助人类用最短的时间恢复到了接近灾难前的生活质量。

"这样的生活方式带来了一种观念上的改变——家庭观念的淡化。"

哥哥说着，喝了一口杯中的咖啡，像老师一样在必要的时候停顿，让吴琪自行消化。

"早在19世纪，就有社会学家提出一种名为'法伦斯泰尔'的理想社会建筑蓝图，类似一个乌托邦的宫殿。每个'法伦斯泰尔'里居住着五百名至两千名居民，他们共同劳作，共同养育后代，无须再像过去一样以家庭为单位生活，婚姻制度也因此被取消。

"集区正是这种乌托邦的进阶版。由于技术的发展，孩子到十岁左右已经可以完全脱离父母独自生存，成年人也不再需要用恋爱和婚姻来满足生理需求。你明白这意味着什么吗？"

"你想告诉我，感情是一种累赘？"吴琪低头看着杯中的苦味饮料。

"没错。"他有点惊喜，觉得妹妹终于开窍了，"我知道你是个感性的人，这些话听上去有些残酷。但你要知道，每个人都是时代的工具，我们所处的这个时代已经比灾难年代好太多了。只要你不再胡思乱想、感情用事，勤勤恳恳地工作，就能有好日子过。"

"我知道，你也是为我好。"吴琪学着哥哥的样子，把搅拌棒放进杯中，沿着杯壁转了一圈，不舍得破坏咖啡中间的图案。

他满意地点了点头："你想清楚了可以回来，我们也能有个照应。当然，也仅此而已，保持距离对大家都好。"

吴琪出神地望着杯中的心形拉花。听说，百年前的人们，他们的生活里到处都是爱心形状，从衣服包包到甜品糖果，他们本能地将感情视作最美好的事物。

"我说不出你哪里不对，也讲不出什么大道理。"她不好意思地笑笑说，"但是，你还记得吗？小时候我们吵架，我讲不出道理就会哇哇大叫，连你也拿我没办法。那时候你就会一脸委屈地跑到爸爸跟前，让他给你评理。"

听到这里，哥哥猛地拍了一下桌子，咖啡杯差点儿弹了起来。周围的人投来诧异的眼光。

"能说的我都说了。"他在杯子上扫了一下指纹完成付款，"你听不懂，就会是下一个被淘汰的人。"说完便夺门而出。

此刻哥哥的表情和吴琪刚才回忆中的哥哥很是相像。如此愤怒，或许是因为他想起自己也曾有那样脆弱、那样依赖感情的时候。

此后，她又打了好几通电话，也尝试去他办公的地方，但都没有机会再说上一句话。事已至此，她只好自己一个人去面对。

回程列车上，吴琪问白龙："人应该有决定自己何时死亡的权利吗？"

"当然。"

"那为什么每年安乐死的比例这么低？"

"因为他们都在为别人活着。"白龙在屏幕那一头啃着苹果说，"就像我那群没用的儿子。当我觉得活够了，需要他们推我一把的时候，他们一个都不敢。"

"你也想过要……"

"这把年纪了，总有觉得活腻了的时候。"他擦了擦沾满苹果汁的手说，"你为什么突然说这个？"

想到哥哥说的法律盲区，吴琪一时没敢回答。

"我知道了，你又在想许安杰的事了，对吧？"

她顺势点了点头，意识到父亲的状况和他确实很相似。许安杰的作品中处处透露着死亡意志，宏海影业却逼着他活下去。

"我理解你的心情。"白龙说，"虽然以前我和他关系一般，但多年来还是很尊重他的。平心而论，一个不想说话的人被迫说话是一种痛苦，而一个失去了生活的人被迫去创造生活简直就是受难。"

"受难"二字让吴琪的心颤抖了一下。难以想象，活在以自己的痛苦搭建的无限重复的迷宫里，是一种什么样的感觉。如果说之前对许安杰的担忧都只是她单方面的猜测，那么从这位老人口中得到证实之后，她作为"帮凶"的罪名就再也逃不掉了。

"难道就没有办法让他安稳地离去吗？"

"只要他的大脑还有用，宏海就不会放过他。"白龙似乎很看不惯公司的做法，"如此珍贵的'财产'，其他几家影业也在争夺，所以进入他的房间需要通过层层审批。唉，没人帮得了他。"

说到这儿，他眼珠子一转："除非……"

"你有办法？"

"不，是我老糊涂了。"他回避了吴琪的视线。

"虽然你退休了，但你在公司里的影响力还是很大的吧？"她焦灼地问道。

白龙为刚才的说漏嘴补救道："宏海能在激烈的竞争中活下来，就是因为健全的决策体制，不会让我这种人说了算。"他说完无可奈何地摇头。

"但是你刚才想到办法了，对吧？"吴琪没有放弃，"你说进入房间需要审批，但我作为引导师，离他就只有一墙之隔。是不是有什么我能做到的？"

没想到他却反问一句："你这么在乎……该不会是爱上他了吧？"

"怎么可能！"她惊得汗毛竖起。

"忆影里的他，的确年轻又儒雅。"白龙感叹道，好像在怀念自己的青春岁月。

通话结束后，吴琪在列车上点了杯冰水，敷了敷涨红的脸颊。她反思了一下，发现自己过多地把父亲的事和许安杰的事串联在了一起。想到这里，她打开诊疗中心的监控平台查看父亲的情况，画面中的忆影治疗舱却空无一人。

不对啊，这个时候是他固定的睡觉时间。她检查了一下治疗舱的号码，是正确的；又切换到病人的定位界面，地图上找不到代表父亲的红点。

吴琪觉得不对劲，赶紧询问了值班护士，却被告知"病人已经被转院"。

转院？！

她急忙打电话要求核查，经过反复沟通，院方才说出真相。

原来，这是哥哥的所作所为。他把父亲私自减少营养剂的事报给了诊疗中心的上级部门，说他们对病人管理不周，导致父亲有生命危险。他还顺便揪出了一些其他法律漏洞，一并加以投诉。诊疗中心对此又气又怕，因此，当听说他想把父亲转去别的医院时，二话不说就开了绿灯。

"别的医院？哪家？"

"出于隐私保护，不方便透露。"

"可我才是他的办理人！"

"我们已将相关费用退还给您，与您不再有服务关系。"

不论吴琪怎么理论与恳求，他们都不同意把接收父亲的医院说出来，就连大致在哪个集区也不肯说。

她心急如焚，不停地给哥哥打电话，却只收到一条文字回信："别找了，不在我们的集区。我已经把他安排在一家管理严格的精神病院，会承担所有费用，直到他寿终正寝。"

吴琪还是锲而不舍地拨打他的电话，想要听到哥哥亲口告诉她，为什么会做出这样残忍的事情。但他却躲在铁棺一样厚实的屏障背后，不给她一丝希望。最后，她只能发文字信息告诉哥哥：只要把父亲转回来，她保证自己能处理好父亲的事，绝不会连累他和妈妈。

没有回复。

再发。还是没有。

吴琪十分绝望，忍不住质问起他来。她挑明了说："你脑子里想的全是怎么在集区里爬上高位，担心任何风吹草动会惊扰你的事业！劝说我回去也是因为能提升整个家庭的待遇！"

这种质疑有点效果。

哥哥回了一句："要学会放下才能活下去。"

"可是，那样我们还是人类吗？"

吴琪点击发送，收到了自动回复："信息发送失败，对方已设置屏蔽。"

在网络信号时断时续的长途列车上，她想尽了一切办法去联系她能想到的精神病院。然而，对方不是否认，就是跟她说"无可奉告"。不知打到第几百通电话的时候，她突然死心了，明白自己不可能斗得过精明的哥哥。

就这样，她失去了父亲，失去了为他实现最后愿望的机会。

吴琪抵达宏海集区的第一件事，就是回到引导室工作。过去几天的假期，是她以接下来一整年无休止的工作换来的，此刻必须第一时间开工。

为了忘记烦恼，她全身心地投入到制作许安杰的忆影中，经历一个又一个恐怖的、离奇的、古怪的、迷离的故事，每一次许霖都会以各种方式置林亦溟于死地。然而，故事不断趋于雷同，公司给她的评分也越来越低，甚至一个月连一部合格的片子也挑不出来。上层领导要求她返工，这意味着许安杰也无法休息。

吴琪心力交瘁，实在没办法了，只能通过引导器对许安杰说："求求你，给我一点新剧情吧。求你了，我们都想赶紧结束。"

于是，在那部忆影的结尾，许霖来到了一片茫茫大漠，不停地往前走。风沙遵循着某种轨迹扬起又降落，慢慢地积起沙丘。他不停地走着，走着，直到狂风将他吹倒在地。

他睁开双眼躺在那里，等待着，等待着。沙粒一点一点地撒落、堆积，渐渐遮住了他的身体，只露出脸。他被埋在沙下，仍然呆呆地瞪着眼睛，仰望天空。风沙吹了又吹，覆盖了他的嘴唇、他的脸颊，然后是额头，最后只剩下眼睛。

他把眼睛闭上，被风沙彻底掩埋，仅剩的一点呼吸声也消失殆尽。周围只剩下狂风继续呼啸。

影片终于达到了公司的要求。然而，许安杰所表达的绝望已经沉重得压垮了吴琪。她给白龙发信息，写了又删，删了又写，最后还是选择拨通了电话：

"请你务必告诉我让许安杰安心离世的方法。"

7

周日清晨，总部大楼里空空荡荡，格外安静。没有谁愿意浪费一周仅有的一天休息时间，最强的提神药片持续时间也就六天。

吴琪来到引导室。这天是她见到许安杰的第一百天。在他长达一百年的人生中，他俩的故事不过是很小的一个片段，虽充斥着不愉快的体验，但对她而言却意义非凡。她从未如此真切地体验过情感的震撼，或许一生都不会忘怀。

作为回报，她想为他做一件事，而他将永远不会知道。

"让他的大脑进入边缘状态，直到系统发出警报。"

吴琪回想着白龙的这句话。

"根据内部程序，需要有人对他的脑部情况做二十四小时监测。周日人少，我会安排由你负责。如果他的大脑不断产生无意义内容，处于边缘状态的时间持续二十四小时，系统就会生成一份鉴定报告，证明他不再具有忆影摄制能力。之后的事就交给我处理吧。"

他惴惴不安地强调道："你要想清楚，即使有我在，这件事还是有一定风险的。况且，这种衰竭状态迟早会发生在许安杰身上。你也不过是让它来得早一点。"

吴琪心情沉重地坐在引导器前，怀疑自己是否应该这么做。她不敢透过窗户去看那一头的老人，她怕又想到父亲。

几十年后，等她也老去时，父亲或许还会在某个不知名的集区里忍受强制性的治疗，忍受虚假的记忆，忍受空虚的生命。如果她能早一点倾听他说的话……

这时，忆影里的话，许安杰的大脑所传达的话，都从她的记忆里倾泻而出：

"请你尊重我的意愿。"

"枯竭……枯竭……"

"只有尽力活过，为自己、为别人而活过，才能无愧于心。"

……

现实比忆影更残酷。失踪的林亦溟再也没回来，没有给许安杰任何选择和赎罪的机会。许安杰就这样停滞在人生的裂口，无数次重复自己犯下罪行、失去挚爱的过程，将它丑化，抑或将它美化，舔舐伤口，负罪前行，宛若困在炼狱中的魂灵。

是时候让他解脱了。

"这里是宏海警局一队。"吴琪下定决心，对着引导器说，"我们找到林亦溟了。再说一遍，找到林亦溟了。"

画面中出现一个光点，它像颜料滴到水里一样扩散开来，形成一个不规则的小圈。圈中有一个人影，正坐在地上。

"她已经白发苍苍，但是面容安详。她说，她有些话想让我们传达给你。"

镜头慢慢往前移动，光圈逐渐放大，人物轮廓也越来越清晰。背景里响起了海浪的声音。

"她让我们录下声音，便转身离开了。"吴琪用和风细雨般的声音重复道，"她说，有些话要传达给你。"

吴琪点开引导器里的语音合成功能，用之前忆影中林亦滇的声音作为数据，模拟出她说话的声音、语调，甚至呼吸的习惯。

"安杰。"

画面中的他坐在美丽的白色沙滩上，闭着双眼，感受海风。

"还记得我吗？"

他缓缓睁开眼睛，眼神里带着忧郁，头发在风中飘扬。

看着他年轻的面容，吴琪不禁有一丝心动。这种心动非常微弱，和忆影里的感情比起来，就像一只小小的蚂蚁踩过心头。如果说她真的爱上了什么，大概是爱情本身吧。她想要有机会去爱一个人，去感受甜蜜，去受伤，去得到爱的能力。

"我是林亦滇。我一切都好。"

听见这声音，他两只眼睛睁得大大的，好一会儿没眨眼睛，好像在大海升腾的雾气中看到了什么。

"过去的事，不用放在心上。"她的声音既缥缈又庄重，"我已经……原谅你了。"

他眨了一下眼睛，眼角泛起泪光。他纤长的睫毛沾上泪珠，就像海浪湿润了礁石上的青苔。

"我原谅你了。"吴琪缓慢而有力地重复道，"原谅你了，原谅你了，原谅……"

她看见许安杰的脑海中走马灯似的闪着林亦滇的容颜。她的笑、她的哭、她的冷漠和热情，只是并没有像上次那样夹杂着吴琪的面容。

这是理所当然的。即便没有经过睡眠清洗，他也不会记得。

她哽咽着说："我原谅你了，原谅你了。"

海边的身影在风中渐渐变得透明、模糊，乃至消失……最后只剩下海浪的声音。

如果许安杰长久以来的愧疚能够得到平息，那噩梦般的循环也会走到终点吧。吴琪屏息凝神地等待着，第一次觉得自己和世界上本不相识的另一个人有了牵连。

　　只可惜，这种牵连的方式是让他有尊严地死去。

　　他头脑中的画面逐渐变暗。就像只剩最后一小截蜡烛，在消耗完全部的自身以后逐渐熄灭，留下一缕青烟。

　　进入边缘状态了吗？

　　现在放心还太早。她将视线从漆黑的屏幕上移开，整理了一下记事本里的稿子，里面全都是根据之前的经验斟酌以后，觉得他不太会做出有效反应的引导语。她得继续对着引导器装模作样，这样才能让宏海高层相信许安杰的大脑已经衰竭。

　　可就在这时，她的耳边响起了尖锐的警报声。

　　难道她的小动作这么快就被发现了？她紧张地把门打开，探头张望。动静却从隔壁房间传来。

　　透过窗户，她看见薇薇火急火燎地冲到了许安杰身边，将头发似的线路连接到他的头顶。屏幕上显示，许安杰的心率正在不断减弱。

　　怎么可能？吴琪困惑不已，她只是说了那么两句话……况且，他身上还连接着最先进的生命支持系统。

　　吴琪不知所措地站在那里，脑中一片空白。眼看着急救人员在随后的几分钟内赶到，在老人的身上架起心肺复苏仪……她害怕听见电影里那样"哔——"的终结声。

　　恍惚中，她想起自己引导的某一版忆影，结局很特别——林亦溟反杀了许霖。准确说来，是林亦溟用某种技术加速了许霖的衰老，让许霖在几分钟之内度过了几十年，直至自然死亡。

　　许霖濒死之时，林亦溟一直坐在他身边，温柔地对他说话，如同在朗诵一首死亡之诗：

死亡不会一蹴而就。

别害怕，我就在这里。

你的器官相互之间将逐渐失联。当心脏最后一次搏动时，会往血液里注入大量的内啡肽。你知道，那是最天然的止痛剂。

等到机体功能停止运转十秒钟后，脑电活动便会急剧下降，四分钟后脑部将受到无法修复的永久损伤，人被判定死亡。

但我不会就此离你而去的，我会陪伴你，直到最后一刻。

脑死亡以后，有些细胞还活着。皮肤细胞会继续分裂，直到二十四小时以后才会停止。

最终，在大约第三十七个小时，你的脑细胞将向这个世界发送最后一次神经脉冲。

到那时，我才会与你作别。

8

R173 梦影

"艺术,无穷的宝藏……前人以为把它们留存下来,就可以造福万世。"

许安杰文质彬彬地坐在壁炉旁边,安静地倾听着林亦淏的感慨。她刚刚读完一部鸿篇巨著。

林亦淏将那名为《追忆似水年华》的书籍合上,指尖在布艺的书封上流连不舍。

"然而前人没有料到,我们能留下书籍、音乐和影片,却留不下生活。失去了真实的生活,我们便失去了一切。"忽然,她从沙发上起身,情绪激昂道,"我们必须做些什么。"

"的确。"他的镜片上起了雾,他取下眼镜用布擦了擦,"但我们不应该妄图改变人类。"

她把书往边儿上一甩:"我以为我们的理想一致,

看来是我错了。"

"亦淏，我了解你的想法。可你这方法太极端了。"

"你不了解，从来不！"她生气地说，"你爱的根本就不是真实的我！"她戴上帽子，气冲冲地跑了出去，留下许安杰百口莫辩。

她穿着防护服来到天台，找了一块僻静的地方，就地躺下。听说，连这儿的露天交通站都将被纳入集区建筑之内，再过几年她就会失去仰望夜空的权利。

虽然雾霾遮蔽了天际，但风大的时候偶尔还是可以看到几点微弱的星光。就像今晚，她看见几个靠近的光点，猜想那是北斗七星。闭上眼睛，更多星象从她的记忆中跳了出来，仿佛面前闪耀着银河。

四下无人。这时候，若有杯酒就更好了。

电话那头，白龙听闻她离婚的消息，只是说了一句："准备几个小时后复婚？"

这是他听完她牢骚后的标准"台词"。

"你该不会是在嫉妒我吧？"她笑着说。

"'结婚'两个字，我听着就作呕，不过……"他做出思考状，"为了你，我会认真考虑一下。"

"你不会对任何事认真的。白龙，我们太像了。"不知怎么，她觉得自己的声音有些凝重，"看见你，令我惧怕我自己。"林亦淏停顿了一会儿，开始意识到自己的问题，"我需要自由的呼吸，需要激烈的情感，但是当一切平息之时，就会明白只有他不能失去。"

防护服挡不住寒冷的晚风，她觉得自己清醒些了，便起身往电梯那边走去。

"礼貌性地问一句，你们这次吵架的主题是什么？"

她卸下全副武装，在电梯门关上前一秒，把鼻子凑在门缝上深深吸了一口气。这是违规操作，因为外面的空气里应该既有辐射又有尘埃。但不管怎么样，那还是新鲜空气，是大自然的造物。

　　"我最近想做一种新的东西——梦影。"林亦溟回答，"梦境和记忆最大的不同在于逻辑：记忆来自现实，而梦境则有着一套迷糊又古怪的逻辑。那多有趣？可是我的前夫却不支持。"她特意在"前夫"两个字上加重了音量。

　　"啊，我想起来了，你前两天提过那部老片，叫……"

　　"《穆赫兰道》，"她说，"史上最接近梦境的电影。"

　　"你的品味比许安杰时髦不了多少呵。"

　　电梯抵达一楼，而她不想回宿舍，于是决定随处逛逛："弗洛伊德说，梦是愿望的满足，但是梦里的愿望会伪装，看起来和现实中的不太一样。那部影片恰到好处地体现了这一点。"

　　集区内部不分昼夜，每个人都有一套自己的时间系统，这样才能错峰使用各种公共生活和娱乐设备。然而，这也拆解了人们的睡眠时间。有研究表明，人类每周的做梦时长正在直线下滑。

　　"梦境和现实就好像两副扑克牌，互相遮掩，互相投射。导演将它们全部打乱，让观众摸索着重新配对。为了提供线索，他还塑造了各种嵌套——电影中的电影，剧场中的剧场，梦中之梦。"

　　林亦溟来到宿舍中心的休闲区，五颜六色的霓虹灯招牌铺天盖地。人们可以通过颜色、字体、招牌大小，迅速找到适合自己的娱乐品牌。

她注意到众多感官体验舱的黑色帐篷中间站着一个女孩，于是问白龙："你知不知道最近有个新加入宏海影业的女孩，领导一直在找她？"

"听说了。"

"你看看是不是这个人？"她捕捉了一张女孩的远照传送过去。

"查到有什么回报？"白龙别有用心地问。

这时，女孩低下头，从黑色帐篷之间快步穿过，好像在躲避帐篷里那些人醉生梦死的表情。林亦溟赶忙跟上她的步伐。

他回复道："面部识别结果无记录。"

就是她了。林亦溟冲上去，顺便挂断了白龙的电话。

女孩神经紧绷，一见到有人过来便拼命逃跑，穿过广场和人群，来到偏僻的小道，直到走进一条死路才停下。

"别害怕，我是来帮你的。"

女孩慢慢转过身来。

看见她的脸，林亦溟很是惊讶。"我们长得真像。"接着便爽朗地笑了笑。

女孩也露出了谨慎的笑意。

"没关系，我会保护你的。"林亦溟说，"不过，你得先告诉我一件事：他们为什么要抓你？"

"我不知道。"女孩的声音有些颤抖，"只是突然发现有人追我，我就一直躲，一直逃。"

"行吧，跟我走。"林亦溟向她伸出了手，"瞧你紧张的样子，放松点。"

"我们去哪儿？"

"去探险。"

就这样，她们手牵着手来到一座荒废的玻璃暖棚。首先是一条狭窄的通道，进入之后空间顿时开阔起来，玻璃与透光的钢材支撑起一个世外桃源。越往里面走，植物长得越高，花卉的种类越繁多。深呼吸时，能闻到沁人心脾的芬芳。

　　"这里是早期建的人工暖棚，后来被遗弃了。没想到，摆脱了人类的干预，这里的植物反而自由地生长起来。"

　　女孩四处张望，穿过一个树洞，发现背后别有洞天。更高大的树木向四面八方伸出枝杈，它们纵横交错，仿佛支撑着这广阔的空间。湿润的苔藓像毛毯一样挂在枝头、覆上墙壁、爬满地面，将这里打造成一个美妙的绿色世界。

　　她高兴极了，迫不及待地往更深处走去，林亦溟则跟在后面。这时，前方竟出现一个小小的池塘，喷泉喷涌而出，让人分不清是自然的还是人造的，梦幻无比。

　　女孩兴奋地跑过去，趴在水池边，捧起那清澈的水往自己脸上拍打了几下。这时，她注意到湖面中自己的倒影，陷入了迷茫。

　　"喂，你还好吗？"

　　林亦溟走过去。女孩好像听不见她说话似的，出神地看着水面，看着，看着……突然身体前倾，坠入了池塘。

　　"喂！"

　　林亦溟赶紧跑过去伸出手，但没能抓住女孩。奇怪的是，这小小的池塘竟然深不见底。她趴在水池边使劲儿捞，可是什么也够不着。

　　紧急关头，她发现喷泉的背后藏着一条小道，便摸索着走了进去。小道的尽头是一座通往地下的旋转楼梯。她脱下红色高跟鞋往下奔跑。此情此景似曾相识。不止这里，还有很多细节似曾相识。

一路上，她非常担忧、自责，觉得自己没有保护好那女孩。越到地下，越觉得寒冷。花园里的湿气在这儿凝成霜雾，再结成冰晶，这里宛若一个冰山下的洞窟。

不知过了多久，林亦溟终于来到了最底层。她看见池塘正下方，有一个盘曲交结的巨大树根悬浮在半空中，树根中间藏着一块人形大小的黑色冰晶。

走近一看，女孩被冰封在里面！

她赶紧跑上前去，用拳头敲击那冰晶。然而，它并不像看上去的那么坚硬，反而像焦糖果冻一样软绵绵的。她伸手进去，想抓住那个女孩的手，却感觉像是自己的左手穿越空间，碰到了自己的右手。

这时，耳边一个声音传来：

"你是想救别人，还是希望别人来救你？"

9

吴琪蒙蒙眬眬地睁开眼睛，觉得左眼有点散光，像是眼里有什么异物，于是条件反射地将眼睛闭了起来。

"她问我，如果'核心'真的存在，你想用它做什么？我想也没想就回答，'当然是体验人世间最大的快乐啦。'"

不远处，有个年轻男人嘀嘀咕咕，等到她的听觉逐渐恢复，她才听清他说的话。

"于是她拿出一块凸透镜，与我的大脑连接了十秒。仅仅十秒，那种感觉我一辈子也忘不了。"

吴琪感觉非常寒冷，四肢发麻，似乎还待在刚才那个冰山洞窟里。她再次睁开眼睛，看见男人的手伸了过来，从她左眼上取下一个什么东西。

"为了再次体验那种感觉，我寻觅了很久很久。实在找不到，就只能花钱找人研究，找人仿制。"

眼前没了异物，她双眼对焦，看清了那个青年。他举起那一个东西，将其放在灯光底下，那东西好像正是他所说的凸透镜。

"外形是一模一样，功能嘛……"他对着镜片看了一会儿，随后露出诡异的笑容，"你的忆影比我想象的还有意思。"

"我的……忆影？"

吴琪仿佛从一个陌生的世界里醒了过来，一时搞不清自己是谁。她看了看四周，参天大树、绿色苔藓，一瞬间以为自己还被冰封在树根底下，转眼却发现盖在身上的白色毯子。为什么玻璃暖棚里会有毯子？

"摄忆机、真实忆影、'核心'——我们循着她留下的这些线索，不断地研究和改造，发明出所谓的新忆影。当然，这是注入了各种商业因素的产物，和她最初的设想肯定不一样。"男人在她面前走来走去，"就这样，新忆影和逆浪潮竞争了二十多年，其间也经历过惨败，不过结果当然是以资本的胜利而告终。"

迷离中，她尽可能地不去听那个男人咕哝些什么，而是集中注意力理解眼前的情况。

什么时候自己变成了忆影的记忆者？可只要一回想，就觉得脑袋胀痛。除此之外，四肢冰冷麻木得不听使唤，周围的场景也极不真实。这种感觉，她以前听别人描述过。

刚开始做实习引导师的时候，记忆者经常反馈道他们陷入了一种"中间态"，明知自己在被人引导，但就是入不了戏，又醒不过来。这是引导师技术不过硬的表现。

这么说来，自己现在还在忆影中，就像一个人清醒地处于梦中一样。她要做的就是让自己先醒过来，然后才能想起是怎么回事。

"然而有一天，我突然醒悟过来。"年轻男人接着说，"林亦溟之所以让我体验'核心'，并非想给我留下些什么而可能只是她的一个恶作剧。"说到这里，他的表情变得古怪，说不清是笑还是哭，是感动还是怨恨。

"她想要惩罚我，或者利用我去惩罚许安杰，惩罚这个世界。"他额头上的青筋凸起，好像咬牙切齿，又好像欣喜若狂，"不然，她为什么要让我陷入这永恒的饥渴？"他仰头站在大树底下。

暖棚里的人造阳光，透过树叶间的缝隙洒落在他的鼻梁上。

"啊！永远垂涎那新鲜的滋味，永远、永远得不到满足！"他仿佛在对着上天咆哮。

一旁的吴琪很是淡定，在别人的忆影中她什么大场面没见过？

眼前这个人，应该是白龙。自己的记忆里没有第二个神态如此夸张外露的人了。只是这外表，虽说轮廓是有点像，可是年纪也太小了，比许安杰忆影里的那个白龙还要年轻得多。而且他皮肤白皙，完美无瑕，走路都挺拔优雅，完美得有些虚假。

"谁在引导我的忆影？"她问道，"白龙，是你吗？"

男人吃惊地闭上了嘴，世界安静下来。

"请把我唤醒吧，我已经出戏了。"她躺在大树底下，阳光刚好照不着她，所以感觉特别冷。她还是第一次知道记忆者的感受是那么的真实。

男人想了片刻，似笑非笑地说："是什么让你出了戏？"

"大概是你的脸吧。"

"我的脸？"

"嗯，你把自己的长相刻画得太完美了，就像偶像剧一样。"吴琪望着树荫遮挡的天际，对着外面那个世界喊话，"快让我醒来吧。"

"噗——"他发出了奇怪的笑声，"咯咯咯咯——"，然后又"啊哈哈哈哈哈"。

这笑声令她脊背发凉。

"啊，对不起，对不起，一下子没控制住。噗——"白龙憋着笑说，"真是太有意思了。怪不得他们都说你是个十年难遇的人才。"

吴琪揉了揉眼睛，不明白是什么意思。

"这儿是现实，我的宝贝。你已经醒来了。"说着，他喊了声"还原"，参天大树立刻消失不见了，只剩下一个幕布盖满墙面的房间，看上去就和她的引导室差不多。

"但是你……"

"我已经变回了年轻时的模样。"他摆出斯斯文文的站姿，好像在期待着赞美。

吴琪将信将疑地分析着目前的情况。记忆模糊，四肢僵硬，再加上眼前这个从没见过的年轻面容，这些要素集合在一起，想不出还有别的可能。

对了，"恶作剧"，她刚才听他提到这三个字。以白龙的性格，很可能是在等她出糗，等到她信以为真了再猛地一下揭开真相。

"看样子，你还是不相信我说的话。"他又在房间里走动起来，好像一刻也闲不下来，"逆转技术，听说过吗？"

她似乎听谁讲过这个词，但是只要试图回想，头就疼了起来。

"只要有足够的钱，就可以永葆青春，这在我们这个阶层算是公开的秘密。"白龙不知从哪儿掏出一个苹果咬了一口，"真甜。可惜你现在还不能吃。"

这时，一道记忆灵光闪现。她想起自己去过白龙的病房，他请她吃了一种奇特的水果。回忆到这儿就停了下来。

他迅速啃完，苹果只剩下了果核。

"不过说实话，光有钱还不够。这种技术就像打玻尿酸一样，每隔几个月就会失效，必须不停使用。而且，每次逆转的过程都特别疼，所以只有生存意志强的人才能坚持下去。"

吴琪觉得自己像在听天书。长生不老的技术，在新闻里从来都是低级的广告和谣言，为什么会出现在她的忆影里？

"大部分人到这个年纪都已经对人生失去兴趣，就算是我这样的享乐主义者，也无聊得快熬不下去了。没想到，就在我放弃治疗等待自然死亡的时候，有个年轻女孩居然找到我，和我聊起了往事。"

吴琪觉得有些不安，忍着脑袋要裂开般的头痛，继续回忆继续下去。

和白龙在病院分别之后，她过了一段平静的日子，父亲在治疗以后有所好转……

不知为何，这些不久前的记忆像是蒙了一层灰，需要她一点点地撑开。她想到父亲说要转告女儿的那句话，那股悲伤让她的鼻子又酸了起来。

"我很感激你，吴琪，是你让我明白了一件事。"他的眼神里带着难以形容的期待，"人世间的鲜味啊，我还远远没有尝尽。"

"不可能，你肯定是在和我开玩笑。"她想从床上爬起来，用手肘支撑着身体，可是上臂肌肉绵软无力，一下就扑倒在了床上，"你的脸上应该有很多皱纹，这才没几天工夫。"

"不是几天，已经半年多了。"

"什么？"

"况且，逆转的速度在后期还会不断提升，最高可以达到一天逆转一岁的地步。只要有了生存意志，人就可以承受更大的疼痛。"

"不可能，这不可能。"吴琪下意识地摇着头，可事实上她的脖子只是微弱的移动，"白龙，别捉弄我了，让我醒来吧。"

他叹了口气，走到床边凑在她耳朵边说："你其实已经听懂了，但潜意识还是不想面对。"说着，白龙把脸伸到她眼前，"当场演示一下，总能信了吧？"

白龙指了指自己眼下的一条小细纹，拍了拍手，从他的袖子里抽出几根纤维一样的东西，好像细长的小虫，汇聚到那条细纹边上。

"哦，我突然想起来，这技术是保密的。"他用手遮住嘴巴，做出"多嘴了"的姿势，"我也不知道为什么要遮遮掩掩。很多人改头换面以后对外都改了名字，连假装是自己子女的都有。哈哈哈——真是群胆小鬼。"

那些"虫子"在他的脸上组成五角星形状，中间突然闪了一下，如同一道微小的闪电打在他的眼睛下方，细纹瞬间就消失了。

他照了照镜子，随即指向另一侧面颊。她才发现，那儿有一颗明显不符合他外貌的老年斑。几条"虫子"迅速爬了过去，在斑点的位置疯狂分裂，密密麻麻将它盖住。然后，成百上千条"虫子"蠕动了起来，啃噬着他的皮肤！

眼前的景象令人毛骨悚然。吴琪知道，自己绝不可能想象出这样的场景。此时此地是真的，她在现实里。

她再次尝试着将身体支撑起来，但又失败了。这个动作牵扯到腿部，她感觉自己的四肢仿佛没有血液流通一般，和大脑断开了连接。

"别乱动。你躺了半年，身体机能一时半会儿跟不上。"白龙摆出一脸关心的样子，带着歉意说，"我也不想让你睡这么久。可是半年来，我手下团队试了各种方法来引导你，结果都不太顺利。总结原因，应该是你太年轻、生活经历少，加上潜意识排斥得厉害。"

半年……半年前究竟发生了什么？为了父亲的事，她长途跋涉去找了哥哥。情况好像很糟糕，她记得自己坐在回程的列车上，痛苦万分。一定是发生了什么悲伤的事。

"后来我才想起来，许安杰在昏迷之前刚好看了《蝴蝶梦》，所以忆影中经常会出现里面的内容。"

"蝴蝶"二字触发了墙幕的新主题。吴琪发现房间的光线明亮起来，一侧的墙壁上出现一片平整的绿叶，上面有一条绿色的毛毛虫正在蠕动。

"于是我们想试着先唤醒你一部分的意识，给你播放了另一部影片，没想到效果超群。你的大脑转了起来，不需要任何引导。啧啧，真是令人兴奋。"

吴琪想不起列车上发生的事，但对他说的影片却记忆犹新：

故事的女主角是个性格阳光、心怀梦想的人，去好莱坞闯荡后事业一帆风顺。善良的她拯救了一位被人追杀的同龄女孩，还对失魂落魄的女孩百般关怀。然而，影片接近尾声的时候，故事突然反转——女主角从梦中醒来，发现自己一无所有，那个女孩才是好莱坞的新起之秀，拥有她想要的一切。

电影风格很是独特，镜头总是晃来晃去，给观众造成恍惚迷离的感觉，好像万事万物都被蒙上了一层薄纱。这故事她应该看过不止一遍。

"你和片中的女主角一样，渴望成为另一个人。"白龙的声音在她耳边嗡嗡作响。

没错，应该是看了许多遍，她记得自己当时的意识非常微弱，是在不断地重复下才明白了影片的含义——梦中的一切美好，都是愿望的投射；梦中一切的黑暗，都是恐惧的伪装。

"很可惜，你不是林亦溟。没有人能够成为她。"他将手指放在她的头发上，用食指卷卷绕绕，"但是你也能挖掘出独属自己的宝藏。"

这个动作让她非常抵触，头往旁边躲了一下。吴琪发现自己的脖子可以稍稍用力了。"究竟发生了什么？"她对白龙投以嫌恶的眼神。他似乎察觉到了，礼貌地停了下来。

"为什么要让我做记忆者？"

"以我的敏锐嗅觉，第一次通话时就察觉到了你的特别之处。"他露出陶醉的表情，"你是这个时代里非常罕见的那种人，对一个快死了的老头儿都能产生感情。"又挑了挑眉，接着说，"然后我一查，果然，你在大学时代就已经进了宏海影业的关注名单。"

"我听不懂你在说些什么。"

白龙得意地笑道："不觉得奇怪吗？你一个新员工，为什么会有钱让家人住进全球数一数二的诊疗中心？这显然是公司的特殊福利。"

吴琪心里一惊，想起自己第一个月的薪水和父亲的诊疗费用一个零头都不差。

"集区自身的制度能保证员工的忠诚度，但也增加了吸引人才的难度，所以只要碰到人才就绝对不能放走。"白龙解释道，"我们掌握着每位员工的情况。对于重点培养的人才，系统会制定个性化方案，定点投放信息，在神不知鬼不觉中把他们捆绑在这里。"

吴琪恍然大悟。原来，白龙从头到尾都和宏海集团是一伙的。那么，他那些谎言……他究竟说了多少谎言？

这时，白龙一回头，发现了墙上的毛毛虫。它正挂在树枝上吐丝，把自己一点一点地包裹起来。闲不住的青年大摇大摆地走了过去，对那个结到一半的蝶蛹用力弹了一下。虚拟映像与他的动作产生互动，蛹被弹到地上，停止了蠕动。

"说实话，你的上司是李沐虹，这一点让我有点担心。她以前放走过一些像你一样的年轻人。当然，她不敢明目张胆地做，往往是靠暗示。"

李沐虹？！难道……

吴琪想起来了。李主管好像总是话中有话，似乎在故意激怒她。尤其是那一次，专程把她叫到办公室去，接着又让薇薇当场"演示"了对许安杰的睡眠清洗过程。或许，李主管早就猜到吴琪会跟过去偷看。

"你一直在监视我，所以在诊疗中心的时候，才会比院方更早发现我的行踪？"

"Bingo！"他高兴地回答，"就是那一次，让我确认了你的与众不同。"

她感到脊背发凉。虽然以前时常听说宏海集团的黑幕，但怎么也想不到会发生在自己这个平凡人身上。

"你一定是哪里搞错了，我只是个鱼人。"她边说边眨了眨眼睛，角膜屏幕的右上侧显示信号为零，这个房间很可能被切断了网络，无法求救。

"啊，'鱼人'，多么令人怀念的词。"

"现在该怎么办？"吴琪暗暗问自己，"是搞清楚事情的来龙去脉，还是走为上计？"

如果房间没有网络，白龙的监视也应该无法进行。她细细思考着。这儿是引导室，她很熟悉这层楼，即使在黑暗中也能立刻找到电梯。她可以利用走廊光环移动速度慢一点，为自己制造黑暗的掩护。

然而，实施这个方案的前提是能够快速奔跑。自己现在的肌肉还有些僵硬，指尖依旧感觉麻麻的，看来距离恢复还需要时间。

"过去我就很欣赏以鱼人自居的人。你想想，鱼，多么不可思议的动物啊。"话音未落，房间的墙幕又变换了主题，仿佛灌进了整屋子的水。

"领地从大海变成了鱼缸。它们不仅活了下来，还依旧能长出五彩斑斓的鳞片，像在海里时那样优哉游哉地游泳。"他的身后随即出现了四五条形状各异的小鱼。它们摆动着尾巴，在墙面上划出一道道美丽的弧线轨迹。

趁他说得高兴，吴琪在被子底下握了握拳头，虽然还是有点无力，但是应该能撑起身子了。

"你想过吗？为什么有些附庸风雅的有钱人，都爱在房间里放个鱼缸？"白龙双眼紧紧盯着她，如同一条流着口水的鲨鱼，"因为，你这样的小鱼会让他们想起什么是生命。"

吴琪记得，她之前也见过他这样的眼神。回忆有了突破口。

当时，她悲愤交加地对他说："请你务必告诉我让许安杰安心离世的方法。"于是，他面色凝重地说出了"拯救"的方法。

不对，不是凝重。记忆里的细节渐渐明朗。他嘴角往下耷拉着，眼角的弧度却略微向上，面部肌肉有些紧绷，好像在隐藏笑意，好像心中的喜悦就要按捺不住。而她陷在强烈的负罪感中，对此浑然不觉，一口答应了他。

在她点头的那一刻，白龙沉默良久，双眼直直地盯着她，仿佛在欣赏一幅罕见的油画。

回忆让吴琪觉得头皮发麻。正在这时，床的侧后方传来开门的声音，有人推着一辆小餐车停在了她身边，随之飘来的是烹调的食物香味。她用余光瞥见一双纤细的手，抬头一看，是薇薇！

薇薇递来一只盘子，上面摆放着吴琪从未见过的海鲜，肉质饱满，看上去鲜嫩多汁。趁着白龙不注意，薇薇在她耳边以她刚好能听见的音量说："别害怕，我是来帮你的。"

"是李……"

吴琪还没问出口，薇薇就对她做出"不要出声"的手势。吴琪看了一眼白龙的背影。对了，他应该还不知道她俩是认识的。当他转过身来的时候，她赶紧装作没事发生一样，气冲冲地说："你监视我、欺骗我，就是为了让许安杰死？"

"哦不，不是，不是。这句话里有两个错误。"白龙急忙摆手道，"第一，我从不骗人。记住，我从不骗人！"他竖起食指，反复强调，"呃……当然，我年纪大了，记性不好是在所难免的。况且，人们总是喜欢美化过去，我跟你说的版本可能多了些戏剧性，但也情有可原。"

薇薇对她指了指盘中的食物，好像在说："你的身体需要能量来恢复。"

吴琪不知道能不能信任这个机器人，能不能信任李沐虹，但她现在别无选择。她拿起叉子，将食物吞进肚里，此刻的确是饿极了。

"对了，有一个地方，是我记错了。"白龙露出夸张的笑容，刚才除去的皱纹重现了，"其实，林亦溟最后一次来见我的时候，的确说了记忆净化的事。但她表现得非常平静，比我见过的任何时候都更为平静。她没有哭，一滴眼泪都没流。"

薇薇按部就班地摆上食物，每次一递上来，吴琪就狼吞虎咽一通。不知是不是心理作用，她觉得自己的身体机能正在迅速恢复。她极力掩饰自己的动静，小心翼翼地扭了两下脚踝，觉得腿脚已经不麻了，寒冷的感觉也缓解不少，血液正带着温度和养分循环至全身。

"谈话的最后，她突然说：'我是来向你道别的。'接着递来一封信，让我转交给许安杰。还没等我发现那是封遗书，她就潇洒地推门而出了。"

白龙陷入了回忆，语气中散发出少有的惆怅："你相信吗？她没有丝毫犹豫，就像回家一样，走进了那片无垠的沙漠里。每每想到这里，我的心里都生出一丝敬畏。"

"沉住气，要沉住气。"吴琪暗暗对自己说。墙幕上的小鱼正在不断增多，房间俨然成了一座虚拟的水族馆。她注视着那些活灵活现的生命体，希望自己也能赶快和它们一样焕发生机。

她在脑中描绘出逃跑路线。冲进电梯以后立刻直奔最高层，离开集区的列车车站就在那儿。她昏睡前刚搭乘过列车，知道怎么走过去会最快。只要踏出宏海集区一步，她就安全了。并不是完全没有希望。更何况还有薇薇，她可是刀枪不入的机器人。

"刚才说有两个错误。第一个，嗯……第二个，啊，对了，第二个！"看来他的记忆力不如外表逆转得这么彻底，"我的目标从来都不是许安杰。"

听到这三个字，吴琪的回忆又往前延伸开了一点。她记得自己给许安杰做了最后的引导，亲眼见证了他的死亡。然后呢？

不行，现在不是想这些的时候，她告诉自己。冷静，一定要稳住心绪、等待时机。

"还记得我说过的话吗？支撑起忆影行业的是老人、精神病人，还有被剥夺了自由的犯人。"他高高地挑起眉毛，额头上挤出好几道抬头纹，既得意又欣喜，"拿一个江郎才尽的老头儿来换你的无期徒刑，真是一笔好买卖。"

无期徒刑？

吴琪睁大了眼睛，脑海中的回忆再次推进。

她目睹了许安杰的死亡，看见他的心电图变为一条直线。急救人员用心肺复苏仪对着他的胸口拼命地按压。

几乎是在同一时刻，她身后的门被人撞开。只见两个黑衣壮汉走了进来，手上拿着警察专用的那种电棒。她在被电晕之前，听见他们含含糊糊地说了一个词——"故意杀人"。

想到这里，她顿觉惊恐万分。

"说实话，我也没想到你会这么厉害，几句话就把许安杰弄死了。"白龙在一旁悠悠地说，"加上他的名气，这个案件影响不小，因此宏海和监狱顺利达成了共享协议。"他微笑着，一只眼对着吴琪眨了眨，"更有意思的是，社会上还给你取了一个特别妙的名号。"

在听清那个"名号"之前，吴琪已经崩溃。不等薇薇指示，她就掀开毯子，跳下床往门冲去。可是，她的身体状况并没有她预想的那样迅速恢复，仅仅几步路她就觉得小腿肌肉开始发软。

白龙一动不动地站在原地，好像在欣赏一只乌龟赛跑。

快抵达门口的时候，她用力向前伸出手，门没锁，自动打开了！她一条腿踏入一片漆黑的走廊，正准备抬起另一条腿时，右手却被人一把抓住了。

"不是叫你别乱动嘛。"白龙的手臂结实有力，难以挣脱，"唉，看来你还不明白，自己已经被终身监禁了。"他挥了挥手，吴琪之前见过的金发机器人从门外走了进来。

吴琪感到前所未有的绝望。

"注射血清素，一点点就好。"他对机器人吩咐道，"这玩意儿，多了会抑制记忆，你可千万要控制好量。"说完便将她交给了机器人。

"不——放开我！救命——"她尖叫起来，"我没有杀人，我没有，救命——"

就在这时，薇薇像接到指令一样，突然冲了过来。她纤细的身子用力一撞，金发机器人猝不及防地后退了半步。趁此机会，薇薇拉着吴琪直往外冲。

几束光线从墙缝里钻了出来，合成一个大光圈，紧紧跟在她俩身后。吴琪用尽全力奔跑，很快就累得上气不接下气。

不行，这样下去肯定不行，就算能够跑赢光圈，也不可能跑赢那个金发机器人。如果她们逃不掉，薇薇会怎么样？会像科幻电影里一样报废吗？那么，背后的李沐虹呢？

吴琪心中打起了退堂鼓。

"算了。"她气喘吁吁地说出这两个字，"别管我了。"

薇薇一手紧紧拽着她，一手抵在嘴唇上做了一个"嘘"的手势，看上去胸有成竹。她那冰冷的手在短短几秒钟内温暖起来，吴琪的心也稍稍安定下来。

终于冲进电梯里，她喘着粗气，觉得自己的心都快跳出来了。奇怪的是，金发机器人并没有追赶过来。吴琪伸手去按最高层的个按钮，脑中已经出现了长途车站的模样，薇薇却阻止了她。

"那儿不安全。"薇薇说，"他们一定料到了我们的路线。"

没错，是自己太冲动了。白龙显得那么笃定，觉得她肯定逃不出宏海集团的手掌心。

"那该怎么办？"

"没事，跟我来。"

电梯上升几层后，门打开。吴琪发现那是李沐虹所在的楼层，忧心忡忡地问："她会惹上麻烦吗？"

薇薇没有回答，神情却一如既往地令人心安。吴琪拉起她的手，虽然那白皙的皮肤下面没有血液，但却显得比人类更加可靠。

宏海集团的主楼是普通楼房的四五倍之大，平时人们从大楼的一端去往另一端都会选择横向电梯，但她们为了掩人耳目，只能徒步。走到一半的时候，吴琪觉得双腿已经没有半点力气了。

细心的薇薇察觉到了这一点，把她拉到光圈照不到的角落歇息，自己先去前面探路。看着薇薇柔弱的背影，吴琪感到一阵内疚。她不该因为对方是 AI 就觉得害怕。工作之余，这个女孩一直都这么温柔。

过了一会儿，薇薇紧张地冲了来，对她说："这里也不安全，我们得赶快走。"

吴琪不再多问，跟着薇薇转而走向楼梯间。虽然疲惫，但双腿已经比一开始灵活了，肌肉的恢复速度也在加快，最重要的是有了信心，她知道自己不是在孤军奋战。

她们飞快地往下跑去，在某一层突然停了下来。薇薇谨小慎微地检查着周遭的一切，确认无误后，带着吴琪从楼梯间返回楼面走道。

这层或许藏着什么外人所不知道的密道，吴琪心想。她们保持着比光环快一些的速度走路，前路很是昏暗。但是走着走着，吴琪有种熟悉的感觉。

直觉告诉她，这条路她之前走过许多遍，前方就是她每天工作的地方，而薇薇正在打开的那扇门是……

许安杰的卧房！

门内宽敞明亮，吴琪的眼睛一下子适应不过来。迎接她的是一阵咯咯咯的笑声。

"五分四十秒，完美完成任务。"那个人笑着说。

等等，这里不就是刚才她待的房间吗？吴琪无法理解发生了什么，像被冰封住一样定在那里。

"怎么样？我安排的复健活动，你还满意吧？"白龙给自己鼓了鼓掌，"医生说你肌肉状况堪忧，需要运动，要不然会影响你的寿命。"

她回过头去，只见薇薇和上次给许安杰做睡眠清洗的时候一样，头发全部竖了起来，顿时变得人不像人、鬼不像鬼。近距离看的效果比之前恐怖一百倍。直立的头发好像刺猬的背刺，其中一根突然向前弯曲，像蛇一样朝她的大脑扭动而来。

"这当然不行，你的创造力寿命至少还有七十年呢。"

血清素被注入吴琪脑中。过了一小会儿，白龙对机器人吼了一声，责备它注射得太多了，害他又要等很久才能看到有趣的故事。

吴琪昏昏沉沉地被抬到床上。这里……应该就是许安杰曾经躺过的地方。

她侧着身子，看见完成任务后的薇薇再度变得面无表情，和身旁的金发机器人以同样的姿势站在那儿待命，就连下颚仰起的角度都一模一样。这下，她不得不相信，薇薇之所以被设计得如此善于交流、善解人意，只是为了更好地利用人性。

吴琪眼神空洞地看着天花板。蓝色波纹中，一缕阳光被海浪打散，微弱地洒落在她的脸上，好像在提醒她，她还活着，还没有失去希望。

然而过了一会儿，天花板上出现一条分界线，靠近她的这头仍然是蓝色的海洋，另一头则变成了冰冷的金属灰色。她努力坐起来靠在床背上，看见对面的墙幕上显示出两个高大的人影，然后是三个、四个、五个……每个人的影像都比实际大出了一倍，且只显出上半身，他们依次排开占满了一整面墙。

"怎么样？刚才的忆影都看了吧？"白龙对着他们，沾沾自喜地说，"我给它取名为《梦影》。"

墙幕上的人数不断增多，最后十几个影像挤成一堆。他们应该是待在各自的房间里连上了视频会议。每个人都打扮得像模像样，看起来和白龙同属一个阶层，虽然他们表面上的年龄各不相同，但没有一个人显露出老态。

"《许安杰纪念合辑》明天就要上映了，你还准备再加一部片子？"一个大胡子男人问。

"我觉得挺好。"旁边一位妆容夸张的女人抢答道，"合辑合辑，就是要符合不同人的口味。"

"只要套上许安杰的名号，多出一部，就能多百分之十的收益。"另一个人说。

"我本来也这么想。"白龙不紧不慢地说，"不过……"他看了一眼吴琪，发现她正用微弱的声音抗议着什么，于是"贴心"地将耳朵凑过去听。

"我没有杀人，我是无辜的！这是个陷阱！"她用尽全身力气却只能发出轻轻的嘶叫，就像一只愤怒的小鸡。

"哦，这女孩想告诉你们，忆影里那个林亦溟，和许安杰作品中的女主角相去甚远。因为她没见过真人，全是道听途说。"白龙装模作样地转述道。

"说谎，说谎！"她用力发出声音，直到喘不过气来。

"她说我在撒谎，说我向她描述的往事就不准确。"他无奈地摇了摇头，对着墙幕上的参会人员说，"在座各位或多或少都接触过林亦溟，你们来评评理。有谁能准确描绘出她这个人？许安杰忆影里的她就是真实的吗？"

"我没有，我没有说这些！放我出去，放我出去！"吴琪明知道自己的声音无法传到那些参会者的耳朵里，但还是尽力地呼救。

"你们都知道，我从不说谎。问题在于林亦溟。她可是世界顶级演员，任何人都捉摸不透她。"白龙做出苦恼的表情，沉默了一会儿。

然后，他灵光乍现般地说道："可是，这个女孩让我看到了新的希望。她仅仅通过我的描述和她自己的理解，就塑造出了一个活灵活现的人物！"他兴奋地跳跃到引导室中间，好像这里是他的舞台，"《梦影》的价值远超预期，当作合辑的补充，可真是太浪费了！想想看，它是全新的，它是无限的，这个女孩儿可以用一百种方式去描绘她心目中的林亦溟，就像《蝴蝶梦》里的 Rebecca 一样，理智或感性，勇敢或癫狂，妩媚或英气，正义或邪恶。无论哪一种，都近在咫尺，又遥不可及……"

参会人员被他的这一席话打动了，眼睛里闪现出希望的光辉，不知在期待享用的时刻还是赚得盆满钵满的未来。

恐惧深入吴琪的骨髓。

如果无法从这儿逃出去，她就会和许安杰一样落入任人宰割的境地，经历无限的恐怖。她还这么年轻，没有人会记得她的名字，如同一条生命尚未存在过就被掩埋了。

"啊，人们早已渴望一位时代新星来接替许安杰。"浓妆艳抹的女人说。

"这么年轻的女孩，比那糟老头子可好多了。"大胡子男人舔了舔嘴唇。

参会人员对吴琪表现出了十足的兴趣，有人在那儿点头傻笑，有人戴上放映机再次回味。其中一个人歪着脑袋，凑近屏幕观察她，他的脸在墙幕上被放得特别大，那黑色的眼球显得比白龙的头还大，好像一个巨人正在窥探着这里。

这时，墙幕的分界线就像鱼缸的玻璃。玻璃的这一边，海水的波纹平静美丽，五彩斑斓的鱼儿无忧无虑地游动；而玻璃的另一边，好奇的人类正闲情雅致地观赏着，议论着。

"我看到还有人持保留意见。"白龙说，"那么我们来点播吧。你们想看什么样的女主角？"

说着，他伸手将那片神奇的凸透镜放在了吴琪的眼睛上方。她顿时产生无名的恐惧。

不能慌，要冷静。这时候最需要的是冷静的思考。

她是引导师，最清楚接下来的流程。第一步"引导处理"会在两分钟内让她进入昏昏沉沉、半梦半醒的状态……

她放松躯体，放松意念，来到一片空白之中。周围什么也没有，只是出现了一团又一团棉花似的云朵，看起来毛茸茸的，洁净无瑕，与现实中的事物相去甚远。

保持下去。她对自己说，保持眼前这毫无意义的景象，保持边缘状态。

宏海集团要的是忆影。只要她脑中不产生内容，她便没有了价值。白龙说过，他们等待了半年之久，说明在此过程中她一直都在反抗。只要时间拖得足够长，一年，两年，总有一天他们会失去耐心。

"来个温文尔雅的大家闺秀吧。"她听见有人"点播"道，"这年头，能让男人心醉的女神真是太少见咯。"

第五分钟，大脑腹内侧前额叶皮质区的刺激开始生效，熟悉感产生了。

她眼前浮现出最初见到的林亦溟。她身着黑色丝质长裙，留着波浪式的栗色卷发，戴着一副纯白的真丝手套，翡翠绿丝巾从肩上垂下来，气质卓绝。

这位完美无缺的女性和吴琪面对面地站着，宛若镜中之人。吴琪把手放在头发上，她也放了上去。吴琪梳了梳头发，她也照做。吴琪停下来，她也停了下来。然而，她的每一个动作都显得更优雅、更美妙，令人陶醉其中。

醒醒，吴琪！

忘记林亦溟，忘记她！绝不能让他们得逞！

吴琪努力地回想着刚刚醒来那会儿的感觉——一个清醒梦。她必须记得自己是谁，记得自己正在受人操控，正如逆浪潮所说的那样——保持过度的清醒。

因此，她需要寻找破绽，制造破绽。就像白龙的年轻面容一样，忆影中一定充满了和经验不符的漏洞。收集这些漏洞，悬梁刺股般地阻止自己入睡。

这时，吴琪低下头，发现手中出现了一个武器，一把美工刀。与此同时，"镜子"里的那个人手中也有了一把。她注视着那张白璧无瑕的脸，举起颤抖的手，对方也举起利刃对她做出同样威慑性的动作。

她在心里默念道："假的，假的，全是假的！"然后猛地向那女人的眼睛刺了过去。对方的反应稍慢半拍，没能及时还击。下一秒，林亦溟消失了。

没错，就是这样，就是这种感觉。

保持自我，保持怀疑，保持那令人痛苦的清醒。这样，她就可以证明自己是个毫无创造力的鱼人。毫无创造力，毫无……

吴琪就像屏住呼吸入水那样，竭力控制着大脑潜入黑暗的睡梦中。

那个女人没再出现。

吴琪周围却浮现出一大堆红色砖头。这些砖头宛如一支受人指挥的交响乐团，井然有序地堆砌起来。

越是压抑，脑袋就越容易胡思乱想。

残缺的墙纸像爬藤一样攀上墙面，破洞的窗帘也飘浮到梁柱上。破碎的窗户一点点拼凑回来，如同老电影场景不断倒放。

"为什么会这样？不要，快停下！"吴琪在心中呐喊道，可是身边的一切都像是杂草一般野蛮生长起来。这时，她手中的武器便没了用处。

吴琪循着楼梯往上走去。红砖已经堆砌成了和忆影中类似的古宅，但看上去更加残破，也更加黑暗。砖墙上大片大片的焦黑色块让她想起《蝴蝶梦》的最后一幕——曼德利庄园在熊熊烈火中变成了残垣断壁。

她一边走，身后似乎有个声音："不要，不要去那里。"

可是她的双腿不听使唤，继续向着古宅的西厢走去。

"别过去，那里没有人。"声音传来，"记住，这儿只有你自己。只有你。"

打开白色大门，她来到一个装饰华美的房间。见里面空无一人，便放下心来。环顾四周，墙上挂着一面宫廷式镶边的大镜子，优美的刺绣窗幔下面摆放着精致的雕花衣柜，梳妆台上有一捧新鲜的花束。

她缓缓地走到公主床边，伸手抚摸那精美绝伦的蕾丝织品。

珍珠白真丝枕套上绣有一个字母"L"。

"撕破她。让她消失。"

她感到疑惑，这里根本没有人，没有威胁，没有危险。这柔软而精致的布料，只有温文尔雅的大家闺秀才会用。

"记住，你是吴琪，吴，W，你是……"

自始至终都不曾存在过的人，又该怎样让她消失？

这时，她耳边传来另一个声音，是一个男人的声音。他正在说话，可是她的理解能力却在迅速瓦解，听他说话就像在听外星人唱歌。

"尽情创作吧。"

他又说了一句。听上去像是一种称赞，一个敬辞，或者是某种名号……

"无期引导师。"

后 记

洛蕾

感谢你读完这本书，与我共同经历这个未来故事的首个篇章。

科幻小说的迷人之处在于无限可能。它能展现星辰大海，也能描绘赛博战争。而在这个系列中，我想尝试一个独特的角度，将两个看似遥远的元素结合在一起，即艺术与科幻。

如果说艺术是人类情感的凝练表达，那么当它与冰冷的未来科技相遇时，会碰撞出什么样的火花？这是我写这个系列最初的想法。

《明日筑梦师》的创作灵感来自几年前的一次国际电影节。当时我在上海美琪大戏院这样一座历史悠久的老剧场中，连续看了两场希区柯克的老电影，仿佛时空穿梭。这两部电影正是这部小说里提到的《蝴蝶梦》与《迷魂记》。它们虽题材各异，却有一个相似之处——都塑造了一个完美而虚幻的女性形象，令女主角迷失其中。

我感到，这种现实与幻想的冲突在当代生活中正变得愈加强烈。当我们长久注视电子屏幕中的那个绚烂世界时，当我们加上层层滤镜打造出各自的虚拟形象时，现实中的生活却陷入单调重复的两点一线。我们心中不免困惑：什么才是真实的自我？

这也是故事最后时刻，吴琪所面临的考验。

她憧憬着林亦溟的完美无缺、洒脱不羁，以及那段旷世奇恋，但抽丝剥茧后却发现事实并非如此。追寻答案的路上她投入了情感，并为之付出了代价，这些现实中采取的行动使她从故事的旁观者变成了主角。

"忆影"的设定就像个有趣的思想实验，为"自我"的定义提出各种假设。比如，人是否只是一团情绪？爱人的能力能否让我们从虚幻中解脱？如果"自我"是一个人全部记忆的总和，那么记忆被篡改后，如何证明我是我？

写作过程中，印象最深的是 Part 1 与 Part 2 的对应和嵌套。第一部分是个长梦，第二部分则是解梦，前后有着千丝万缕的关联，一些细节投射可能要等重读时才会被发现。解梦的同时，又有新的梦嵌入其中，塑造出梦中梦、戏中戏的感觉。大卫·林奇的《穆赫兰道》用电影语言诠释了梦境，而我则希望以文字的形式，编织出梦境与现实的迷离交织。

完成此部作品之时正值新冠疫情严重的时期，社交隔离似乎加快了赛博进程，有时候我们更依赖虚拟世界，也更需要艺术来引发共鸣，从而建立人与人的情感联接。在这样的心境下，我开始了下一个篇章的写作，故事将围绕一支乐队展开……